北欧文学译丛

挪威中短篇小说集

Faderen

En samling av norske noveller

Bjørnstjerne Bjørnson

[挪威] 比昂斯藤·比昂松 等 著

石琴娥 余韬洁 等 译

Vi som frakter oljen

Passet

"Scum"

Gjennom lysmuren

中国国际广播出版社

"北欧文学译丛"
编委会

主　编

石琴娥（中国社会科学院外国文学研究所）

副主编

徐　昕（北京外国语大学欧洲语言文化学院）
张宇清（中国国际广播出版社有限公司）
田利平（中国国际广播出版社有限公司）

编　委

（以姓氏汉语拼音为序）

李　颖（北京外国语大学欧洲语言文化学院芬兰语专业）
王梦达（上海外国语大学德语系瑞典语专业）
王书慧（北京外国语大学欧洲语言文化学院冰岛语专业）
王宇辰（北京外国语大学欧洲语言文化学院丹麦语专业）
余韬洁（北京外国语大学欧洲语言文化学院挪威语专业）
赵　清（北京外国语大学欧洲语言文化学院瑞典语专业）
凭　林（知名学者）
张娟平（中国国际广播出版社有限公司）

绚丽多姿的"北极光"

——为"北欧文学译丛"作的序言

石琴娥

2017年的春天来得特别地早,刚进入3月没有几天,楼下院子里的白玉兰已经怒放,樱花树也已经含苞待放了。就在这样春光明媚、怡人的日子里,我收到中国国际广播出版社文史编辑部主任张娟平女士打来的电话,想让我来主编一套当代北欧五国的文学丛书,拟以长篇小说为主,兼选一些少量有代表性的短篇小说、诗歌等,篇目为50部左右。不久之后,中国国际广播出版社负责人和张娟平主任又郑重其事地来到寒舍,对我说,他们想做一套有规模、有品位的北欧文学丛书,希望能得到我的支持,帮助他们挑选书目、遴选译者,并担任该丛书的主编。

大家知道,随着电子阅读器和智能手机的普及,越来越多的人通过电子设备来阅读书籍。在目前的网络和数码时代,出现了网络文学、有声书和电子书,甚至还出现了人工智能创作的作品,纸质书籍受到极大冲击,出版纸质书籍遇到了很大困难。有的出版社也让我推荐过北欧作品,但大都是一本或两本而已,还有的出版社希望我推荐已经过版权期的作品,以此来节省一些成本。而中国国际广播出版社却希望出版以当代为主的作品,规模又如此之大,而且总编辑又亲临寒舍来说明他们的出版计划和缘由,我被他们的执着精神和认真态度所感动,更被他们追求精神品位的人文热情所感动。我佩服出版社的魄力和勇气。面对他们的热情和宝贵的执着精神，我怎能拒绝，当然应该义不容辞地和他们一起合作，高质量、高品位地出好这套丛书。

大家也许都注意到，在近二三十年世界各国现代化状况的各类排行榜上，无论是幸福指数，还是GDP或者是人均总收入，还是环境保护或者宜居程度，从受教育程度和质量、医疗保障到养老、失业等社会保障，还有从男女平等到无种族歧视，等等，北欧五国莫不居于世界最前列，或者轮流坐庄拿冠夺魁，或是统统包圆儿前三名，可以无须夸张地说，北欧五国在许多方面实际上超过了当今世界霸主美国，而居于当今世界发达国家最前列，成为世界现代化发展中的又一类模式。

大家一般喜欢把世界文学比作一座大花园，各个时期涌现出来的不同流派中的众多作家和作品犹如奇花异葩，争妍斗艳。北欧文学是这座大花园里的一部分，国际文学中，特别是西欧文学中的流派稍迟一些都会在北欧出现。北欧的大自然，由于地理位置、自然环境和气候条件，没有小桥流水般的婀娜多姿，而另有一种胜景情致，那就是挺拔参天、枝叶茂盛的大树，树木草地之间还有斑斓似锦的各色野花和大片鲜灵欲滴的浆果莓类。放眼望去，自有一股气魄粗犷、豪放、狂野、雄壮的美。北欧的文学大花园正如自然界的大花园一样，具有一股阳刚的气概、粗豪的风度。它的美在于刚直挺立、气势崴嵬。它并不以琴瑟和鸣般珠圆玉润和撩拨心弦的柔美乐声取胜，却是以黄钟大吕般雄浑洪亮而高亢激昂的震颤强音见长。前者婉转优雅、流畅明快，后者豪迈恢宏、气壮山河。如果说欧洲其余部分的文学是前者的话，那么北欧文学就是后者。正如鲁迅所说，北欧文学"刚健质朴"，它为欧洲文学大花园平添了苍劲挺拔的气魄。以笔者愚见，这就是北欧五国文学的出众特色，也是它们的长处所在。

文学反映社会现实。它对社会的发展其功虽不是急火猛药，其利却深广莫测。它对社会起着虽非立竿见影却又无处不在的潜移默化作用。那么，北欧各国的当代文学作品中是如何反映北欧当代社会的呢？它对北欧各国的现代化发展是不是起了推动促进作用了呢？也许我们能从这套丛书中看到一些端倪。

北欧五国除了丹麦，都有国土位于北极圈或接近北极圈。北极光是那里特有的景象。尤其到了冬天夜晚，常常能见到北极光在空中闪烁。最常见的是白色，当然有时也能见到五彩缤纷、绚丽多姿的北极光。北欧五国的文学流派众多，题材多样，写作手法奇异多姿，犹如缤纷绚丽的北极光在世界文坛上发光闪烁。

北欧包括 5 个国家：丹麦、芬兰、冰岛、挪威和瑞典。讲起当代的北欧文学，北欧文学史上一般是从丹麦文学评论家和文学史家勃朗兑斯（Georg Brandes，1842—1927）于 1871 年末在丹麦哥本哈根大学所作的《十九世纪文学主流》算起，被称为"现代突破"。从 19 世纪的 1871 年末到目前 21 世纪一二十年代的 150 年的时间里，一大批有才华的作家活跃在北欧文坛上。在群英荟萃之中，出现了几位旷世文豪，如挪威的"现代戏剧之父"亨利克·易卜生，瑞典文学巨匠——小说家、戏剧家斯特林堡和荣获诺贝尔文学奖的第一位女作家、新浪漫主义文学代表塞尔玛·拉格洛夫，丹麦 1944 年诺贝尔文学奖获得者约翰纳斯·威尔海姆·延森，芬兰批判现实主义作家尤哈尼·阿霍以及冰岛 1955 年诺贝尔文学奖获得者哈多尔·拉克斯内斯等。本系列以长篇小说为主，也有少量短篇和戏剧作品。就戏剧而言，在北欧剧作家中，挪威的亨利克·易卜生开创了融悲、喜剧于一体的"正剧"，被誉为"现代戏剧之父"，是莎士比亚去世三百年后最伟大的戏剧家。瑞典的奥古斯特·斯特林堡所开创的现代主义戏剧对世界戏剧产生了重大影响。戏剧是文学的一部分，所以我们在选编时也选了少量的戏剧作品。被选入本系列中的作家，有的是北欧当代文学的开创者，有的是北欧当代文学中各种流派的代表和领军人物，都是北欧当代文学中的重要作家，他们的作品经历了时间考验。

在北欧文坛中，拥有众多有成就有影响的工人作家是其一大特色。有的还获得了诺贝尔文学奖，成为世界级的大文豪。这些工人作家大多自身是农村雇工或工人，有过失业、饥饿或其他痛苦的经历，经过自学成为作家。他们用笔描写自己切身的悲惨遭遇，对地主、资产阶级的剥削和压榨写得既具体细腻又深刻生动。正是他们构成了北欧20世纪以来现实主义文学的主流。在这些工人作家中最突出的有丹麦的马丁·安德逊·尼克索和瑞典的伊瓦尔·洛-约翰松等。对这些在北欧文坛上占有重要地位的工人作家的作品，我们当然是不能忽略的，把他们的代表作选进了这套丛书之中。

除了以上这些久享盛誉的作家外，我们也选了新近崛起的、出生于1970和1980年代的作家，如出生于1980年的瑞典作家乔安娜·瑟戴尔和出生于1981年的挪威作家拉斯·彼得·斯维恩等。他们的作品在北欧受到很大欢迎，有的被拍成电影，有的被搬上舞台。这些作品，虽然没有经历过时间的考验，但却真实地反映了目前北欧的现状，值得收进本丛书之中。

从流派来看，我们既选了现实主义作品，也不忽略浪漫主义、超现实主义和意识流的作品,力求使读者对北欧当代文学有个较为全面的印象。从作家本人的情况看,我们既选了大家公认的声誉卓越的作家的作品,也选了个别有争议的作家的作品,如挪威作家克努特·汉姆生,他是现代挪威、北欧和世界文坛上最受争议的文学家。他从流浪打工开始,1920年成为诺贝尔文学奖得主,晚年沦为纳粹主义的应声虫和德国法西斯占领当局的支持者,从受人欢呼的云端跌入遭国人唾骂的泥潭,而他毕竟是现代主义文学和心理派小说的开创者和宗师,在20世纪现代文学中扮演了承上启下的转型角色。我们把他的"心理文学"代表作《神秘》收进本丛书。这部作品突破传统小说的诸多常规要素,着力于通过无目的、无意识的内心独白,以及运用思想流、意识流的手法来揭示个性心理活动,并探索一些更深层次的人生哲理。1978年诺贝尔文学奖得主、美国作家艾萨克·辛格说:"在我们这个世纪里,整个现代文学都能够追溯到汉姆生,因为从任何意义上他都是现代文学之父……20世纪所有现代小说均源出汉姆生。"我们把这位有争议的作家的作品选入我们的丛书,一方面是对北欧和世界文学在我国的译介起到补苴罅漏的作用,另一方面也可进一步了解现代文学的来龙去脉,以资参考借鉴。

20世纪60年代中期,瑞典出现了一种新兴的文学——报道文学。相当一批作家到亚非拉国家进行实地调查,写出了一批真实反映这些地区状况的报道文学作品。这批从事报道文学的作家大都是50年代和60年代在瑞典文坛上有建树的人物。如瑞典作家扬·米尔达尔是这种新兴文学——报道文学的代表人物之一,他的《来自中国农村的报告》(1963)成为当时许多国家研究中国问题的必读参考材料,被译成十几种文字多次出版。他的这本书材料详尽、内容真实、记载细腻而风靡一时。还有福尔盖·伊萨克松通过访问和实地采访写出了报道中国20世纪70年代真实状况的作品。这些文字优美、内容详尽的作品为西方读者了解中国起了很好的桥梁作用。他们的作品是在我国改革开放之前来中国写的，今天再来阅读他们当时写的作品，从中也能领略到时代的变化、改革开放的伟大成就。

总之，我们选材的宗旨是：尽量把北欧各国文学史中在各个时期占有重要地位的作家的代表作收进本丛书。本丛书虽有45部之多，是我国至今出版北欧丛书规模最大的一部，但是同150年的时间长河和各时期各流派的代表作家与作品之多比起来，45部作品远不能把所有重要作家的作品全部收入进来。

本丛书中的所有作品，除了极个别，基本都是直接从原文翻译，我们的目的是想让读者能够阅读到原汁原味的当代北欧文学。同英语、俄语、法语等大语种翻译比起来，我们直接从北欧语言翻译到中文的历史不长，译者亦不多，水平不高，经验也不足，译文中一定存在不少毛病和欠缺之处，望读者多多包涵，也请读者给我们提出宝贵的建议和意见，便于我们改进。

本丛书能够付梓问世，首先要感谢中国国际广播出版社执行董事张宇清先生和副总编田利平先生，田总编是在本丛书开始编译两年后参与进本丛书的领导工作的，他亲自召开全体编委会会议，使编委们拓宽思路，向更广泛的方向去取材选题。没有他们坚挺经典文化的执着精神和开拓进取的勇气，这部丛书是不可能跟读者见面的。我还要感谢本书所有的编委，是他们在成书过程中做了大量工作，从选材、物色译者到联系有关国家文化官员和机构，都付出了辛勤的劳动。不仅如此，他们还亲自翻译作品。没有他们的默默奉献和通力合作，这部丛书是难以完成的。在编选过程中，承蒙北欧五国对外文化委员会给予大力帮助和提供宝贵的意见，北欧五国驻华使馆的文化官员们也给予了热情关怀，谨向他们致以衷心的感谢。对编选工作中存在的疏漏和不足，还望读者们不吝指正。

2021 年 10 月
于北京潘家园寓所

石琴娥，1936年生于上海。中国社会科学院外国文学研究所北欧文学专家。曾任中国－北欧文学会副会长。长期在我国驻瑞典和冰岛使馆工作。曾是瑞典斯德哥尔摩大学、丹麦哥本哈根大学和挪威奥斯陆大学访问学者和教授。主编《北欧当代短篇小说》、冰岛《萨迦选集》等，为《中国大百科全书》及多种词典撰写北欧文学、历史、戏剧等词条。著有《北欧文学史》《欧洲文学史》(北欧五国部分)、"九五"重大项目《20世纪外国文学史》(北欧五国部分)等。主要译著有《埃达》《萨迦》《尼尔斯骑鹅旅行记》《安徒生童话与故事全集》等。曾获瑞典作家基金奖、2001年和2003年国家图书奖提名奖、第五届（2001）和第六届（2003）全国优秀外国文学图书奖一等奖、安徒生国际大奖（2006）。荣获中国翻译家协会资深荣誉证书（2007）、丹麦国旗骑士勋章（2010）、瑞典皇家北极星勋章（2017）、翻译文化终身成就奖（2024）等。

译　序

在北欧5个国家中，挪威同芬兰和冰岛一样在历史上属于弱小国家。自15世纪中期的500年来，挪威一直是被统治和被侵略的国家，在政治、经济上先是臣属丹麦，后又从属于瑞典。这种状态于1905年才彻底结束，挪威成为一个独立的君主国家。

根据记载，挪威这块土地上公元前9000年就有人居住。公元前1500—前500年，也就是铁器时代开始，已经有了畜牧业和航海业。挪威如果从维京时代或称海盗时期（793—1087）算起，至今也已有1000多年的历史。

挪威国土面积为38.7万平方千米，居俄罗斯、乌克兰、法国、西班牙和瑞典之后，是欧洲第六大国。从人口上讲，根据2001年1月的统计，在这块广袤的土地上居住着450余万人，是欧洲地广人稀的国家之一。

挪威在丹麦统治时期（1450—1814），长期被禁止使用本民族文字，上层阶级使用挪威国语，即丹麦挪威语，而普通百姓则用的是乡土语，即挪威西部海岸一带的土语。两者无论在发音、语法和词汇方面都相去甚远。19世纪中叶之前的挪威文学作品在语言上大抵与丹麦语十分相近，尤其诗歌的韵律和押韵全都套用丹麦语，往往带有浓厚的丹麦语甚至还有德语的腔调。这种状况既不受平民百姓欢迎，也阻碍了挪威民族文化事业的发展，因而挪威的民族主义者都对丹麦挪威语提出抨击并且致力于创造出一种纯正的挪威民族语言。挪威民族语言改革家、诗人克努德·克努德森（Knud Knudsen，1812—1895）力图将挪威国语和乡土语合二为一，从拼音、语法、韵律上全都以丹麦挪威语为主体，并吸收和消融挪威乡土语，他的尝试因不切实际而未获成功。诗人伊凡·奥森（Ivar Aasen，1813—1896）周游了挪威全国的乡村，收集了大量的方言材料，于1848年出版了《挪威人民的语言》，这是挪威民族语言的第一部成文的语法书。1850年他出版了《挪威乡土语言词典》，将民族语言的词汇规范化。1853年他又出版了《挪威乡土语言范例》，除了收集日常对话，还首次用乡土语言翻译了莎士比亚、席勒等人的名著。1855年奥森用乡土语言创作出剧本《傍晚》。1864年和1873年，他相继出版了《挪威语语法》和《挪威语词典》。至此，纯正的挪威语言已形成并为社会和民众所接受。为了区别起见，奥森将以往的丹麦挪威语称为"老挪威语"，而把这种由乡土语言发展而来的语言称为"新挪威语"。挪威独立后挪威语和新挪威语都被定为挪威法定的国语。

在过去，挪威由于是丹麦的"海外省"，不仅在政治、军事、经济、法律、行政等方面都居于屈辱的地位，在文学上的处境也十分尴尬。大多挪威作品都是用丹麦文写成的。由于挪威长期被禁止使用本民族文字，以致文化教育受到莫大摧残，甚至连布道用的也是丹麦语的《圣经》。在丹麦和瑞典，《圣经》从拉丁语翻译成本民族文字曾成为推动本民族的文化教育的巨大助力，而挪威连将《圣经》翻译成挪威文都遭到禁止。人文主义的传播则更是被丹麦当局查禁和严加防范。宗教改革运动在挪威进行，不过只是跟随着丹麦由旧教转变为新教，由用拉丁语布道改为用丹麦语而已。

18世纪最主要的喜剧大师路德维格·霍尔堡（Ludvig Holberg，1684—1754）出生在挪威而居住和写作却在丹麦，并且通常被公认为丹麦作家，连霍尔堡本人也如是说，尽管挪威把他看成挪威作家，而挪威文学史18世纪除了霍尔堡几乎一片空白。

1759年，"挪威美学和实用科学促进会"成立。1760年，挪威科学院在特隆海姆成立，标志着挪威的自然与人文科学提高到一个新的阶段。1763年，挪威第一家报纸《音讯报》诞生。1783年，挪威又出版了《智慧女神》月刊。这些社团的成立和报纸的出现无疑大大推进了挪威文学的发展。1772年，由挪威在丹麦的留学生发起组织的"挪威社"在哥本哈根成立，涌现出了一批优秀的诗人和剧作家。他们的主要功绩在于宣扬爱国主义精神和民族自豪感，因而他们的作品虽然都是在哥本哈根用丹麦语创作的，但是在挪威国内广泛传播，并且得到农民和知识阶层的喜爱。"挪威社"的诗人们无论在创作思想和技巧上都还停留在丹麦"黄金时代"的水平上，也就是说大体上都是启蒙思潮的新古典主义。"挪威社"诗人写诗是用丹麦语、以亚历山大诗体来创作的，韵律上几乎都采用六音步抑扬格，因而丹麦作家彼·安·海贝亚挖苦说道："与其自称'挪威社'，不如改名'丹麦社'更为确切。"不管怎样，"挪威社"在推进挪威民族文学甚至挪威的独立运动方面还是做出了极大贡献的，是不容嘲讽的。

挪威的文学是和挪威争取民族独立的进程同步齐进的，挪威文学中民族自豪感和爱国主义激情始终是最明显触目的基调。

1848年是欧洲大陆上的革命年代，先是《共产党宣言》

出版，紧接着是法国二月革命，随后又是柏林起义和巴黎六月起义，这些革命活动在遭受民族压迫的挪威引起了巨大反响，要求民族复兴的意识急剧高涨，民族解放运动也随之如火如荼地开展起来。在自由主义和民族复兴精神的鼓舞之下，1848年马尔柯斯·斯雷内领导成立了第一个挪威工会，1849年挪威艺术家协会成立，提出了一个富有浪漫主义色彩的行动纲领，即要以各种形式展示挪威农村的自然和文化之美，包括乡土风光、民间文学、民间艺术。这一行动纲领用实际行动推动挪威文化的发展。他们还率先将挪威乡土语言运用到民间文学作品中。

1870—1871年丹麦文学评论家格奥尔格·勃朗兑斯（Georg Brandes，1842—1927）赴英国、意大利和法国等地游学。这次旅行使他打破思想禁锢和闭塞，大开眼界，思想发生了剧烈转变。在英国，他亲身体验了英国维多利亚时期以来科学进步、经济发达、文明昌盛的状况，他的自鸣得意、故步自封的民族主义情绪被一扫而光，呼出了震撼性的口号：丹麦要比英国落后起码40年，因此不能再沉睡下去，满足于唱唱圣歌。他从法国文学评论家圣伯夫（1804—1869）和泰纳（1828—1893）那里学习到了文学评论的精髓所在和激进民主主义历史观点。1871年，勃朗兑斯在归国途中，与挪威剧作家亨利克·易卜生（Henrik Ibsen，1828—1906）相遇在柏林车站。两人志同道合，相约要掀起一场"精神革命"，易卜生期望勃朗兑斯在欧洲掀起一场风暴，而他自己在挪威也要让"那些人"不得安生。这两个文学家果然说到做到，他们掀起的风暴比预料的还要猛烈并且是划时代的。勃朗兑斯从1871年起便连续在哥本哈根大学发表学术讲演，来鼓动变革，所有的讲演稿全都收录在《十九世纪文学主流》这部六卷本的巨著之中，1890年才正式出版（在此以前已分集出版）。《十九世纪文学主流》无疑是一剂催化剂，勃朗兑斯提出"写社会、写人生"，发起"现代突破"文学运动。这一号召得到了不少北欧作家的响应，"问题文学"成为当时北欧文学界竞相效仿的时尚。墙内开花墙外香，勃朗兑斯的影响遍及北欧各国。

勃朗兑斯的激进民主主义思想和"现代突破"文学运动在挪威的传播不啻一声春雷送来了及时雨，受到了挪威思想界和文学界的热烈响应，因为这一潮流正好反映了挪威要求更大变革的中小资产阶级和不满现状的广大中下层人民的要求和呼声。现实主义文学便以"过问人生干预社会"的"问题文学"面貌出现，使挪威的文学创作进入了一个空前繁荣的时期。"现代突破"文学运动是由丹麦的勃朗兑斯提出的，但是其领军人物和中坚力量却是挪威的易卜生、比昂松和后来瑞典的斯特林堡等人。易卜生在"写社会、写人生"的口号下，以犀利的目光观察社会弊端和顽疾，以批判现实主义的手法写出了四部使全世界震惊和赞叹的社会问题剧：《社会支柱》（1877）、《玩偶之家》（1879）、《群鬼》（1881）和《人民公敌》（1883）。

恩格斯在1890年写给保·恩斯特的信里说："挪威在最近二十年中所出现的文学繁荣，在这一时期，除了俄国以外没有一个国家能与之媲美。"在挪威，除了易卜生，还有比昂斯藤·比昂松（Bjørnstjerne Bjørnson，1832—1910）、亚历山大·基兰德（Alexander Kielland，1849—1906）和约纳斯·李（Jonas Lie，1837—1908）。他们四人在挪威有"挪威文学四杰"之称。

在本书中，我们从挪威"现代突破"文学运动中的领军人物"挪威文学四杰"作品开始一直选到当代挪威作家作品,显示了一百多年来挪威短篇小说的发展。易卜生是"现代戏剧之父",他对中国话剧运动的兴起、勃发、壮大、成熟起到了催生和引领作用。但是他的作品主要是戏剧,没有写过小说,所以在本书中没有出现易卜生的名字。

挪威短篇小说的起源大致可以上溯到北欧海盗时期的"萨迦"(Saga)。"萨迦"这个名词是从动词衍生而来,源出于古日耳曼语,其本义是"说"和"讲",也就是讲故事的意思。13世纪前后冰岛人用散文把过去叙述祖先们英雄业绩的口头文学记载下来,加工整理,就成了《萨迦》。北欧萨迦具有独特的风格,它所描述的事件一般发生在10世纪或11世纪之间,但是直到13世纪才记载成文,因而叙述之优劣、首尾之连贯、情节之铺垫全仗讲故事者整理加工的才能。萨迦记载的大体上都是真有其事、真有其人的,具有一定的真实性,不过为了惊险或是吸引人起见,添枝加叶和拔高夸大英雄人物则是萨迦中所常用的表现手法。

"萨迦"中的主人公大多是农民,而比昂斯藤·比昂松受的是"萨迦"教育。正如裴显亚先生在他的《挪威短篇小说选》前言中所说:"比昂松发现,'萨迦语言还在我们的农民中间活着,并且农民的生活也很近似于萨迦的生活,人民的生活是在我们的历史上建立起来的,而农民为此提供了基础。'所以比昂松认为,农民生活是文学创作灵感最重要的源泉。为了求得一个最简洁、最直接、最迅速表达他精辟思想的文学体裁,他创造了短篇小说。"比昂松的短篇小说以萨迦为鉴,语言简单明了,对当时的挪威文坛产生了较大影响。在本书中,我们把这位挪威短篇小说创造者比昂斯藤·比昂松的《父》放在书的第一篇。"挪威文学四杰"中的另一位作家约纳斯·李的《伊萨克和布罗诺的神父》是一篇富有神话传统的作品，地方色彩浓郁，用民间故事传统手法描写了挪威渔民生活，充满神奇色彩。

挪威独立后，随着水利资源的开放、铁路的兴建，工业飞速发展，无产阶级队伍不断扩大，挪威涌现出一批无产阶级作家和反映工人生活与斗争的作品。奥斯卡·布罗登（Oskar Braaten，1881—1939）出身工人，是个自学成才的作家。他是挪威第一个描写奥斯陆工人区的贫苦人民生活的作家，他的《还乡》以朴实的笔触，真实而细腻地描述了工人艰难困苦的生活以及他们爱国爱家乡的朴素情怀。

约翰·博尔根、谢尔·阿斯基尔森和女作家比约格·维克是自20世纪五六十年代以来挪威文坛上的杰出的作家，他们不但在挪威文坛声誉卓著，而且在国际上都具有较高的知名度。他们三人的作品都被翻译成30多种语言在世界各地发表，多次荣获过挪威国内和国际奖项。除了博尔根，其余两位还是擅长短篇小说创作的高手。

扬·夏希塔和托薇·尼尔森出版他们第一部作品时都相当年轻，前者27岁，后者21岁。这种情况在挪威是十分罕见的。莱拉·斯蒂恩和佩尔·佩特松都属于20世纪80年代登上挪威文坛的作家。莱拉·斯蒂恩是一位一流的短篇小说家，出版过许多短篇小说集，也出版过诗歌和儿童读物。佩尔·佩特松以短篇作品步入文坛，自此之后，他致力于创作长篇小说，也有论文和随笔等。他们四人都是才华横溢，十分多产，多次荣获各种奖项。

诺达尔·格里格的《梅兰芳》和达格·苏尔斯塔德的《挪威的风俗、特殊的膳食、习惯和激进的妇女》严格说来不好算作短篇小说，而是两篇出色的散文，《梅兰芳》这篇作品在挪威极有影响，写的是我国戏剧大师，作家本人又是挪威人民引以为荣的反法西斯斗士；苏尔斯塔德的这篇散文让我们了解到当代挪威的风俗习惯，所以此次编选时特地把这两篇作品收进了本书。

为了使中国读者能阅读到更多挪威作家作品，本书中没有把在"北欧文学译丛"中介绍过的或准备介绍的挪威作家的短篇收入进来，如克努特·哈姆生和西格里德·温塞特等人的作品，以便腾出篇幅来介绍更多的挪威作家。

选编本书的本意是想把"现代突破"以来挪威各年代的重要作家做个粗略的介绍，在这一百多年中，挪威不乏一流作家，本书亦难以把他们都收录进来，难免存在疏漏，只好请读者多多谅解和指正了。

石琴娥
2021 年 8 月 24 日
于潘家园寓所

译者简介

石琴娥，1936 年生于上海。中国社会科学院外国文学研究所北欧文学专家。曾任中国－北欧文学会副会长。长期在我国驻瑞典和冰岛使馆工作。曾是瑞典斯德哥尔摩大学、丹麦哥本哈根大学和挪威奥斯陆大学访问学者和教授。主编《北欧当代短篇小说》、冰岛《萨迦选集》等，为《中国大百科全书》及多种词典撰写北欧文学、历史、戏剧等词条。著有《北欧文学史》、《欧洲文学史》(北欧五国部分)、"九五"重大项目《20 世纪外国文学史》(北欧五国部分) 等。主要译著有《埃达》《萨迦》《尼尔斯骑鹅旅行记》《安徒生童话与故事全集》等。曾获瑞典作家基金奖、2001年和2003年国家图书奖提名奖、第五届（2001）和第六届（2003）全国优秀外国文学图书奖一等奖、安徒生国际大奖（2006）。荣获中国翻译家协会资深荣誉证书（2007）、丹麦国旗骑士勋章（2010）、瑞典皇家北极星勋章（2017）、翻译文化终身成就奖（2024）等。

斯文，原名王建兴，中国前外交官，在北欧工作生活20多年，1998年以中华人民共和国驻冰岛大使的身份退休，结束了外交生涯。在50多年的岁月里，他翻译出版了许多北欧作品，如《萨迦》《埃达》《红房间》等，并为大百科全书文学卷、历史卷和戏剧卷撰写北欧词条。

余韬洁，北京外国语大学欧洲语言文化学院挪威语专业讲师。2006年获北京外国语大学英语学院翻译理论与实践方向硕士学位，同年8月作为北京外国语大学新建挪威语专业培养师资，赴挪威奥斯陆大学进修挪威语言文学，2008年9月回校任教。现任挪威语专业教研室主任。

裴显亚，出生于山西省平遥县，籍贯山西省。中共党员。毕业于北京外交学院英语系。1967年参加工作，历任外交部驻捷克使馆翻译、服务中心中文秘书。1984年开始发表作品，1987年加入北京作家协会。著有报告文学《佩戴挪威国王勋章的人》，论文《中国文学在挪威》，通讯《他为中国人民增了光》《他那颗心比金子还亮》，译著有长篇小说《薇多丽娅》《饥饿》，短篇小说《爱之奴》《伊萨克和布罗诺的祖父》《克伦的圣诞节》《还乡》《她就要死去》《银莲花》《丽孚》,诗歌《我相信》《清晨的雨》《玫瑰—玫瑰》《雨天,我躲在老橡树下》《写在一个挪威西部农民的坟边》《一九五零年》《挪威当代抒情诗》。

目　录

父（Faderen）/ 001
比昂斯藤·比昂松　著
裴显亚　译

伊萨克和布罗诺的神父（Isak og Brønøpræsten）/ 007
约纳斯·李　著
裴显亚　译

康斯坦斯·苓（Constance Ring）/ 015
阿玛利耶·斯克拉姆　著
裴显亚　译

舞会上（Ballstemning）/ 031
亚历山大·基兰德　著
裴显亚　译

银莲花（Hvitsymre i utslåtten）/ 039
汉斯·金克　著
裴显亚　译

还乡（Hjemreisen）/ 049
奥斯卡·布罗登　著
裴显亚　译

梅兰芳（Mei-Lan-Fang）/ 061
诺达尔·格里格　著
斯文　译

护照（Passet）/ 075
约翰·博尔根　著
余韬洁　译

公司聚餐会（Firmafesten）/ 095
玛格蕾特·约翰森　著
斯文　译

我们石油运输者（Vi som frakter oljen）/ 107
贡纳尔·布尔·贡德尔森　著
斯文　译

太阳帽（Solhatt）/ 129
谢尔·阿斯基尔森　著
余韬洁　译

网中之鱼（Fisken i garnet）/ 143
比约格·维克　著
余韬洁　译

挪威的风俗、特殊的膳食、习惯和激进的妇女
（Norske vaner, særlig matvaner – og den radikale kvinne）/ 179
达格·苏尔斯塔德　著
石琴娥　译

蓝色的婴儿车，安妮塔和阿纳（*Blå barnevogn, Anita og Arne*）/ 201
莱拉·斯蒂恩　著
石琴娥　译

战前岁月（*Før krigen*）/ 215
佩尔·佩特松　著
石琴娥　译

穿越光墙（*Gjennom lysmuren*）/ 233
扬·夏希塔　著
石琴娥　译

"贱民"（*"Scum"*）/ 245
托薇·尼尔森　著
石琴娥　译

父
Faderen

比昂斯藤·比昂松　著
裴显亚　译

作者简介：

比昂斯藤·比昂松（Bjørnstjerne Bjørnson，1832—1910），亨利克·易卜生的同时代人和竞争者。他十分多才多艺，是作家、记者、演说家、编辑和导演，在其他方面也都很有成就。他的作品，是他一生献身于这些事业的组成部分：民族、政治、社会、文学、教育、语言、戏剧。作为诗人，他的作品达到了顶峰，任何一个挪威作家都无可比拟；作为戏剧家，他为19世纪欧洲戏剧的一些最重要的发展做出过贡献；作为一位多产作家，他的战果可以说是巨大的。尤其是他的短篇小说，即19世纪50年代和60年代的农民小说，在挪威这个文学体裁的发展中占有无可匹敌的重要性，最引人注意的，是他行文的简练、对话的控制和人物的严谨。他是1903年诺贝尔文学奖获得者。《父》最初发表于1860年。

这个故事说的是教区最有影响的人物——托德·俄乌拉斯。一天，他站在神父的事务室，高高的个子，一本正经。

"我得了个儿子，"他说，"我想给他洗礼。"

"想叫什么呢？"

"叫芬吧，随我父亲。"

"教父和教母呢？"

他说了两个名字，他们都是他家族里在本村最好的人。

"还有事儿吗？"神父望着他问道。

这个农夫在那里待了一阵。"我想单独给他洗礼。"他说。

"就是说得选一个周日？"

"下礼拜六，十二点吧。"

"还有什么？"神父问道。

"没了。"农夫拧了一下自己的帽子，好像要走。

神父站起来。"就这样。"他说着，朝托德走过去，拉着他的手，看着他的眼睛。"上帝会让这孩子给你带来福音的！"

十六年后，托德又来到神父屋里。

"托德，你看上去不错呀！"神父说。他看见他没什么变化。

"我无忧无虑。"托德答道。

神父没说什么。过了一会儿他问道："今天晚上你又有何贵干？"

"我为儿子来的,明天他该行坚信礼了。"

"是个聪明孩子。"

"我想知道他在行礼中的位置后才给您付钱。"

"第一个就是他。"

"那太好了——这是给您的十个达勒。"

"还有事吗?"神父问道,他看着托德。

"没了。"托德走了。

又是八年过去了,神父的房子外面一阵喧闹声。来了好多人,托德走在最前面。神父望过去,一下就认出了他。

"今晚你还带了不少人来。"

"我是来为儿子做结婚预告的,他要娶克·斯多里登,古德木的女儿——这就是。"

"她是本教区最富有的女孩子。"

"说得对。"农夫答道,他用一只手向后理了理头发。神父在那里坐了一下,像在想什么。他没说什么,把名字登记在册。大家签了名。托德把三个达勒放在桌上。

"一个就够了。"神父说。

"知道。可是,他是我的独生子,想办得好一点。"

神父收下了钱。"这是你第三次为儿子站在这儿了,托德。"

"这是最后一回了。"托德说道。他合上皮夹子,告别完就走了。人们慢慢地跟着他。

过了十四天,父子二人划船去斯多里登家商谈婚礼的事,那天风和日丽。

"我这个座儿怎么不牢靠。"儿子说,站起来想把它重新弄弄。正在这时,他脚下踩的那块木板支撑不住了;他举起双手,叫了一声,落下水去。

"快抓住桨！"父亲大声喊道。他赶忙站起来，把桨递给他。可是，儿子游了几下，就抽筋了。

"别慌！"父亲喊着，想把船划过去。但是，儿子翻了几下，看了父亲最后一眼，沉下去了。

托德几乎无法相信眼前发生的一切，他停住船，久久地凝视着儿子落水的地方，好像他还会从那里游上来一样。那里泛起一片小泡，接着又一些，最后一个大气泡鼓起来——破灭了。湖水又变得明镜般平静。

人们看见父亲三天三夜不吃不喝地在那片水面上划来划去，打捞自己的儿子。第三天早晨，他捞起了儿子的尸体；他把他抱起来，一直抱到通往他宅地的小山坡上。

那天后的一年左右，在一个很晚的秋夜，神父听见门口有声音，有人在小心地推着门闩。神父打开门，进来一个高个子驼背人，骨瘦如柴，白发如霜。神父看了许久才认出来，是托德。

"你来晚了。"神父说完，无声地站在他面前。

"唉！是，我来晚了。"托德说着坐下来。神父也坐下来，好像在等他说什么。静了半响。

最后，托德说："我这里有点东西，想送给穷人。"他站起来，把钱放在桌上，又坐下。神父数了数钱。

"不少啊！"他说。

"是我的半个农场，我今天把它卖了。"

神父久久地无声地坐在那里。最后，他轻声轻气地问："你还准备做什么？"

"更好一点的事。"

他们坐在那里，托德两眼盯着地，神父两眼盯着托德。半天，神父慢悠悠地说："现在，我想你的儿子真成了你的福音。"

"是，我想也是。"托德说。他朝上看去，两滴苦涩的泪从脸上滚落下来。

伊萨克和布罗诺的神父
Isak og Brønøpræsten

约纳斯·李 著

裴显亚 译

作者简介：

约纳斯·李（Jonas Lie，1837—1908），同易卜生、比昂松、基兰德被誉为19世纪的"挪威文学四杰"。他年轻时攻读法律，当过律师，后因生活所迫改行从事文学创作。1870年他发表了描写北海港特罗姆瑟的小说《梦幻》，一举成名。他的作品大多以中产阶级的家庭为题材，抨击社会的黑暗；也有的充满鬼神和荒谬。《伊萨克和布罗诺的神父》选自《北海离奇故事集》（*Trold*，1893）。

从前，在赫格兰有个渔民，叫伊萨克。

一天，他出去钓比目鱼，觉得鱼钩上有个重东西，他拉起钓线一看，是一只高筒靴。

"真怪。"他说。

他坐着看了好半天，觉得那靴子像是他弟弟的。他弟弟是去年打完鱼后回家的路上在大暴风雨中落水的。靴子里好像还有点东西，可是他不敢看。他也不知道到底该怎样处理这只靴子。他既不想把它拿回家吓他母亲一跳，又不想将它扔回大海。于是，他想到布罗诺去看看神父，请他按基督教仪式把这只靴子葬了。

"靴子不能葬。"神父说。

"也许不能。"伊萨克说。

可是他想了解一下，到底要尸体的多大部分才能享受基督教的葬礼。

"这可不大好说。"神父说，"当然，一颗牙、一个指头或一绺头发是不行的。至少得有足够的东西让人觉得他的灵魂是在那儿的。引用《圣经》来埋葬靴子里的脚指头是谈不上的。"

但是，伊萨克还是把那只靴子偷偷地埋在教堂墓地里了。然后，他走回家。他觉得自己尽了最大的努力，因为他弟弟的遗物应该离上帝的家近一些，这比把它扔回漆黑的大海要好多了。

后来，秋天的时候，他在石岛边猎海豹，水流卷起大堆大堆杂乱的海草，他的桨碰巧挂起一条刀皮带和一个空鞘，他立刻认出是他弟弟的。又脏又湿的皮带被泡松了，也掉色了。他记得很清楚，弟弟一边补着刀鞘一边听他讲他怎样从宰掉的老马身上割起这条皮带。他们礼拜六一块儿在铺子里买的带扣。那天母亲卖掉了云莓、木松鸡和那三磅羊毛。他们有点儿喝醉了，便抓住一只老母羊在地头玩儿，把韧皮垫子当成船就让它下了水。他捞起皮带，什么也没说。他想，勾起不必要的悲伤实在没什么意思。

可是，冬天拖得越长，他越怀疑神父的话。假若他发现另一只靴子，或是正在被鱼或螃蟹吃着的尸体，或是被格陵兰鲨鱼咬下来的尸体的某一部分，他真不知该怎么办。他害怕起来，连离石岛不远的海面都不敢去了。他脑子里老想，也许他能发现足够多的弟弟的遗体，从而使神父确信，弟弟的灵魂还在，应按基督教葬礼埋葬。

因为这个，他干活儿的时候老是心事重重。此外，他近日还老做噩梦。半夜，一股冷飕飕的海风把房门猛地刮开，他好像看见弟弟笨拙地在屋里来回走着，叫喊着要他的那只脚——死鬼们一个劲儿地催他。他干活儿的时候，一站就是几个小时，待在那儿一动不动，凝视着一堵无形的墙。最后，因为他负有把那只脚埋在教堂墓地的责任，他觉得自己精神都要完全失常了。他不想把它再扔回海里去，但也不想让它永远埋在那里。他确信弟弟再得不到灵魂的拯救了，便开始想到石岛间那些被葬在海底的、漂在海面的和被抛在浪尖的所有东西。

于是，他开始在那里拖网。他在海边上弄好了绳子和拖网滑车。可是，他捞起来的全是些海草、残骸、海星和一些没价值的东西。

一天傍晚，他在离石岛不远的地方钓鱼。他把带铅坠和钓钩的钓线一甩，钓线上的最后一个钓钩钩住了他的一只眼睛。眼珠子被带到了海底，他觉得找也没用，就瞎着一只眼把船划回去了。

那天晚上，他痛得一夜睡不着觉。他包扎着眼躺在那里，想呀，想呀，一直想到所有的东西都黑了下来。说真的，世界上没人比他更难受了。突然，一切都变得那么奇怪。他觉得自己好像在冰底四下环顾，黑暗的水草中，鱼儿围着钓线来回游动，吞了钩上的饵，挣扎着，想挣脱开去——开始是一条鳕鱼，再一条是长身鳕，再一条是军曹鱼。最后，过来一条黑线鳕，它静静地吞吐着水，像在思考是否去吞那个饵。他眼前突然出现了这么一幅图景：一个人的背影，好像那人穿着皮衣，一只袖子被船的铁钩挂住，一条特大的白比目鱼游过来，吞掉了铁钩，随即变得漆黑。

他听见一个声音在说："明天你再钓到这条大比目鱼的时候，还要把它扔到水里去。钩子把我的嘴也撕裂了，找也没用，除非在傍晚海峡潮水上涨或下落的时候。"

第二天，他去教堂墓地拿了一块墓碑当作坠子吊在钓线上。傍晚落潮的时候，他在海湾布置好又准备拖网。他很快就拖起了铁钩，钩尖上钓着一件皮上衣，里面还有一只胳膊的残骸，鱼钻进了皮上衣，它们正吃得欢呢！

他划船去找神父。

"你想让我给一件湿淋淋的皮衣举行葬礼仪式？"布罗诺的神父说。

"我再加上那只靴子。"伊萨克答道。

"死者的遗物和打捞上来的东西应该公布在教堂的布告栏里！"神父怒吼道。

伊萨克盯着神父。"那只靴子就已经够我受的了,我再不把这件皮衣处理好,我就更吃不消了。"他说。

"教堂神圣不可侵犯,绝对不是说着玩儿的!"神父说道,他有点儿生气了。

"或许不是。"伊萨克说。

伊萨克不得不带着那件皮衣回家去。但是,他心里实在不安。他思想上的压力太大。晚上,他又看见那条大白比目鱼,它悲伤而又缓慢地在那块水域游来游去,好像有一张无形的网把它围住,而它又不甘心一再试着从网眼里逃脱。他躺在那里看呀,看呀,一直看到那只瞎眼睛都觉得痛起来。

他一出海,刚把拖网绳子松开,就有一条又大又丑的乌贼游过来,把周围的海水全喷黑了。一天傍晚,他让船在石岛外的岛屿间任意漂荡,最后,漂到一个地方停下来,就像抛锚一样,船一动也不动。这时,一切都变得异常寂静,天空没有鸟叫,水中没有鱼游。突然,在离水不远的地方冒出一个大气泡。气泡一破,听到一声沉重的叹息。

伊萨克看见他所梦见的东西了。"现在,布罗诺的神父该办葬礼了。"他说。从那天起消息传开了,说他是千里眼,别人看不见的东西他都能看见。他知道哪个海岸有鱼,哪个海岸没鱼,有人表示怀疑,他就说:"我不知道,我弟弟会知道的。"

有一天,海边上的一个地方邀请布罗诺的神父去一趟,正巧赶上伊萨克给他划船。他们走的时候一帆风顺,神父平安地到达了目的地,迅速办完了事,因为第二天教堂还等着他主持礼拜式。

"我看这峡湾有点儿不对劲,傍晚恐怕会闹天,"他说,

"但是，既然咱们平安无事地来了，我想回去也不会有什么问题。"

他们上路不久，大风暴就起来了，他们只得改用四个缩帆。船朝前行着，海水溅起的飞沫和暴风雨在他们耳边打旋，两边的浪头和房屋一般高。布罗诺的神父从没在这种天气出过门。他们一会儿被卷在暴风雨中，一会儿又被暴风雨推向前去。天已变得漆黑。大海像冰川一样闪着光，一阵阵暴风骤雨非但没有减弱，反倒加剧了。伊萨克刚刚用上第五个缩帆，船中部的一块厚板上出现了漏洞，海水涌了进来，神父和其他人都跳上了船舷，喊着："船要沉了！"

"没事儿。"伊萨克说，他还是一动不动地坐在离舵不远的地方。

但是，月光忽暗忽明地照过雹子般的暴雨时，他们看见一个奇怪的船工，站在排水孔边，一个劲儿地把涌进来的海水往外舀。

"这回出来我没雇那人呀，"神父说，"我看见他好像在用一只靴子舀水，并且看见他好像没穿裤子，腿也没有，上身只穿一件空荡荡的、来回晃动的皮衣。"

"我想神父见过此人。"伊萨克说道。

于是神父生气了。"由我的宗教法庭批准，"他说，"我警告此人从船上离去。"

"啊，是，"伊萨克说，"可是神父您能堵住船上这个洞吗？"

想到面前的险境，神父又思忖起来。

"我看这个挺棒，我们很需要他。"他说，"在海上救助一个上帝的仆人也并非罪过。可是我想知道他要多少报酬？"他高声喊道。

波涛迸溅着，狂风呼啸着。

"就在一只烂靴子和一件霉皮衣上撒三锹土就行了。"伊萨克说道。

"既然你能回到人间作祟，你也就能到天国享福。"神父大声喊道，"会给你撒上一点土的。"

他的话刚落音，石岛周围的海水立即平静下来，神父的船平安无事地驶向沙滩。

康斯坦斯·苓
Constance Ring

阿玛利耶·斯克拉姆　著
裴显亚　译

作者简介：

阿玛利耶·斯克拉姆（Amalie Skram，1846—1905），出生于一个家境贫寒的小商人家庭。她属于挪威的自然主义流派，但晚期作品带有浓厚的印象主义色彩。她试图描写生活严酷的现实，她作品中的主人公往往是一些由于约束的背景和教养而毁掉爱和被爱的女人。由于写到关于妇女的性爱问题，她在一生中引起了不少批评。她的主要作品有《背叛》（1882）和"海勒米尔的人们"四部曲（1887—1898）。《康斯坦斯·苓》发表于1885年。

苓的岳父贾吉·布洛姆拍来电报，说康斯坦斯的母亲乘下一班船到。

康斯坦斯数着日子，一个劲儿地忙着装饰客房，把屋子布置得井井有条，好让母亲夸她会管家。

苓还从没见过妻子这么心情愉快、这么精神饱满。她竟然那样高兴，在屋里屋外忙个不停。

他们俩都上船接母亲去了。那天，康斯坦斯整天都心烦意乱、默不作声，她来回地走进走出，手里拿着些梳妆台上摆的小玩意儿，一会儿这么摆摆，一会儿那么摆摆。

当她突然看见母亲出现在甲板上的时候，她一下子哭了，抱住了母亲。

苓看上去有点儿恼火。他抱怨地说，船上可不是出洋相的地方。

布洛姆夫人小声地安慰着女儿，疼爱地抚摸着她。马车向家驶去的时候，她又向苓随便问些问题，问问那条街叫什么，这个正路过的新教堂怎么样。

要问他的事儿太多了，她有十六年没来克里斯蒂安尼亚了。

她觉得康斯坦斯镇静下来了，就开始说起家里的事来——多半都是些鸡毛蒜皮的事儿——养的鸽呀，鸡呀；还有那匹就要被送去给宰掉的心爱的老马；还有他们正在粉刷的餐室；还有她和康斯坦斯每年春天常常缝补而现在最终要被扔掉的旧窗帘。好多的人还向她问好：父亲和妹妹们，那些小伙子和赶车的人，老用人阿内，朋友和表兄妹,还有好多别的人。

母亲这一唠叨,家里那些事倒更使康斯坦斯心如刀绞。往事不可抗拒地涌上心头,她强忍着泪水。

"高兴了吧——还不赶快显摆显摆。"苓突然说道,声音有些不怎么高兴。

"怎么啦,康斯坦斯,"看见女儿脸上滚下泪珠,布洛姆夫人有点责怪地说,"怎么啦,孩子?"

"我也不知怎么地就……妈妈。"她的声音有些哽咽而又哀求,说着用手帕擦擦眼睛。

"唉,这可给男人露脸了。"苓说道。他生气地把身子挪了挪,像是要坐得更舒服一些;可是挪了半天,还和原来的姿势一样。

马车到了门口,谢天谢地,他们总算下了车。

楼上,苓领着岳母一间间地看了屋子。他想一下子就把整套房子都让她看完。他指给岳母看,哪些东西是人家送的,哪些不是,吐露哪些画是有价值的,他花了多少钱;他还打开餐室的门,好让岳母能看见里面的银器和漂亮的水晶玻璃器皿;他又把她拉进卧室,好让她羡慕那床罩的料子。他取出了提琴,给她拉了几弓;然后他又突然想要给她看看卫生间,于是,一下子闯到厨房去找康斯坦斯拿钥匙,她正在那里做三明治。最后,他才发现,岳母有些累了,想坐下来休息休息。一转眼,他又让她坐在扶手椅上,给她搬来厚厚的一叠相册和画报,放在她面前的小桌上。接着,他又前言不搭后语地说着他随时想到的一些事情。所有这些,弄得布洛姆夫人都有些晕头转向了。

吃晚饭的时候,苓有些过分健谈了。他叙述着他们新婚晚会前回家的情况,那天晚上起居室里大堆大堆的礼品十分夺目。他还讲了他们新婚后的一些小故事。他对自己讲故事的能力非常得意,自己在那里捧腹大笑。为了给岳母接风,他吃凉菜的时候喝了三杯阿克维特①,吃家制苹果派的时候又喝了好几杯雪利②。

康斯坦斯默不作声,看上去像有些厌烦。她最讨厌他臭显摆了。尤其是在他一个劲儿喝酒的情况下,康斯坦斯就觉得更刺眼。她真有点儿替他难为情。他所说的都有些夸大其词。为了哗众取宠,他说的事儿都有些添油加醋。有时高兴的时候,她也做一定的夸张,可是她从不瞎吹一气;就这样,她辩解的时候,他还挺生气、挺顽固,骂她好吹毛求疵。今晚上的事就是个例子。在忍无可忍的情况下,她不赞成他说的第一个女佣因偷东西被解雇的时间问题。他挺不高兴,康斯坦斯也没客气。布洛姆夫人帮着苓说了句话,说康斯坦斯只理解他字面上的意思了——玩弄字眼儿没多大意思。一个人高兴的时候,是不会那么讲究分寸的——他反正没有赌咒。康斯坦斯尖刻地回敬了母亲一句。谁让她不了解情况就瞎插嘴?但说完立刻就后悔了,她闭上了嘴。苓又说了一句。他嘀嘀咕咕地说,要是一个男人不管说什么做什么妻子都找碴儿,他日子可真不好过。他摇了摇头,深深地叹了口气,做出一种习惯被误解和只有忍耐的神态。

"你别老惹他生气,康斯坦斯。"布洛姆夫人说。他们已从桌前站起来,苓进到另一间屋子点着了他的烟斗。

"胡说八道!"康斯坦斯使劲儿摇头说道。

"我可是说正经的。那样可就不大好了。"

---

① 阿克维特是挪威生产的一种好烈酒。
② 雪利是一种西班牙等地所产的浅黄色或深褐色的酒。

"那么我就应该老让他去撒谎?"

"撒谎,什么话!"

"对,就是,就是撒谎。听了就让人生气。"

"得啦,别那样。不准你对丈夫那样失礼。"

"你别迁就他了,妈。他又不是孩子了,真的,他要是看见你向着他,在这个屋子里人都没法子待了。"

"'向着他','迁就他'——这可不是体面夫妻说的话。"

康斯坦斯站在那里用指头敲着桌面,鼻子翘得老高,嘴角不满地向下耷拉着。

"咱们家可没有那种人,你父亲和我可从不是那个样子。"

"是的,当然没有——我知道。"她说道,从她脸部的表情和说话的声音,都可看出来她很反对这种荒唐的比较。"你能想象我父亲也喝酒,并且喝醉了大着舌头跟你瞎说一气——真叫人受不了!"

"苓不就是吃晚饭的时候喝一两杯吗——那也没什么可大惊小怪的。"

"废话,吃完饭还喝白兰地呢!"

"得啦,只要不过量就没什么。就你老哭丧着个脸,也得叫丈夫多喝几杯。"

女佣进来收拾了桌子,母女俩去了起居室,苓正在那里吸烟,他前面摆了一大杯白兰地和苏打。他要给她们端点冷饮来,可是她们谢绝了。

苓又兴致勃勃了。他又一个劲儿地手舞足蹈地神吹起来,而布洛姆夫人这位真正的听客,总是点头赞许,并在适当的时候也笑上两声。

"别坐在那儿板着个脸,康斯坦斯。"他兴致勃勃地喊道,"放下那份破报纸,来好好儿跟我待着。"他把她从椅子上拉过来,想把她拽到自己那边。

她不干。

"你就过去坐下吧,康斯坦斯。"布洛姆夫人劝道。

她勉强走过去,苓把她抱在膝上。他抚摸着她,叫着她的小名。她想从他身上挣脱下来。当着母亲的面让他这样,自己又不反抗,这简直是侮辱人。烟臭和酒味使得她有些作呕,她毫无表情的脸上有些发烫,觉得他的嘴唇和胡须湿乎乎的。

"走开!你都要呛死我了。"她突然大声叫道,挣脱了。她跑出屋去,用手帕擦着脸。

"咳,您看,和她过日子就是这样。"苓说着,生气地站起来,"我总是尽量对她客客气气,可她老那样。"他来回地在屋子里踱着步子。

"她今晚上累了,没好气儿。"布洛姆夫人劝着他。

"她老是那样。"他又决意地坐下,"我都得求她——好像她在给我恩惠一样。"

"康斯坦斯可不是那个样儿。"布洛姆夫人答道,像是在思考眼前的情况。

"当然,只不过是一时的兴致。都是因为她那些小说里的废话——请原谅。"因他不在意地打了个嗝儿。

"你真那么想吗?"布洛姆夫人有些怀疑地问道。

"是,我当然那么想!那是唯一能说得通的解释。还可能是什么呢,天晓得?"

布洛姆夫人叹了口气,看着她的指甲。

"要是我当初不那么迷恋她就好了。我要对她冷点儿,她很快就会来找我的。"

"啊，苓，你可别那样。你要更疼康斯坦斯，才能赢得她的爱。"

"疼，疼！"苓说着，突然把身子朝前探去，正对着岳母。"我真不知道还能怎么疼她。"

"苓，这事儿你可得理智点儿。不少年轻妻子在初婚的几年都有点儿不大稳定。"

"烦死了，别人家都那么热火——就说玛丽吧——现在自己有个妻子了——可康斯坦斯又那么怪。我敢向您担保……"他凑得更近些，低语了一阵。

"康斯坦斯还太小——肯定以后什么都会好起来的。"布洛姆夫人满有信心地说。

"唉，不管怎么说，她要想让我高兴，就得改一改。对您这次进城来，我抱了很大的希望——您可得好好跟她谈谈。"

康斯坦斯进来，问母亲累不累，并说卧室已经给她准备好了。布洛姆夫人立刻站起来，和他们道了晚安。女儿送她过去，给她打开了灯。布洛姆夫人铺床的时刻，她在屋子里来回地踱着。

母亲在床上已盖好了被子，康斯坦斯在床边坐下来。

"能让您在这张床上睡简直妙极了——想到这几个礼拜您每天晚上都在这儿我就美滋滋的。"她开心地笑着，吻着母亲，确实心满意足了。

"可我希望你们和和睦睦的，康斯坦斯……告诉我，是怎么啦？"

"妈妈，那可不是能强迫的事儿。您的新睡帽真好看！是您自己做的吗？"

"是的。康斯坦斯,你应该很快活呀。"

"可是我敢打赌,那花儿是赫莱妮绣的。"

"是的,当然是的。你说对吗?康斯坦斯——你应该很快活。"

"哦,对啦,我认识赫莱妮的针脚。她的活儿真棒。"

"当然,你会很喜欢你丈夫,多好的小伙子!"

"你干吗让她挑了这么个讨厌的图案——要是扇子形就更贴近、更好看了。"

"求你别再说那个图案了好不好,听我说。"

她用头贴着母亲。

"乖孩子,当然你爱你的丈夫——你爱他,是吗?"

"我不知道。"

"这是什么话?不知道?"

她抬起头来,拨弄着母亲睡帽上的带子。

"我不觉得爱他。"她慢吞吞地说。

"你吓了我一跳,孩子。你接受他求婚的时候,不是出于爱他吗?"

"天晓得。哦,是的,从某种意义说我想是那样的——我仔细想过,请相信我,可是,可是……"她突然停下来,看上去挺为难。

"可是……"母亲重复道,"说呀……可是怎么?"

"我不喜欢结婚。"

"这是什么傻话?"布洛姆夫人生气地问道。

"傻吗?您真的一点儿都不懂呀?不就是老那样儿吗?"

"哦,假若做丈夫的道德不好,或是粗野的话……"

"那别的什么都没关系?"

"不应该再有什么了。"

"对一个男人喜不喜欢总是要看他是多好还是多坏？"

"真的，康斯坦斯。两个人的婚后生活是不允许谈这些的。做妻子的也无权想这些。"

"我看不出为什么不行。"

"因为那是荒谬的，至少是幼稚的，它可以毁掉夫妇间的婚后生活。再别孩子气了，康斯坦斯，看在上帝的分上。"

"行，那咱们就不谈这个。听我说，妈妈——您可不兴说'不'——我太想和您一块儿在这儿睡了。"

她偷偷地把手塞到母亲脖子底下，抬起头来对着她。

"和我？你发疯了，孩子？"

"我让自己变成个小不点儿——您不记得咱们在乡下的时候，我总和您睡？"她哄着母亲。

"嗯，那时候，对——你只是个小孩儿。"

"哦，对啦，我是长了几寸——那也没什么区别呀……就当我又回家度暑假一样，咱们可以聊个够。我这就去拿睡衣。"

话刚完，她都到门口了。

"不成，康斯坦斯。你丈夫会怎么说呢？"布洛姆夫人赶忙从床上坐起来，看上去是真给吓了一跳。

"就这么点事儿，他应该让的——假若他真是像您说的那么好的话。"

"你过来，康斯坦斯。"母亲严厉地说。等女儿又在床边坐下来后，布洛姆夫人用认真而且是告诫的语气讲起来。她讲，对丈夫不能动不动就生气或是冷冰冰的。爱丈夫并使他高兴是她的义务。她应该想想自己是多么幸福——一个穷公务员的女儿,今天能过得这么好——那确实是不可小看的;这么好看、这么体贴人的丈夫,还有这么舒适的家庭。她应该小心,不要让他厌烦了自己。弄不好他会到别的地方去另找新欢,这种危险总是存在的——男人都是这样。她和风细雨地讲着,同时抚摸着女儿的手。假若她自己克服不掉这个毛病,她就该去求助于上帝。她首先应该感谢上帝对她的恩赐和仁慈。假若她去求上帝,一切都会变得幸福,一切都会好起来的——她也又会变成自己的宝贝儿康斯坦斯,跟往日一样乖。

那些都跟姑妈说的一模一样。母亲真还要给她再作一顿令人沮丧的说教,说说姑妈是如何幸运——也那么坚持让她屈膝度日。他们强迫她高兴,装出高兴。可是,她有什么可高兴的呢?她看不出。她有吃有喝,这倒不假,可是这些她过去都有的。她如何能够忍受内心的空虚呢——对丈夫永无休止的忍耐。要是他们都不管她该多好呀。她从不抱怨任何人或责怪任何人。假若她那种想法真是很卑鄙的话,那肯定不是她的过错——她不可能变成另一个人。坐在床边听着母亲的长篇大论,她觉得非常失望,有一种被遗弃的痛苦感觉。她对母亲这次进城寄的希望太大了。她模模糊糊地觉得,母亲来了一切都会变好的。但是,现在她们又全然互不理解。母亲由于和谴责女儿的人搞在一起,一下子变得陌生起来。她们之间产生了隔阂——她住的那间大屋子里预备了好多东西,可是她进进出出像没看见一样,都好像不知道有那些东西。她突然觉得在母亲面前不自然起来。她们当初要是不谈这些该多好啊。她就变得对苓温和柔情一些吧;可是,又办不到。但她确实看上去好多了,不过那只是装的,只不过装装而已。

"康斯坦斯,我的宝贝——你会是个明白事理的好姑娘,对吗?"等了女儿半天,布洛姆夫人最后问道。

"是,我会的!我会很明白事理——您等着瞧吧。晚安,妈妈。"她吻了母亲,站起来出去了。

布洛姆夫人最终要走了。康斯坦斯帮母亲打包的时候,她凄凉地意识到,她又要单独地和苓一起过日子了。

母亲在这儿的时候,给她弥补了一点空缺——不是她内心的空虚,而是她们在一起总算过得很愉快,那些一个接一个的日程安排倒成了一种消遣。母亲成了康斯坦斯日常生活中的兴奋剂。有时,她们之间那种不融洽的关系出现时,她也会觉得有点儿痛心。想到要不是这些紧张的安排她们之间就无话可说时,她心里就有些难受。有时出现这种场面时,母亲就显得有些多余,康斯坦斯都有些希望,她要是不在就好了。

但是,母亲现在要走了,她又害怕起来。她将会多么孤独啊!她很清楚,母亲是走定了,告别的时候她哭了,求母亲只跟她再多待一天。

她上船去送了母亲,现在她又回到这间卧室坐在自己那个老地方,凝视着峡湾那边母亲离去的方向。

她像失掉了什么一样,孤单得可怕。

母亲回家去了,那儿的生活是多么安然和幸福,在那儿,只要活着也就很满足了,那儿从来不曾有过阴郁和困难。

就是这桩不幸的婚事弄得她和什么都那么别扭。她干吗要结婚呢!图个什么呢?又偏偏嫁给苓这样一个没有吸引力的男人,她和他永远也协调不起来。

她离开窗前,在地下来回踱着,轻轻地叹了口气。

她的生活就永远这样下去吗……直到她老了，老了，老了……她也再不能自由自在的了……假若他死了呢……啊，可是他又不死……他没什么大病……也许出个事故，在一只帆船上……啊，她怎么会想到这样的事呢……怎么都不害羞！

踱累了，她在长椅上坐下来，靠着墙，双手抱在胸前。月儿圆圆的，屋里亮堂堂的，每一件东西都看得很清楚。

母亲要是又从门那里进来该多好啊，哪怕就再进来一次；她将会搂住母亲的脖子放声地哭一顿，痛痛快快地哭一气，直到她心灵周围的那一层冰全部融化。她将要告诉母亲，她并不幸福，她永远也幸福不了——不管人们如何歪曲她——她都不会觉得，从来不会觉得，使那个胖得迟钝了的、就知道自己满足的男人高兴是自己的本分，是自己的冲动。这个人从来也不问问她的感觉，把她当作一个没有灵魂的人——就像玩几手摇风琴一样。

有人进到了过道，是苓，从那脚步声她就听得出来。他一定会进来，又来抚弄她，假若她挣脱起身，他就会生气地摇着头，好像把她当成一个做错了事的孩子。她听见他从一间屋子走到另一间屋子。现在他在餐室；正叫她——她真受不了他那声音。

她猛地站起来，走了几步，她双腿又好像突然钉在地板上。

正当苓也开门进来找她的时候，她突然跳到了衣柜和墙间的角落。他原路退回，叫阿里特，问她是否看见女主人出去了。康斯坦斯从她躲藏的地方又偷偷地走出来。

"你到底哪儿去啦？"苓用触怒了的声音问道，"我整个屋子都找遍了。"

她根本不想搭理他,在灯上放了个罩。

"你干吗不理我?"

"你真要我说明了吗?"

"天哪,康斯坦斯,怎么又别扭了?"

"你的词汇也太贫乏了,什么都是'别扭'!"

"你又要这样子的话,对我来说更好。"

她开始不在乎地翻着一本书。

"一不痛快,谁也不能碰你。"他恼怒地说,"可是弗里森或是你那帮子人一来,你就是另一副面孔。"

"是你那一帮子,才不是我的呢——你的那些狐朋狗友。"

"拼命……和你调情,讨你欢心。你当然也大弄风骚。"

"你太低级了……我都不愿理你。"

"啊,当然——我连话都说不清楚,又低级又迟钝——你说好啦。"

"你说得差不多。"她冷淡地说。

"可是我是你丈夫。倒也没什么,但你要记住,我是容不得那样放肆的。"他站在那里怒冲冲地看着她。

她轻蔑的目光偷偷地从他脸上、胸前拉开;她转过脸来,看着她那本正开着的书。

"你听见我说什么了吗?"他问道,用手使劲捏住她的下巴,强迫她看着他。

"我没法子!你知道,我又不聋。放开我。"她生气地说。她往起站的时候,眼里冒出怒火。

"老实坐着——我教训教训你。"他抓住她两只手腕,用劲握得她生疼。

"你的手可比你的嘴有力。"她倨傲地说道,但没有做一点儿反抗。

他使劲地甩开她,双手插在口袋里在地下来回地踱起来,满脸的怒气。

"哈!"他踱了一阵子说道,"了不起的女人!能从石头里挤出泪来。"他说话的同时,向她投去一眼,像是等待着回话,可是她没作声。

"你母亲在的时候你演的那场戏——她应该看看你现在这个样子。我就知道她走后会是什么情景。"

哦,对了,母亲走了,把她留给了这样一个可憎可恨的男人。他是个多么粗鲁的家伙啊!

她脸红了,泪珠从上面滚落下来。

苓知道她哭了。

她后悔了,他想,仍旧来回踱着。他对这个幸运的转变很满意,又指手画脚地讲起来。

"天使也有失去耐心的时候——所有我的事业和梦想都是为了天使的幸福,可一点用处也没有。"

她不想让他看见自己在流泪,但又止不住,赶忙用手绢擦了一下。

苓坐在她面前。"要我说的话,康斯坦斯,"他调解地说,"咱们之间就不该再拌嘴。你也就用不着流这些眼泪了。"

"我没哭。"她固执地说。

"你当然哭了,让我看了怪难受的。你对我说你后悔了,咱们都不往心里去就是了。"

"让我说?"她用疑惑的目光看着他。

他朝她探过去。

"听我说,康斯坦斯,咱们重修旧好。好好儿的,来吻我一下。"

她像被刺了一下似的跳起来，挣脱开他。

"滚开！"她喊道，"我见不得你。"她猛地跳出屋去。

苓像被雷击了一样。他惊呆了，站在那里好几秒钟，傻呆呆地看着门。

"婊子！"他咆哮道，"老天爷做证，这回再花言巧语骗我，只怕没门儿了。"他高视阔步地走进大厅，用力一摔，把门关上。几分钟后，他大步地走在去往替沃里的街道上。

舞会上
Ballstemning

亚历山大·基兰德　著
裴显亚　译

作者简介：

亚历山大·基兰德（Alexander Kielland，1849—1906），19世纪"挪威文学四杰"之一。他大量地阅读过基也凯哥德、狄更斯、海涅、斯特林堡等欧洲作家的作品和一些现代法国小说家的作品。在他的小说里，他把严格的激进主义观点和熟练、漂亮的讽刺风格结合在一起。他很喜欢用叙述手段，也善于驾驭这种写法，并用它中肯地反映当时社会的弊病。《舞会上》选自他1879年出版的短篇小说集。

不曾有过灾难和艰苦，她就登上了光亮的大理石台阶，这全只因为她惊人的美貌和温善的性格。由于她的好名声或好名望，她没有付出什么代价就在富有和权势阶层取得了自己的地位。然而，还没有人知道她的身世；只是听私下传说，她是从下层来的。

她本是巴黎郊区的一个孤儿，在恶习贫困饥寒交迫中长大成人——这种生活，只有那些亲身经历过的人才懂得。我们这些只有书本知识和其他知识的人，假若要塑造一个大城市里层出不穷的痛苦场面，必须得依靠想象，即使这样，我们刻画出来的形象，和现实生活比起来也失色多了。

显然，罪恶终将要吞噬掉她，但只是个时间问题——就像一台齿轮机把冒险靠得太近的人吞进去一样——接着，在那短暂的耻辱和堕落的生活中疾转之后，便把她用那机器无情的精确性扔在一个辨认不出和不可辨认的角落，在那里结束她被歪曲了的人生。

和有时出现的那种情况一样，她十四岁的时候被一个有钱有地位的绅士"发现"。当时，她正穿过城里的一条繁华街道，要回到四风街那间又黑又暗的屋里去。她在那里替一个专做舞会花朵的女人干活。

使那个富翁着迷的不仅仅是她非凡的美貌，还有她的体态、气质和满是稚气的脸庞，所有这些都好像给人一种感觉：天生的温良性格和刚刚懂得羞涩的矛盾心理使她显得总有点难为情。就像所有的富翁那样，他脑子里往往出现一些无法预言的怪念头，于是他决定来拯救她。

因为没人管她,他毫不费劲就占有了她。他给她起了名字,把她安置在一所最好的女修道会学校上学。她的恩人注意到,那原有的不祥征兆少多了,消失了。她逐渐体现出来一种虽然不够积极,但却令人愉快的性格、安详而无可挑剔的性情和实在难得的漂亮。

等她长大,他就和她结婚了。婚后生活也过得很愉快,很平静。尽管他们年龄相差悬殊,但他还是很信任她,同时,她也确实值得他信任。

巴黎的已婚夫妇不像我们住那么近,所以他们的要求不那么大,失意也不那么多。

她不很高兴,但也满足了。她从感恩出发磨炼了自己的性格。她并非生来就富有,正好相反,这有时候给她一种孩子般的乐趣。可是,从来没人怀疑过她的出身,因为她的举止总是那么自信、端庄。只是,人们觉得她的来由有点不大对劲。但是,既然谁也回答不出自己提出的问题,他们也就作罢了。因为,在巴黎这种地方,人们要考虑的事太多了。

她也已忘掉了自己的过去,就像人们因为从不去想起而忘掉他们的玫瑰花、丝带和年轻时候褪了色的情书一样。这些珍品被锁在从来不开的抽屉里面,可是,有时候偶然地打开看上一眼,哪怕只是一朵玫瑰花儿,或是最小的一条丝带不见了,也会立即发现的——因为对这些纪念品的一切我们都是熟知的,还那样记忆犹新,还那样觉得甜蜜或痛苦。

她就是这样才把自己的过去忘掉的:把它锁起来,并把钥匙也扔掉了。

她有时夜间也做一些噩梦。她好像觉得那个和她住在一起的恶老太太又抓住她的肩膀猛摇,并在严寒的早晨把她送还给那个做花的女人。

于是,她担惊受怕地在黑夜久久地坐在床上,眼巴巴地看着一片黑暗。接着,她便用手摸着丝床罩和松软的枕垫,摸着床上那些富丽的装饰,当带有倦意的小天使们慢慢把梦中沉重的惆怅推向一边以后,她充分地享受着只不过是个噩梦的那种奇怪无法言状而且轻松愉快的感觉。

背靠着软垫,她乘车去参加俄国大使举行的大型舞会。离目的地越近,速度越慢下来,四轮马车驶到了队尾,就只能一步一步地朝前挪动了。

在汽灯光辉夺目的饭店对面广场上,一大群人已挤在那里了。有少数是散步的,停下来看看;但绝大多数都是工人、失业者、穷女人和一些身份不明的女士,他们挤着站在马车的两边,地道巴黎味儿的俏皮话,粗俗的笑话向这些炫耀富贵的上流人士袭来。

她听到了那些她多年没听到过的话,她脸红了,因为她想,她大概是这些四轮马车里唯一能听懂这些粗话的人,那些都是巴黎的社会渣滓的话啊!

她抬头看看她周围的那些面孔,好像她都认识。她知道他们在想什么,知道这些凑在一起的人脑子里在想什么。一连串的回忆,一点一点地呈现在她眼前,她尽量不去想这些,可是她觉得今天控制不住自己。

她还没有丢掉那把内心抽屉的钥匙。她为难地把它掏出来,往事涌上她的心头。

她常记得——当还很小的时候——她贪婪地看着那些衣着华丽的贵夫人乘车去参加舞会或上剧院;她常面对着那些自己为别人佩戴而小心制作的花儿暗自流泪。在这里,她看见了那种同样贪婪的目光，同样止不住的充满仇恨的妒忌。

满脸怒气的人群，用半是轻蔑、半是威胁的目光打量着这个长长的车队——她很了解这些人。

难道不正是她，还是个小姑娘的时候，就躺在墙角睁着大眼睛听他们讲述人生的不公，讲述富人的暴行，讲述无产者只需伸手就可取得的权利？

她知道他们憎恨一切——从膘肥体壮的辕马、冷淡无情的车夫到擦得锃亮的车身，但他们最痛恨的，还是乘车的人——这些贪得无厌的吸血鬼。这些贵夫人，她们身上的佩戴比她们一辈子所干的活儿都要价值高。

正当她凝视着在人群中慢慢行进的车队，又一件往事闯入她的脑海，那是她在女修道会学校的时候，印象已不深了。

她立即想到法老统率着战车越过红海去追击犹太人的故事。她看见了那红海的波涛，她一直想象那波涛如血一般红，在埃及人两边就像一堵墙。

然后，摩西大喝一声，把他的魔棍指向水面，红海的浪立刻合上，吞掉了法老和他所有的战车。

她明白，她身子两边的墙比红海的波涛要厉害得多，粗野得多。她明白，这堵墙只要振臂一呼，只需有一个摩西，就可以使这个人的海洋动起来、奔腾起来、咆哮起来，把那权贵的荣耀统统淹没在红浪之下。

她心跳得厉害。她哆嗦着把身子向车座后面缩了一下，不是因为害怕，而是不愿让外面的人看见她，因为她觉得在他们面前羞愧。

她生平还是第一次觉得自己的好运是不公的，是害臊的。

难道她现在这豪华讲究的马车不正处在那些暴君和吸血鬼的位置上吗？难道她不正是属于外面那些激怒了的群众之列或充满仇恨的儿童吗？

一些快被忘掉的想法和感情有些抬头，像关了很久的猛兽一样。她觉得在她目前这样美好的生活中，自己只不过是个异乡人，无家可归，带着一种非凡的渴望，她回想起过去那些可怕的地方。

她紧紧抓住她那块昂贵的花边披肩，真想撕碎它、毁掉它！这时，马车一拐，进到了旅馆的入口处。

仆人拉着门，她面带谦和的微笑和那贵族派头的镇静慢慢走下车来。

一个漂亮的青年男子，在她面前显得像个随员模样，赶快朝她走过去。当她握住他的手时，他十分高兴，当他发觉她的目光异常温暖时，他更是欢喜若狂，当他觉得她手在摇动时，他简直美得要上天了。

他充满了自豪和希望，用高雅的举止把她搀上光亮的大理石台阶。

"您说，夫人，是哪路好心的神仙在您小时候赐给您奇迹般的天资，让您什么都那么好，什么都那么如意。就您头上那朵小花儿都特别迷人，好像还沾着早晨清新的露珠！您跳舞的时候，就连地板都随着您的步子轻轻地颤动。"

连伯爵自己对这样长这样出色的恭维话都感到惊讶，因为他常常觉得不容易把自己的意思表达清楚。他等待着这位漂亮的夫人对他表示感谢。

可是，他失望了。她把身子探出阳台。奏完一个舞曲，人们都在夜空底下歇着纳凉。她凝视着人群，凝视着还在往里进的马车。她好像对伯爵的美言一句也没听见。他只听见她低声地说了个莫名其妙的字眼儿：法老。

他刚打算再往下说，她转过身来；她朝舞厅这边迈了一步，正好站在他面前。她用一双大的、陌生的眼睛看着他——伯爵过去还从未见过这样的目光。

"我看未必有什么好心的神仙。亲爱的伯爵，我生下来的时候，连个摇篮都没有。至于谈到我戴的花儿和我的舞步，只是表明你的感觉还没迟钝，并且获得了一个大的发现。我告诉你那花儿上露珠的秘密吧！那是泪，我亲爱的伯爵！渗着妒恨、羞辱、失望和自责的泪。咱们跳舞，你觉得地板都在颤动——那是因为你在无限的仇恨之下心中发抖。"

她还是像以往那样从容不迫，说完，向他客气地点了点头，消失在舞厅。

伯爵站在那里十分茫然。他向外面的人群看了一眼。这是一种他常见的场面。他讲过很多关于这些人的坏话；相反，好话却讲得很少。可是，直到那天晚上，他才发现外面这个多头怪实际上是最不吉祥的东西，足以把宫廷显贵们放在一个可想而知的险境。

不可思议和令人不安的想法在伯爵脑子里转来转去——他确实也应该想想这些。他觉得十分不安，整整跳完一个波尔卡舞曲，他的情绪才又好起来。

银莲花
Hvitsymre i utslåtten

汉斯·金克　著
裴显亚　译

作者简介：

汉斯·金克（Hans Kinck，1865—1926），和克努特·汉姆生关系密切的同时代作家，尽管在文学风格上两人断然相异，但不少人认为他可以和汉姆生媲美。他的心灵受着一些生活问题的折磨，但他坚信：在永无终止的理解生活的斗争中，写作是必不可少的。他是一位多产的作家，写过许多小说、诗剧和散文，从1895年到1926年他去世前，他出过11部集子。《银莲花》选自他的短篇小说集《蝙蝠的翼》(*Flaggermusvinger*，1895)。

一个明媚的夏日，格特鲁德在教堂做礼拜，她双手捧着赞美诗集，身子稍稍前倾，神情有些忧郁。她脸色发白，三十岁上下，厚厚的金发，蓝色的大眼睛半睁着，长时间地凝视着圣坛台阶的最下部。她不愿往高处看，因为神父的儿子站在圣坛旁边。他体格健壮，肩膀宽阔。今天，他和他父亲到这个山沟里的教堂来做司仪，他是最近从山那边的克里斯蒂安尼亚来的。

她什么也没听见，好像耳朵里有塞子、眼前有迷雾一样。一个星期前发生的事又来纠缠她，无论她走到哪里，都摆脱不了。

……是啊，教堂里夏夜静悄悄……在那几英里[①]以外的深山里，明晃晃的小草叶柄上没有一点隐约可见的微光，远处山巅一点亮的意思都没有，一棵棵白叶儿柳树沿着溪岸陡峭地立在那里……一个暗淡的、充满湿气的夏夜。

……在那山上牧场的库房里，她无法入睡，烦躁地躺在那里，辗转不停，浮想联翩。同时，她也觉得害怕起来。她终究有点儿后悔，后悔那天晚上没有和牧童一道回村来，那是礼拜六晚上。

……她躺在干草堆里，听着。一切都在轻轻地颤动，那是一种游戏，知道吗？是一种生活……整个牧群布满山坡，硬从石壁上踩过去，跳着，四处涌着，一个挤一个地进到草地……各种牲畜的大聚会，那么安然，那么驯服。

---

① 英里为一种英制长度单位，1英里约合1.61千米。

……她耳朵里全是那声音，别的什么也听不见，那声音把她的目光引向库房墙壁的裂口处。那边淡灰色的雾中，是一群赤脚的青年，他们的腿长而轻快，不出声地跳着、转着，一些从这边来，一些从那边来。有时，他们好像就从地面升起来一样……相会于此，或蹲下去，或跳起来，或相互偎依，或挤作一团，聚拢在弯弯曲曲流下山坡的小溪旁，人越来越多。

……直到靠近小溪，一切才变得十分富有生气，并且异常激烈。孩子们低语着，嬉笑着，依着白叶儿柳树，把它们围起来，接着又跳到草地上，围成一圈一圈的，纵情地跳起来，然后又跑回去，追逐着小溪，一群一群地溅起水花，溅起那灰色的水花。

……远处系着一根根琴弦，是那些新到的人系上去的，这样，充满思慕的琴弓就变得有声了，它从那里轻轻地拉过，在河口却什么也看不见。声音低低的，那样柔和，因为手指按动了所有的弦。

……于是，一切都化成了长长的流水，提琴声吸引着大群大群的人，在泥塘旁、泽地边和平静的水面上。

……山岭那边，出现一张面孔……一个她几乎认不出的金发男子，高高的额头、慈善的双眼、滑润的面颊，嘴唇上还带着笑容。她躺在那里，他呆呆地看她，她用手轻轻地抚摸着他的脸蛋。

……可是，天越变越黑，脸蛋摸不着了，那男子也不见了。

……提琴的变大，整个山岭变成了琴弓，广阔的水面变成了琴盒。手指按动了每一根琴弦。

……没有清楚的色彩，没有明显的声音，和灰色的夜融在一起,和所有人与兽的声音……和歌唱着的迷雾的夜晚。

……提琴还在变大,一大片土地都变成了提琴,在库房底下轻轻地颤动着,所有那些充满热情的年轻人都在拉那琴弓,指法不乱地拨动琴弦。他们的手指揉动着弦,让声音总保持那么低。

……她从那干草堆上滑下来,走到门口,轻轻地把门推开,让夏夜的凉风向她吹来。

"啊,嗨嗬,嗬!"她站在那里唱起来。这一来,她倒什么也看不见了,什么也听不见了。她也不知道自己唱些什么:

啊,嗨嗬,嗬!
啊,嗨嗬,嗬!
你为何搅醒我的酣睡?
用松柏活力的精髓,
和那溪边排卵的鲑类!
啊,嗨嗬,嗬!
啊,嗨嗬,嗬!
是谁搅醒了我的酣睡?

她不停地唱出自己的心事,唱了一遍又一遍。那是牧场夜空的旋律,在这夜幕的启发下,她才有灵感唱出这样的歌词。

通往库房路旁的草沾满了露珠,一会儿,从那里传来脚步声。有人在房外停下来。一个黑影溜进房来,一句话没说便插上了门。她不认识他,没看他,也没问他的名字。

可是，他一定是在外面牧场上帮着拉大提琴中的一个……

"上帝安慰我吧！"教堂里，她手捧赞美诗集叹息道。她坐在那里一直想着，回忆着那个夏夜。礼拜都做完了，人们已开始离去，可是他还一点不知道。她站起来，跟着走出去，同时看了教士们一眼。

她偷偷离开那座古老的教堂，又沿灰色的石墙走去，那里坐满了人，也有躺在那里晒太阳的。他们多数是些充满喜气的年轻人，他们等着听山坡上小屋子里那激荡夜空的琴声。这种小屋子一般都是那些从四处赶来结婚的人搭起来的。在为这些年轻人证婚前，神父想歇口气——拿他的话说。

可是，一旦来到这里，她又回忆起那天夜里的事，于是那把古老的小提琴又被忘却了。她的思路追逐着那夏夜一团一团飘动的薄雾，她觉得自己像是一片快活的树叶，漂浮在满是涟漪的小溪上。直到她来到山脚下，在琴声传不到的榛子林里，她才醒过来。她朝草地里走了几步，在榛子林后面的苔藓上坐下来，双手放在膝前。

……真的，她真不知道那天晚上溜进库房的那人是谁，她也不想知道，那天早晨他离去的时候，她强使自己紧闭双眼躺在那里……可是，除了神父的儿子，在那附近再没别人了。就他有那样一个浅色小包，碰巧那天他背着这个包消失在村头崖巉后面时，她见过。总之，她最后还是朝门跑去——当她相信他已经走得看不见了——去看看是不是……

她还坐在那里想得出神，听着蜜蜂的嗡嗡声，看着蝴蝶变幻无常地飞来飞去。

……天空像波涛汹涌的大海，在眼前拍打，在耳边回响……上面飘浮着夏夜轻轻的声音,飘过去,飘到草地,围绕着树干,传向四方,汇集成灰白色的迷雾,笼罩着一切。

啊,嗨唷,唷!
啊……嗨唷……唷!

树叶儿这么唱,小草儿这么唱……

突然,那声音不见了。她听见了山坡下小路上神父儿子的声音。身着夏装的城里姑娘走在前面,她是暑期来看教区长的。他跟在后面,小声地谈着什么。

无疑,他们是趁神父在主持礼拜仪式的时候出来散步的。

格特鲁德站起来,在那里听着。她知道他离得很远,可是她觉得他出奇地近……悲哀和期盼在她心里交织在一起,她屏住了呼吸,像有一群燕子在她心里一会儿飞向高空,一会儿掠过地面。

他们的话很少……只听见呼吸声。他找到一朵花儿。

"啊,多可爱啊!实在是太漂亮了!"她说。

接着,两人都闻了闻它。他们停住脚步,又闻了一下那花,好像闻不够一样。他把花儿给了她。

格特鲁德跟他们上了山坡,轻轻地从一片榛子林跑到另一片榛子林。是的,是那个夏夜里浓浓的眉毛和温柔的眼睛,是那滑润的面颊和微笑的嘴唇!……

"我也要一朵,要你给我一朵!"过了一会儿他乞求道。

"好的。"她说,看上去似乎有些吃惊。她赶忙也去找花儿。

他们无声地走着,她还在找花儿。

"你想要什么花儿呀?"她这样问道,"勿忘草?"她从草地里摘了一朵蓝色的勿忘草,有点想笑。

"我要的是你!"他高兴地叫道,用两只胳膊搂住了她。

她也向他张开双臂,搂住了他。格特鲁德听见他们的窃窃私语,炽热的呼吸。她靠他们更近了,最后,她都好像能觉出他们身上散发出的热气。她双腿没劲,浑身发软,无力地坐在草地上,再也站不起来了。

这对情人手挽手沿着小路走去,然后又调转头,回来了。

当他们发现格特鲁德时,松开了手,也不出声了。那个文雅的城市姑娘开始发狂似的找着花儿,然后,他们又慢慢地朝前走,装作没看见她在山坡上。

"我什么也不说。"他们悄悄从旁边走过时,格特鲁德跟着他们小声地说。她观察着神父儿子的脸部表情,看她的允诺是否得到了他的欢心。他有些不知所措,脸也红了,装作不认识她,在那里闻着一朵花儿。

城里姑娘轻轻掉过头去。"啊!"她微笑着,笑得那样安然,那样幸福。她漠不关心地看看周围的群山,说:"反正人们都会知道!"

格特鲁德坐在那里看他们离去,她也想跟他们一道走,想知道他们到底会怎样,想帮他们一道保密——就这一件事情!……

走下去不远,他们又拉上了手,面对面地笑着。

他们在榛子林后面消失好久了,她还坐在那里,凝视那远处的小路。

……是的，那就是人们所需要的，多数人：结婚！……啊，你多为他们感到惋惜啊！……震颤着的阳光下，那辛酸的孩子般的泪啊……

她站起来，大步走向远离农庄和教堂的另一条小路。她没心思去看他们在教堂里结婚，太伤心了，太伤心了！她再不想看任何一对男女结婚了。什么也看不见，在那震颤着的阳光下，只见辛酸的孩子般的泪……

在山谷的高处，她拐进了山路。她那天早晨正是从那条路来看神父的儿子，来听他的声音的。她没休息，连口气也没喘，稳步地穿过湿泽地、土墩子和陡峭的山坡。她根本没意识到自己是在走路，好像是那暗暗流出的泪水汇成强劲的溪水把她冲到每一个山坡。

直到山上的牧场，她才停下来；也直到那时，她才双眼涌出泪来，两个眼角都含着一滴怯生生的泪珠。她背对库房，在外面坐了好久，凝视着那边的平地。

……她不理解人们竟敢那样想……结婚、过日子……她，曾经相信过，一个穿灰衣服的男子自己也听过不同的提琴声！比较起来，那微弱的结婚进行曲算得了什么呢！它并不能和那大大的提琴、长长的琴弓、那歌的海洋相比，生活本身就飘浮在它之上，而且，它还拍打着房屋和教堂！……

她的内心静静的，她的周围静静的，静得就像深山老林里的一簇银莲花。

她坐在那里，直到带露珠的薄雾开始在草垛间飘动起来。

伴随着那大大的提琴和长长的琴弓，那冷漠淡然的夏夜轻轻地伸展到牧场。从湖畔、溪边，从酣睡的白叶儿柳树那里，发出了这样的声音：

  啊，嗨嗬，嗬！
  啊，嗨嗬，嗬！
  等你酣睡我再回。

还乡
Hjemreisen

奥斯卡·布罗登　著

裴显亚　译

作者简介：

奥斯卡·布罗登（Oskar Braaten，1881—1939），挪威小说家、剧作家，原来是奥斯陆东区（劳动人民居住区）的一名工人，经过刻苦努力，后来成为出版商、作家。他是第一个写挪威工人苦难和贫困的作家。他热衷于反映工人的斗争、团结和他们的勇敢精神，尤其擅长描写女工的劳动和生活情况。《还乡》选自他的集子《惰轮》（*Mens hjulenestar*，1916）。

一

工厂里午休时间。

有些姑娘已经倒在地板上,头枕小包躺下了。她们要争取睡个午觉。

还有一些——几个年龄最小的——跑来跑去,打打闹闹,在机器间的通道玩儿,或是偷偷地跑到贮藏室的小伙子那里,随即,你就可以听见里面传来兴奋的喊叫声。

在那边窗口,一个年轻姑娘独自站立着。她眼睛四下一转,看看附近是否有人。然后,她轻轻推开窗,把头伸了出去。她陶醉在清新的春风之中。

啊,今天天气多好!丽日当头,宛如夏天,天空是那样蔚蓝、清澈。

姑娘把手放在窗外的砖墙上,晒晒太阳,砖墙上既暖和又舒适。

下面的阿克赛尔瓦河慢慢地流过,流过工厂后,变得又暗又脏,可是它还是那样渴求着工作,下游还有许多繁重的工作要它去做,它还不能歇息。下游还有许多工厂。

"花园"里工厂的两棵树已经长出了嫩芽,树根周围顽强地长出了几束小草。

姑娘不只看到这些,她看得很远很远。

她眼前出现了一幅狭窄山谷的美景,还有沐浴在阳光下的灰白色小村舍,比阿克赛尔瓦河更清澈的匆匆流过的小河以及绿色森林,那里的树木比这楼下的树养分可充足多了。

她被这小村舍深深地吸引着,她想走进去,看看里面的情景,看看里面那些熟悉的面孔和熟知的事物,可是太难了。里屋姑娘们的欢笑声闯入她的画境,驱走了小村舍、森林、小河以及那绿色的草地。姑娘回过神儿来,发现自己正看着外面灰褐色的屋顶。她又关上了窗户,回到机器边。这时已经快两点了。

那天下午,她和往常一样工作。纱断了,她就停下机器,把线接上。到了时候,就把满了的线轴取下来,再安上空线轴。机器运转正常。但是,她对这工作没兴趣,她心不在那儿,她的心在远方,跟纺纱和棉线毫不相干。

在她旁一台机器旁工作的丽娜不住地瞅着她,丽娜好几回和她说话,她都没搭理。

于是,丽娜抽空离开自己的机器朝她走过去。"你今天怎么啦?海尔葛?怎么这样别扭!"可是海尔葛还是不吱声。

丽娜把手搭在她胳膊上说:"又是因为春天引起你思乡了吧?傻丫头,又是想家了吧?别为这烦恼了,海尔葛,其实,你管它什么春天呀,阳光呀!夏天和秋天对你来说有什么两样呢?外面漫天大雪也好,烈日当头也好,你在这儿不是都安然无恙吗?你管它出不出太阳呢?抬起头来,傻丫头,想点儿高兴的事吧!"

可是,丽娜的规劝毫无效果,海尔葛还是满脸愁云。她把脸稍稍转过去看着地说:"我还是要回家去!"

丽娜微微一笑,说:"哦,是吗?你要回家,是吗?对,对,我的傻丫头,你回去吧。不过可得快点儿,要么就晚了!"

海尔葛看着她："你说啥呀？"

丽娜收住了笑容。"我有一次也回家了，你知道的。每年春天都回家，每当春光明媚、春暖花开的时节，我都要回家，我也确实回去了，啊，是的——我的心回去了，可人呢，一步也没有离开过这个工厂。你也注定跟我一样。你在城里待了三年，每年春天你都要回去，你去年'回'家了，今年你又要'回'家，当然明年你也要'回'，还有后年……可是你还得待在这里。你越待就越回不去了，再过许多年，有那么一天，你头发都变白了，春天照样来临，可你哪儿也去不了了，哈，哈，因为那时你再也见不到太阳和夏天了，那时呀，你也就平安无事了！"

海尔葛狠狠地瞪了她一眼："我才不会那样呢！"她说："一辈子也不会！我要回家，几个礼拜之后我就走，我再节省点儿，每天我都有几个零钱，等这儿是夏天了，我也就要远走高飞了——在城里真没法子活！我必须得回家去！"

"行！行！"丽娜说，"那你就去吧，我的姑娘，不过，先看看你的活儿吧，线断了！"

二

几个月以后，一个夏天的良宵。一个小伙子和一个姑娘沿着大街散步，两人都没有好气，什么也不说。

他们走了好长一段路，拐过弯，穿过一块耕地，来到青青的草地上，坐下来。

四周都是人，在家里闷了一天，人们都想出来呼吸点新鲜空气。

不远处,有几个人躺在那里,一边骂着,一边玩着纸牌。另一头,是几个年轻姑娘,坐在那里无忧无虑地笑着、嚷着。从小山那边,远远传来使人着迷的手风琴声。

可是他们俩却坐着不说话。

他把目光投向远处的城镇、远处的河,以及那里的工厂。

她顺手摘了几朵花,坐在那里,把它们放在膝上玩儿着。她不时抬眼看看他脸上的表情,他今晚上冷冰冰的,心里一定有什么事。

时间在推移,天色已暗下来。姑娘有点儿急了。"干脆回去得啦!"她说,"我每天上午都累得够呛。"

他低下头看她一眼。"急什么?"他说,"你经常出去比这还晚。"

接着,他转向她,声音变温和了:"你想过没有,海尔葛,你能听我的话吗?"

她坐在那里,嘴里一点儿一点儿咬着小草,不吱声。

他又继续说:"或许你有难处?或许你担心我会使你倒霉?"

今天晚上她还是第一次那样看他:"唉,你完全明白我不是这意思,埃德瓦。你会对我挺好的,我知道你会的。可是,还是不行,你一定得明白这一点!"

他轻蔑地笑道:"你说不行,不!不!那就这么着算了。你一定是另有所爱,我并不想妨碍任何人!"

他站起来要走,海尔葛拉住了他。"先别走!"她恳求道,"别说那些难听的话了,你知道,我对别的男孩子不感兴趣;可是我不想嫁给任何一个城里人,这我对你已经说过了,明年春天我就回家去,我不准备再回城里来——在这里我简直没法子活。"

他若有所思地看着她说:"也许,家里有个人等着你?"

她没有立即回答,这话倒使她想起了什么。她竭力搜寻着往事,她想起了家乡的一个黄头发小伙子。许多年前,就是他占住了她的心。

她松开了刚才拉住的手:"有又怎么样?我必须向某人汇报吗?"

他站起来,这回再没人能拦住他了。"不,"他说,"你用不着汇报,你愿意怎么做都行。"

她也站起来。他们沿着来的那条路慢慢走回去。走到街上,他停下来说:"可是,你为什么今年春天没走呢?你早就说你要回去。"

她的声音有点儿颤抖。"唉,好多的问题,"她说,"我需要点时间理出头绪来。现在,我一年到头都得省吃俭用,这样,我明年春天就能买几件好衣服,我不想连件衣服都没有就回家。"

他脸上有了一线希望。"你敢肯定明年春天就不会有问题了?"他问道。

她自负地笑了笑,"不会的,会有什么问题呢?"她惊异地问道,"我既然拿定主意要回家,就不相信有什么能挡得住我!"她的声音响亮而又肯定。

夏去冬来,在冬天,梦是长眠的。有时,也偶尔醒过来,但那只是让血液流动得快一点儿,很快又会睡去,梦不喜欢冬天。

对海尔葛来说,冬夜总是那么长。她的小屋子显得太挤了,她一定得去见见人。

那年冬天,她和埃德瓦在一起的时间很多,他们玩得挺愉快。埃德瓦很好,小伙子扎扎实实的,她很喜欢他。晚上她在梦中伴随他安息,早晨醒来,一想到他就感到快活。事情就是这样的:你必须得老有个人让你想着。

圣诞节过后,日子一天一天过去,他们却不像以前那么高兴了。海尔葛脸上的红润消失了。以前,尽管工厂空气污浊,夜班很劳累,她脸上还是红光焕发。

春天临近了,她的心又开始飞向遥远的村庄,她常常彻夜不眠地躺在床上,内心充满了绝望的感觉。

白天在工厂,丽娜的眼睛一个劲地盯着她。一天下午,丽娜见海尔葛老不搭理,便走过去问道,"你快走了,是吗?"

海尔葛顺手安了一个空纱轴。"走?"她反问道,"天哪,你瞧我这副模样,丽娜!我不能就这样回家,还得等一等,不忙,夏天还长着呢。"

丽娜微笑着走开了。

那年秋天,海尔葛和埃德瓦结婚了。

三

年华如流水。

海尔葛和埃德瓦在生活的道路上挣扎着,常常是十分艰难的,但他们互相忠诚、齐心协力,这就大有帮助。

婚后最初几年,海尔葛待在家里没去工作,后来,大女儿长大了,能看管弟妹了,她才又去工作。

如今他们夫妇俩手头不那么紧了,他们把屋子布置得十分漂亮,也不缺衣服穿。

可是,海尔葛还是没在城里安下心来,每年春天她仍然渴望还乡。每当她想家的时候,看着丈夫、孩子、工厂都不顺眼,于是走到一边,独自沉思。有时候,埃德瓦不得不对她厉害点儿,使她清醒些。

一年春天,海尔葛的还乡欲望比以往更强烈了,而且一直萦绕心头。埃德瓦好说歹说,都毫无用处。最后,他只好随她的便,同时另想对策。他想了好几天,终于找到了一个办法。

她应该回家去,因为她多么渴望回到那里啊,家乡的一切都是那样美好!但她不应该一个人回去,她应当和他,还有孩子,一块儿回到她出生的那个村庄。但是,他们还应该在工厂里再干几年,尽力工作。从此以后,再不添置东西,一个劲地省钱,每个礼拜他们都在银行存入几个克朗,尽可能省吃俭用。几年工夫,他们就可以积攒几百个克朗,就可以回到她向往的家乡,再买上一小块土地。

一天晚上,孩子们睡着了,他躺在床上给妻子讲自己的计划。海尔葛张着嘴听得入了神。这天晚上埃德瓦的声音是那样温和、亲切,他的目光充满了理想,他说的一切都是想好了的,他说得那样清楚明确,使她深感安全和幸福。最后,他抚摸着她的脸蛋儿,问她是否觉得这计划行得通,她用激动的声音答道:"当然行得通,埃德瓦!世上有什么能阻挡我们实现它?"她觉得她现在得到了他的保护。"你能想出这个办法,真谢谢你,埃德瓦!"她说,"太谢谢你了,亲爱的!"

可是,不久后的一天,埃德瓦病倒在床上,他咳嗽好多年了，面色苍白，身体虚弱。只是因为有无尽的工作和忧虑，他才没倒下去。但是他现在卧病在床，一蹶不振了。一天，大夫说他再也起不来了。

这对他是很沉重的打击，他丧失了往日的勇气。

一天晚上，海尔葛坐在他床头。这天他显得特别沉默，躺在那里想着什么。他久久地凝视着妻子。"唉！"他叹了口气。

她弯下腰去安慰他。"你不能那样，"她说，"一切都会好起来，让上帝发落吧！"

他咳着。"我倒没关系，"他说道，眼睛里露出绝望的目光，"可是，你和孩子们，海尔葛？你们怎么办呢？"

好一阵子，她没法回答，找不出什么有意义的话来。她苦思冥想以前给过她希望的那些想法，可是今天怎么也想不起来。今天，她脑子里的想法都是那样模糊、沉重。

丈夫在床上的一声叹息，使她明白自己是在什么地方。她竭力装得很有信心，对丈夫笑着说："亲爱的，不用担心我们，真要没办法了，我还可以带孩子们回家去。那儿我朋友很多，他们一定会帮助我们的。往后，我反正不能在这城里过下去了。"

她觉得好像看见那苍白的脸上掠过一丝苦笑，可是她又说不准。

四

埃德瓦去世好多年了，多么令人生厌的年头啊！

海尔葛仍在工厂干活。

现在那里的变化可大啦，新的机器，新的人。老机器不能工作了，就把它们抬出去，砸烂，当废铜烂铁卖了。人呢，就被送到城北边的大草地，在那里埋了。

丽娜就是很早以前从那条路被送走的，她的女儿现在顶替了她的工作。

最近，海尔葛的脖子也直不起来了，头发也白了，因为活在这个烦人的世界上负担太重了。她的孩子也一个接一个地夭折，他们都那么弱，个个都弱。只有大女儿还留在人世，和母亲一道在工厂干活。

一个春天的晚上，海尔葛和女儿在屋里坐着。那天天气不错，给人一种夏天就要到来的感觉。

停了一阵子，海尔葛说："我在想，孩子，咱们在这里不停地工作了好多年，要能稍微休息几天就好了。我常想回老家走走，看看那些老熟人，可总是因为有事耽搁了。咱娘儿俩今年夏天走一趟怎么样？这对你我都有好处。"

女儿转过头去，不愿意让母亲看见她笑了。其实，海尔葛也没有看见什么。她还继续往下说："你一定会喜欢乡下的生活，你也从没走出过城市，那儿和这儿的生活可大不一样，知道吗？你很快就会发现不同的。天哪，我真不懂，人们怎么能在这可怕的城市连续生活这么多年？我无论如何也习惯不了。"

女儿又笑了，这回她忘了掉头，让母亲看见了。

她无力地看着女儿，然后用手去抚摸女儿的前额。"啊，是的，就是我说的那样，好孩子！"

但是，她接着在椅子上坐直身子，声音变大了："行，行！你可以笑，孩子！但不管怎么说，我也要回去，你瞧着吧。你要不去，我就自己回去。以前我就这样，我才不怕呢！你也不用笑我，我说话是算数的，不等树发芽儿，我就走，到时候你就知道了！"

海尔葛没说谎。

那年春天她确实走了。

尽管她说的是实话，但她没有走那么远，她没有乘亮闪闪的火车到乡下去。

没有。那只是一次穿过马路的宁静的短途旅行。

她没能去到一个流水潺潺、白桦成林的美丽山谷，但无论如何，她去的地方跟家乡还是有点相似之处，那里离她家乡那条河流不算太远。阿克赛尔瓦河从很近的地方流过，娜德赫公墓自然也有几棵白桦树。

梅兰芳
Mei-Lan-Fang

诺达尔·格里格　著
斯文　译

作者简介：

诺达尔·格里格（Nordahl Grieg，1902—1943），挪威爱国主义作家，民族英雄。第二次世界大战期间，他为了抗击德国法西斯侵略，投笔从戎，在挪威军队中当军官，曾留驻英国和冰岛。1943年12月2日乘坐英军飞机参与轰炸柏林，在空战中壮烈牺牲。

格里格1902年11月1日生于卑尔根。青年时代他在奥斯陆和牛津上学，喜欢旅行。他是一位现实主义作家，对底层人民的痛苦生活寄予深切同情。第一部诗作《在好望角的周围》（1922）和长篇小说《船在航行中》（1924）都描写水手们惨痛的命运。《溪流中石头》（1925）和《挪威在我们心中》（1929）是两部充满爱国热情的诗集，热情地歌颂挪威雄伟的大好河山和为挪威的繁荣做出贡献的劳动群众——水手、渔民和邮递员等。

1927年格里格作为记者来到中国，发表了《在中国的日子里》（1927）。从那一年开始，他的创作转向戏剧，发表了《一位年轻男子的爱》（1927）、《巴拉巴斯》（1927）和《大西洋》（1932）等，但不太成功。1932—1934年他居住在苏联，这一段生活对他的思想和创作具有十分重要的意义。他认清了西方民主的虚伪性，从十月革命中看到了人类的希望，使他对未来充满了信心，不久写出了三个极为成功的剧本：《我们的力量和我们的荣誉》（1935），谴责挪威商人为了获取暴利对劳动群众进行残酷剥削；《但是，明天……》(1936)和《失败》(1937)，批评了西方和平主义，而以巴黎公社为背景的《失败》更是他最杰出、最受欢迎的作品。

1936年西班牙内战爆发，诺达尔·格里格同不少北欧进步作家一起，离开和平、温馨的家乡，奔赴硝烟弥漫的西班牙，为保卫西班牙共和国、反对弗朗哥法西斯独裁政权参加了国际纵队，并创作了纪实文学作品《西班牙之夏》(1937)。

德国法西斯占领挪威后，格里格一方面率领士兵抗击敌人，一方面用他的诗歌和电台讲话来激励挪威人民为保卫祖国而战。这一时期的诗作有《1940年5月17日》《挪威的好年景》《国王》等。这一时期的作品如同他初期的作品一样充满对挪威的无限热爱，但语言更为激昂、奔放，富有战斗性。格里格的其他作品还有评论英国诗歌的论文集《青年之死》(1932)和长篇小说《但愿世界年轻》(1938)等。

《梅兰芳》记述了作者第一次看我国京戏的体会，因为他对京戏不熟悉，所记可能有不准确之处，但从中可以看到他对我国戏剧的喜爱，对我国戏剧大师梅兰芳的尊敬。

那迪内①领我去看中国最伟大的戏剧表演家梅兰芳的演出。

那迪内本人就可以成为一本书的主人公,她的一生值得花点笔墨大书特书,比方说,就不知道她怎么会在张荣昌(译音)手下当上了空军名誉上校。平日她穿一身军服,裹着绑腿,甚至白天出席鸡尾酒会也是这副威风凛凛的打扮。可是今天晚上她却浓妆艳抹,穿上了最正统的高领紧身的女性裙袍。可见剧院毕竟是个守旧的天地,服装上开不得半点玩笑。

"这里看的不是易卜生哪。"我们进场的时候,无事不晓的那迪内告诫我说。

果然,迎面传来了一片像地狱里的鬼哭狼嚎的声音。舞台上半明不暗的灯光下,缤纷的色彩和迅猛的动作组成了一幅光怪陆离的图画。各种陌生的乐器发出了聒耳的铿铿锵锵的尖吼。看那边!一颗白色的彗星突然从人们头顶上呼啸飞过,黑暗中竖起一只手来,"噗"的一声将它接住。原来是条毛巾。那是花楼顶层一口大锅旁边有个男子瞄准绝对正确地投向池座里的每个目标。此人居高临下,随时用他那必须精确得容不得出半点差错的技艺向所有要擦把脸使头脑清醒清醒的观众飞速奉献上热气腾腾的湿毛巾。

不,看到的确实不是易卜生,可是得到补偿的却是

---

① 那迪内可能是陪同作者的中国女人,外文名 Nadine。

看到了莎士比亚！是呀，我们西方国家的戏院有一个时期何尝不是这样喧闹和杂乱的？在三百年前那段了不起的辉煌日子里，我们刚刚诞生的舞台也何尝不是同它彼此彼此……而在这里，舞台已经存在三千年了。

我们进去的时候，台上演的是一出"武戏"，也就是武打的戏。戏里的大英雄身穿鞑靼人的华丽服饰，吟诵着关于战争的古文诗句，而舞台上，四周都站着张作霖手下的士兵。台下要买票，没有他们白看戏的座位，于是这些丘八老爷干脆都站到舞台上去，嘴里叼着烟卷，逍遥自由地从近处看演出。乐队坐在舞台上的一个角落里，有八到十人。有笛子、胡琴和在大开打时发出震耳欲聋、叫人心烦的噪声的大鼓。

那出戏剧情十分简单易懂。一个武艺超人的将军领兵去追逐敌人。舞台上像旋风盘旋出一个雄伟高大、服饰华丽的人来，张作霖手下的丘八们纷纷后退，给他让出一条通路。这样的英雄真是见所未见！那些身材魁梧的东北大汉站在那位武士身边只不过像是一群孩子。他威仪堂堂，昂首阔步，好像一头羽翎遍体、色彩斑斓的雷鸟。斜插在背上的四面三角小旗分列在他脑袋两边。他头上戴着一顶中间耸立着枪尖、四周镶有珠宝璎珞的王冠，像是在乌黑的头发上扣了一个粗大的巨轮。手里握着一根巨大的长枪。他身上穿的是一件红、黄、紫三色的战袍。

他像一阵狂飙似的旋进舞台，然后按照一种古怪的、巴洛克时代的旋律往后连连倒退。他又朝前交叉移动双腿，似乎正在走一条仅仅靠了他的英勇的男子汉气概才得以跋涉而过的险路。他站停了片刻，引吭高歌一曲表明他的必胜信念的战歌，接着提起一条腿横跨一根马鬃做的鞭子，跨过去，然后重新猛如风暴地朝舞台背后冲过去。

"现在他骑上马了。"那迪内解释说。

他前脚刚走，另一批武士接踵上场。他们是敌人，服饰看起来也非常华丽，但是他们只是被那位令人闻风丧胆的英雄所追逐的残兵败将。他们唱了一支歌向冥冥之中的神明抱怨诉苦一通，然后横跨马鞭，为了求生逃命而狼奔豕突。

就在他们从舞台消失的一刹那，那位英雄又像一股旋风旋进舞台。他尾随不舍，追得敌人走投无路！风驰电掣般的速度、震天价响的鼙鼓，所有的一切都使得我们亢奋不已。我们觉得自己也犹如置身在这场追逐之中。当他将一条腿跨过马鞭时我们也在驰骋，两边的景物须臾即逝。我们又一次看到敌人匆匆溃逃，然后又见到了他如同旋风一样的矫健身影。真是一场何等疾风暴雨的令人透不过气来的大追逐啊！

最后他终于追上了他们，于是交手开打了。

舞台上这一场拼杀虽然完全不是现实的，但却照样充满了血腥和残暴。英雄挥动长枪，冲杀拼搏，舞出一朵朵凶猛而令人难忘的枪花。敌方武士把他团团围困。满台旗浪翻滚，刀光闪烁，叫人看得眼花缭乱。电花火石般的动作、变幻神奇的武艺把舞台化为一个波涛汹涌的大海。就在速度和兵器的海洋之中，八个赤手空拳、身穿深褐色衫裤的人一个接一个翻着筋斗，整个人变成了一个旋转不止的闪光体。他们原地不动，只绕着自身的轴心而转动，就像被瀑布或者激流冲得飞速旋转的车轮。

但是那位英雄却左冲右闯，指南打北。他的身形在舞台上到处飘忽。他的长枪把敌人一个个刺倒，最后只剩下他一个人昂然巍立，在敌军的尸体残骸中放声唱出一首格调粗犷的凯旋曲。

英雄策马扬鞭，驰骋而去。就在同时，一位令人肃然起敬的长须绺腮的耄耋长者蹒跚地从另一侧上场了。

"这是另一出戏了，"那迪内说道，"讲的是一个法官如何审理一宗从未遇到过的棘手案子。"

坐在我们四周的观众马上拱腰缩背，手捧茶杯，闭目凝神起来，也有人开始嗑瓜子。湿毛巾又在我们头顶上飞来飞去。

我是剧院里唯一的白种人。看客大多是穿着绸缎长袍，外罩橄榄色马褂的老年绅士。也有不少丽姝淑女，她们手上戴着白玉或翡翠的镯子，坐在那里不停地扇扇子，象牙扇每扇一下便划出一个圆弧，空气中会飘来一股沁人心脾的凉快。场里也有一些年轻男人，角质的眼镜后露出聪颖而目空一切的眼睛。

看客们时常交谈，并向前后左右的熟人点头招呼，年轻人看到长辈必须站起身来深深弯腰三鞠躬以示敬意。不过有一点所有的观众都是一样的：不管怎样精神分散，他们的心思还是在舞台正在进行的演出上。

在法官之后又有一个人登场了。突然之间整个场子陷入了令人发抖的静寂，然后爆发出一阵气愤的、带有兽性的尖声哄叫。人人脸上都露出了怒不可遏的神情，整个剧场像开了锅一样，狂暴的谩骂此起彼伏、不绝于耳。

"那个演员走错了一个步法。"那迪内告诉说。

中国的剧院和观众就是这么一丝不苟，这么严格讲究，演员一举一动，在舞台上走多少步，诸如此类的表演程序都是千年来破坏不得的一定之规。

比方说，关于技艺上的准确性有过这样一个传说。有位大表演家双目失明了，但仍能在舞台上像过去一样轻松自如地演出最剧烈的武打场面，因为他已经把自己的、别人的位置都丝毫不差地牢记在心了。

长胡须的法官看样子在那里煞费心机地苦苦思索，而在他四周是一片起哄声和一张张奚落的怪脸。戏里角色的性格看客们自己可以毫无困难地识别出来——那些戏的剧情虽然比较怪诞，人物的性格却在外表上毕露：脸上顺着画白条纹的注定要倒霉，而横着画白条纹的表明他将出乖露丑，蒙受莫大的耻辱。舞台上这位大权在握的法官老爷现在却集顺画和横画白脸的角色于一身，被民众恣意取笑，在民众的哄闹声中窘得一筹莫展。他本身似乎就是某种中国式的霍尔贝格或者莫里哀，不过放肆的程度要比那两位大师高出十倍，因而也成了更加引人入胜的喜剧。

最后那位法官老爷狼狈不堪地匆匆下场。与此同时，一个姿色秀丽的年轻女郎轻盈地走出舞台。

下一出戏开始了，讲的是一个皇帝和他宠爱的妃子在夏宫的大湖上泛舟嬉耍。

"梅兰芳？"我问道。

"不是，还没到时候哪。"

不过这位演员的扮相也非常出色，他身上散发出一股形容不出的纯洁、魅力和温雅。

为什么不说是"她"呢？因为这是位男演员，这里舞台上全由男演员演出。

而我们眼前见到的却是一位女性！从一切柔软的动作姿势，叫人难以相信的清脆悦耳的嗓音和发尖的音质，还有美丽的脸庞看来，这只能是一个女性，不能是别的。

她是那么一个不可思议的令人醉心的女性，穿着绸缎的满洲宫装。她就像是一个红绿缤纷的梦中人，袅袅娜娜地向前走来。

至今还没有哪个欧洲人能够在这样的表演里找出任何淫荡的动作，更谈不上猥亵。这是由几千年来的文雅高尚和富于智慧的传统所创造出来的佳作，是一朵经过精心栽培而开出来的形状别致、色彩绚丽的奇卉异葩，没有人会看到这样一朵赏心悦目的鲜花而动邪念的……

台上那位妃子唱了一首短短的歌。舞台上没有任何布景，只有她身后悬挂的一幅壁毯，然而我们大家照样觉得自己随着她荡漾在碧波荡漾的夏日湖面上，闻到令人心醉的花香，看到飞掠过天空的群鸟。

她唱完之后伸出一只纤纤玉手。一个穿得油垢肮脏的舞台工作人员三脚两步走过去递上一杯茶。妃子慢慢啜饮，把茶喝光，然后继续用歌来抒发她胸中的爱情。奇怪的是，观众的幻觉并没有因为这一打扰而骤然消失。

下一出戏讲的是神祇斗法。天上的诸神穿得光彩夺目，他们肯定讲了许多深奥玄妙的道理，可惜我一个字都听不懂。

现在已经十二点了，我们在戏院坐了将近五个钟头。

梅兰芳在哪儿呢？

这五个钟头里没有一分钟幕间休息，那面烦人的大鼓只要一遇到事情就像打雷般敲响。而二根弦的中国小提琴像条红线一样整个晚上都黏在人的神经上。这出戏完了就是那出戏。像这样坐着一出接一出没完没了地看戏，真是一种叫人肉体上受不了的疲劳战。

他究竟怎么回事？

清晨四点，梅兰芳终于来了。

那迪内已经向我解释过：梅兰芳是那么伟大，以至于他的心情好坏也成了观众的喜恶。观众通宵达旦，翘首以待地一直坐等到他天亮出场，这证明了他是了不起的，受人爱戴的。这样，用中国话来说，他就有了"面子"。

挣得"面子"是人生中所能得到的最大的欣慰和礼遇，而反过来说，丢"面子"则是同等程度的奇耻大辱。

现在梅兰芳挣得了面子！

可是他得到的是一张张灰白的、慵倦的、睡眼惺忪的脸。武戏、滑稽戏、对白戏、音乐歌唱戏，我们坐在剧院的九个小时里都看遍了。剧院外面天已经蒙蒙亮，顶楼花厅窗户已经变为紫绛色。

可是梅兰芳一出场，所有人的倦容立时一扫而光，人人脸上露出了抖擞的精神和充满了刚刚迸发出来的期望。大家都坐得像蜡烛一般笔直，眼睛是年轻的、炯炯发光的。

就像一团裹在白色绸缎里的絮云，梅兰芳轻轻柔柔地出现在舞台上。人们看不清楚他做了什么动作，仿佛他没有挪动脚步人已经袅袅娜娜地飘荡过来。仿佛他的双手徐徐卷舒出一层朦胧的轻纱。

他抬起了手臂，连一个外国人，一个对此道一窍不通的门外汉都可以看出来，他的这个动作美极了，姿势既优雅、神韵又端庄。就在这个时候，整个剧场像是点燃了熊熊的火焰。观众站立起来，他们高声呼喊："好！""好啊！"观众为能一饱眼福而欣喜若狂。他们准确地知道这个抬起手臂的动作是多么优美，多么难得。

梅兰芳演的那出戏，也是唯一的一出我过去所知道的戏。那就是《西厢记》。一位久居北京的才华超群的学者文申茨·胡恩德豪生曾经了不起地将它译成了德文。

剧情大致是这样的：一个贫穷的年轻学生张君瑞投宿于一所寺院。同一天晚上，从北京来的一位大臣的遗孀和她的美丽女儿苹苹也在寺里过夜。那所寺庙深夜被强盗所围。不过强盗头目答应只要把苹苹献出来便可以饶所有其他人的性命。惊慌失措之际，母亲许下诺言：有人能够拯救她的女儿，使她免遭耻辱的话就可以娶她为妻。挺身而出的当然是张君瑞，他已经爱上了她，而她也对他一见钟情。他拯救她倒不是像我们西方国家要求一个年轻英雄去搭救美人所做的那样：冒着生命危险，单人匹马，横冲直撞，闯过敌人营垒飞驰去找救兵。不，一点不是那样。按照了不起的中国模式，他的贡献是给驻扎在附近的一位将军写了一封深思熟虑、文笔非凡的书信。在这个城市里和在中国各地一样：一个男子能不能戴上英雄的光环是看他是不是饱学之士，能不能写出才华横溢的文章。将军及时赶到了寺院。苹苹得救了。那位年轻的学生将要得到自己的心上人。所有一切都预示着一个美满的结尾。可是戏剧从这里才铺开。

在那位心术不正的母亲的眼里，一个游学在外的学生配不上她的女儿，她使了个计谋自食其言。张君瑞一气成病，郁怨孤寂地盘桓在寺院的客房，也就在西厢房里。他发了高烧，在病榻上辗转反侧，不能入睡。

可是一轮皓洁的明月照映着寺院！淡淡的清辉投洒在高大的圆柱之间，分外令人销魂和勾人悲思。那个年轻人恍惚之中似乎看到自己心上人变成了朦胧迷人的、似真似假的月光，飘然而至。这就是梅兰芳的演技，来的不是苹苹，不是一个女郎，而是中国之夜的迷人的月光！这个心上人充满了温柔和疼爱,在张君瑞的面前徘徊。她的脸部表情、声调和音韵都倾吐出对他的脉脉柔情。他将信将疑地挣扎着抬起身来,向地板上骤然腾起和正在逼近的这团光焰四射、响声隆隆的爱情之火迎了过去。还有海誓山盟!苹苹歌唱了不可思议的爱情之夜,她怯生生地朝他移动了身躯。月亮洒下了光芒。他竖起身来朝她伸出双臂,他的双唇像烈焰似的燃烧!

那团爱情的烈焰陡然冷却冻结了。它变得暗淡无光了,对那个病人冷漠相待了。惨白的月光把它的讥讪的光芒无情地洒落在西厢里。

苹苹从他双臂中滑走。她义正词严地斥责他,向他吐出一连串冷酷无情的字眼儿:这个微不足道的学生是什么人,胆敢正眼盯着她看?

张君瑞又一头倒在枕头上,只有他那双呆滞失神的眼睛怔怔地望着那团美丽而冷若冰霜的、难以理喻的寒冷月光在房间里移来晃去。那个白色的、像云雾轻烟一般缥缈的人心中的严峻无情软化下来了,不再将他拒于千里之外,不再像严霜一样使他冻僵,而是羞羞答答的,做了一连串动作,渐渐靠拢到他的怀里。她的轻盈温柔的歌喉又使得火焰复燃起来。如同被神奇的魔法感召,他的双眼发出了火花,脸上泛起了炽热的光泽。他们两人终于亲吻爱抚起来。

梅兰芳演的这出戏描述了一个既有相思成疾又有爱情追求的月夜。在他的千姿百态的表演里闪烁着神奇的光彩,忽而是倾吐爱情的温柔,忽而是反唇相讥,忽而是冷漠无情;像是游移在寒夜中捉摸不住的星星磷火、像是碧绿似冰的晶莹美玉,像是纯洁无瑕的坚硬大理石,像是金星迸溅的爱情流火，月亮和梅兰芳就这样交相辉映着……

不过外面太阳升得老高。我们走出剧院，驱车经过行人川流不息的街道时，已经是骄阳似火的大白天了。

同一天我们被邀请去拜访那位伟大的戏剧表演家。

他住在一座精致而古老的公馆里。他住得起这样漂亮的房子。大家估计，他演出一夜收入达十万挪威克朗之巨。

那幢房子里还容纳着一所戏剧学校。我们听到正在练习嗓子的小男孩用假声发出来的高声尖叫，看到他们练习杂技动作。这些学生要经受一段令人难以忍受的艰苦生活。据说父母在把儿子送进这类教育机构必须事先承认它在任何情况下都不承担任何责任，甚至还包括"孩子被鞭笞致死"。

不过梅兰芳看起来是不可能将任何人"鞭笞致死"的。他是一个如女性一样温柔的、脸上挂着可爱的笑容的年轻男子。他的身上散发出一种瓷娃娃般的雍容高雅。一个东方的道林·格雷向我们迎了过来。

他的英语讲得很不流利，不过他的汉语真是悦耳动听。

"他一开口讲话就像夏天的莺歌燕语。"充当翻译的那迪内说道。

他一下子提到了易卜生。

"易卜生是伟大的。易卜生是不朽的，"他谦恭有礼地表示敬意，"我拜读过他的作品。"

他继续说道：

"他描写了你们的所有想法和言行，不是吗？你们自己的状况、自己的问题……你们的戏剧非常令人感兴趣。"

"请问您能否明确说一下我们的戏剧和中国的戏剧之间有什么不同？"我问道。

"在中国,"梅兰芳解释说,"我们有这么句话:'世间最大者莫过于舞台。'我们在世间日常所经历不到的喜怒哀乐可以在这里见到。我们在这里可以领略到梦幻和美的意境。"

"在舞台上我们可以看到帝王专一的爱情,其实生活中并没有那样的爱情。我们可以听到最逗人乐的又没什么含义的玩笑打趣。我们可以见到在九泉之下阴曹地府的鬼神。"

"我们的戏剧就是这样的……"

洪亮好听、吐字轻柔的嗓音在这夏日的下午萦绕不断。他四周的一切都散发出梦幻和美的意境。

这里充满了北京的诗情画意:闪闪发亮的、青绿色的、寺庙般的屋顶从院墙上露出它弯弯的飞檐。古老的银杏树在花园里吐蕊怒放。一片洁白的、芬芳的花瓣缓缓飘下,落在我们面前的滟滟绿水里,一条朱红色的小金鱼游过来用嘴吻它。

"易卜生是伟大的。"梅兰芳尊敬地重复一遍……

护照
Passet

约翰·博尔根 著

余韬洁 译

作者简介：

约翰·博尔根（Johan Borgen，1902—1979），挪威作家、记者、翻译家、剧作家兼文学评论家，是挪威20世纪五六十年代最著名的文学家之一，其作品主题聚焦于探讨人的自我意识和身份问题，试图解答"'我'是谁""什么是'我'""'我'如何随时间推移维系一体性""'我'是一个还是多个"这一系列典型的存在主义问题。在其短篇小说和长篇小说中，人们在细腻的氛围和微妙的人际关系中找到自我，又迷失自我。博尔根的作品已被译成30多种语言，曾获1955年挪威评论家文学奖、1967年北欧理事会文学奖等多种奖项。

边防审查官将眼镜推上前额,全神贯注于排我前面那个男人的护照上。然后他重新戴上眼镜,看着那个男人。

"可这不是您啊。"他说。

前面的壮汉后脖颈儿耸了耸,好似马儿抽动皮肤来驱赶苍蝇一样。我认出这个后脖颈儿来了。在飞机上的十个小时里,坐我前面的一直就是这个后脖颈儿。后边队伍里的人开始不耐烦地跺起脚来,他们大概也已经受够了彼此的后脖颈儿了。

我前面的这几位嘀咕了几句什么,我没听清。审查官再次瞥了一眼护照,然后又扫了一眼我前面的男人。戴着他那副让人难受的眼镜,他重复了先前那套动作。那是一种钢框大众眼镜,在那个国家,人们从社保福利办领到的那种。他又重复了一遍:"我说,这不是您。"

后面有人大嚷着应该让他出列,这样其他人就可以继续往前了。又有人说了几句,大意是跨越两个大洲花了十个小时,结果还得花一小时才能通过边防检查。边防审查官助理用一种无声暗示的目光逐个扫视着队伍里的人,仿佛在对他们说:"这里还有更多可疑的人吗?"队伍即刻噤声,默默地跺着脚。

一支快速行进中的队伍一旦遭遇阻滞,人们所感受到的那种紧张不安,真的很难解释。我转过身来。映入眼帘的是一片杀意。刹那间,我仿佛成了那个罪魁祸首,而不是这名魁梧的男性,他的后脖颈儿我很快开始恨上了——当然这憎恨也会很快被遗忘。旅行就是这样。这种旅行是没有期待也没有快乐的。这种旅行只是一种位移。人与人彼此无法了解，但另一方面，你也无法对邻座的阅读、体味、饮食习惯完全漠不关心。你肯定不会对眼前的后脖颈儿无动于衷的。我前面这人的后脖颈儿就修剪得很好，也很干净。不过，在他的毛发上还是可以看到三个杂乱的发旋。还有两个小痘坑，是所谓的"痈疮"留下的。当时爆发的时候一定遭了大罪了。我身后的女士恼怒地在那儿吱哇乱叫。她是个小个子，蝴蝶般娇柔的小女人模样，一路上翻阅了一堆的杂志。有一次，她吃了空姐给的一片药，一边的嘴角噙着小泡泡睡着了。我是在去飞机尾部的洗手间时看到她的。那时，"蝴蝶"已经回到了她那狰狞的毛毛虫阶段。她睡着时的表情昭示着不妙。我想起了自己曾经读过的一句话：谁也不应该和一个你从未见过睡觉模样的人结婚。此刻，当我转过身来，所有人的目光都刺向我时，她又变回了狰狞的毛毛虫，绝不是什么娇滴滴的蝴蝶。就是让我去死，她也不会反对。

"我说，这不是您！"审查官固执地重复道。

我心里升起一股恶意。"那也许是我吧。"我说着便递上打开的护照。

审查官用一种难以形容的茫然眼神瞪着我。

"您是什么意思？是您？"

"对呀，怎么就不能是我呢？我是说，既然不是他的话。"

现在，这个一路上都被我叫作"后脖颈儿"的男人也转过身来。他的目光并不茫然。他的眼睛瞪得大大的。

"您是什么意思？"他也问道。现在突然变成他们两个对我一个了。在这样的队伍里，同盟关系转变神速。我身后有人也听到了我的话。他们一块儿结成了一个防御同盟来对付这个冒失鬼。我试图往回找补。

"我只是想说,看看我护照上的照片,或许那照片像我?看看这个队伍里每本护照上的照片——有谁承认照片和本人很像吗?"

这话说得正是时候。大家都不约而同地开始打量自己手里打开的护照。有些人不由得笑了。后边老远一个人嚷道,这家伙说得太对了。他甚至分别用三种语言跟身边人说了一遍,以免有听不懂的。他还说,要是根据这些照片来判断的话……

"请出列吧。"审查官说道。

总算动了。排队的人都松了一口气。排在我前面的"后脖颈儿"护照上盖上章了,而我自己却被轻柔但不容置疑地推到了一边。直到这时我才意识到,原来那句话是冲我说的。

"我想您是疯了吧。"我低声说道。不过这音量足够让审查官助理听到了。他个子不高,鼻子尖尖的,留着稀稀拉拉的小胡子。

"您说边防审查官疯了?"他问。

我默默咒骂了一声,把我的护照递了过去。护照旋即被收走了。助理拿起柜台上的电话机,拨了三个数。那是某位上级的内线电话。这会儿"蝴蝶"女士经过了我身边,护照上给盖上了章。她前边的"后脖颈儿"已经往前通过左边的海关检查了。"蝴蝶"过海关后回看了我一眼。那眼神既不是花蝴蝶时候的眼神,也不是毛毛虫时候的眼神。那是一种对做出愚蠢行为的旁人表示深深鄙视的眼神。

我扯了扯审查官的袖子,想让他处理我的事。

他迅速转过身来,仿佛他早就预料到了——这也是他预料过的。"您这是在掐我的胳膊吗?"他问。

"天哪,伙计——"

"别叫我伙计。"

他这一开始盖起章来就跟疯了一样狂盖不停。与我同机的旅客如流水般鱼贯而行。个别人飞快扫我一眼,面带愧色,爱莫能助的眼神。有个人递出护照的时候笑了:"反正这个是我。"审查官牵牵嘴角。他们一起笑了,这一刻他们两个是共犯。这位"微笑"先生第一时间转向我:"或许这也是您吧?""后脖颈儿""蝴蝶""微笑"三人消失在了出口。"自由了。"我在心里说,"他们自由了。"

助理对着电话嘀嘀咕咕。他说话时用手捂着嘴。我觉得我好像听到了一句:"是他。"一门外语,即便你自认为听得懂,也可能会无法确定。而这时候说话的人还用手把嘴捂上了……

现在奇怪的事情发生了,那些我曾暗地里羡慕过的"自由了"的旅客,一个个又出现在了出口。在他们身后,穿制服的人出现了。他们的制服被外面刺眼的阳光照射着,而被赶回来的那些人则被笼罩在阴影之中。看得出来,这群人躁动不安,牢骚满腹,尽管那些怨声忿语并没有传到我的耳朵里。他们现在说着许多种语言,每个人都说起了自己的那种,从那一张张嘴的嚅动可以看得出来。

"还有您。"等最后一名旅客的护照上给盖上了章,审查官转过身来对我说。

"我?"

"对,您。这边儿走。"

我被带进大厅左边的一个房间。审查官走在我前面,助理走在我后面。他在我内心得名"锥子"。隔壁的这个房间是间办公室。一个疲惫的男人坐在办公桌后面。他打了个哈欠,对一名办事员说了些什么,那名办事员就不见了。他头也不抬地问审查官:"是他吗?"

"是他。"审查官回道,语气里还带着一层毕恭毕敬,无法想象他还能这样说话。

"他吗?"这个疲惫的男人看向我,有点儿吃惊,在我看来。

"锥子"上前说道:"我们认为就是他。"

办公桌后面的男人盯着我看了许久。在我身后,办事员又回来了:"他们现在所有人都在这里了。他们能进来了吗?"

"让他们进来吧。"办公桌后面的男人答道。"他们有权要求把这事儿给办了。"他又补充了一句。我又一次被那种轻微的嫉妒给攫住了。他们有权做要求,他们有人搭理。审查官碰了碰我的胳膊,把我领去了离门最远的一个位子。随后那些人就被带了进来,所有人一下都进来了,所有那些和我一起漂洋过海十个小时的人。他们曾经坐在我的前面、后面和两边,一路上曾经吃吃喝喝,读书看报,羞涩地偷瞟过同行的旅客。当然他们可能也偷瞟过我。

反正他们现在正瞟着我呢。他们一个接一个地被领到办公桌后面的男人面前。我离得太远,听不清他们在说什么。但每问到一个问题,他们就瞥我一眼。"蝴蝶"啦,"后脖颈儿"啦,"微笑"啦,还有一大堆我之前都没怎么注意过的人。就连之前在大厅里无形中替我扭转乾坤的那个人——他也瞥了我一眼,似乎他确认了什么。整个过程并不长。似乎大家都一致确认了。每个人回完办公桌后面那男人的话、瞥我一眼之后，都获准离开了。接着"锥子"也被带上前来。他说话的声音压低了，但很激动的样子，我想我又一次听到了他确认的这人是"他"。我克制住了自己的焦虑。这声"他"完全可以只是指认我这个人。也就是说，是我，那个他们认为冒犯了一位官员还是什么人的家伙。不一定有什么更奇怪的含义，如果说有的话，那还能是什么呢？就普通的不法行为而言，我问心无愧。我一没杀人，二没偷窃。至于我还做过什么，那跟他们无关。

或者说有关？他们现在正默默地瞟着我呢。

自然是跟他们无关了。我的罪孽并不比其他任何人的更多。就说"后脖颈儿"吧——看起来他的良心可能为各种各样的事儿都痛过。"蝴蝶"则是一副暗娼的浪荡样。

罪孽？良心？真奇怪，此时此刻我的脑海中竟然能蹦出这些字眼儿——在距离一个大都市十公里远的机场出入境大厅隔壁的一间办公室里。每天都有成千上万的人在这里办理通关手续，被人以最敷衍的方式、据其最表面的特征进行审查——然后通关。这里又不是什么通往天堂的大门。上帝知道这城市并不是什么天使之城。我来过这里很多次了，却没有遇到过任何天使。当然了，我自己也不是什么天使……

我的行李被搬了进来。他们很快翻了个底朝天。一根不知在什么地方我焦躁不安之时买下的烟斗被举在灯下仔细端详。我突然发现这根烟斗的形状非常引人注目。那是我心烦意乱时买的。给心爱的孩子买的一个会眨眼的娃娃被掏了出来，小心翼翼地，仿佛这娃娃设了定时爆炸。他们把娃娃放到桌子上，娃娃突然间蹦出一声可怜巴巴的"妈妈"，那帮穿制服的不禁打了个寒战。我忍不住咧嘴笑了。办公桌后的男人说道:"这不是什么好笑的事。"我回他说:"您不觉得吗?"但我自己也觉出来了,这不是什么好笑的事。

最后他们总算查到我的护照了。所有人都弯腰弓背伏向桌子。我都看不到自己的护照。我突然想到,那上面有可能写着什么奇怪的东西。这么多国家的出入境签章和印字,我可从来没有一个一个都看过。我曾经欣赏过在亚历山大①盖上的一些美丽的文字符号。现在我寻思那些符号是不是还有些别的什么意思。办公桌后的男人向我招了招手。我现在在心里称他为"那男的"。其他人从桌子四周退开,围成一圈。

"这不是您的照片。""那男的"说道。

"也许是眼镜的问题。"我答道,"拍照时我戴着眼镜呢。"我找出眼镜,戴到鼻子上。

每个人都从桌上护照上的照片望向我的脸,然后又望回去。

"这个人留着小胡子。"男人又说。

"小胡子?哦对,确实如此。我那时候是留小胡子,很久以前的事了。""三年前。"他说着便翻到了盖章日期那里。

"差不多吧。"我承认。

"三年前。"他又重复了一遍。"您是戴眼镜吗?您是留小胡子吗?"

"我偶尔戴眼镜。戴得越来越少了。我的近视正在消退。至于小胡子么——"

---

① 埃及第二大城市、亚历山大省省会。

"是毛发!"他纠正。

"不好意思,我都说了,那是很久以前了。"

"三年前。"他说。

"对,三年前。"

"特殊特征——这一栏什么也没写。但是您一只脚有点儿瘸呀,我一眼就看出来了。麻烦您在地上走一下。"

我在地上走了几步。左脚有点儿跛。"是一场车祸。"我边走边解释道。当你不得不解释一只脚有点儿跛的同时,又不得不展示这只脚有点儿跛的时候,一种怪异的感觉油然而生。

"刚才您是右脚一瘸一拐。""那男的"说道。

奇了怪了。我停了下来。真奇怪。他说的没错。我刚才走着一瘸一拐的不是左脚。

"您说的对。"我只好说,"您得原谅我。"

他们面面相觑。"那男的"问道:"您是什么意思?您不知道自己瘸的是哪只脚吗?"

我意识到自己脸红了。我解释不了这种状况。

"我的情况很轻微的。"我答道,"其实只有在我疲惫或者紧张的时候才会明显。现在既然要我展示给大家看……"

他招手示意边防审查官过去。两人低声交谈起来。我看到边防审查官点了点头,表示肯定。我现在停在半截儿,无法确定自己是哪只脚有点儿跛。

"那男的"挥手让边防审查官离开,然后说:"您之前在那儿说:'那也许是我吧。'——说的是一个完全陌生的人。您那话是什么意思?"

我耸了耸肩。

"我在问您,您对着边防审查官说您是另一个人——不管那人是谁——而不是您本人,您是什么意思?这本护照上的人反正不是您。"

我回答:"这有点儿难以解释。"

"有什么难以解释的?"

"为什么我会说那句话。我的意思是,我们所有人那会儿都很恼火。"

"您是说是您很恼火吧。因为什么?"

"因为时间就那么过去了,因为边防审查官在那儿说这个'后脖颈儿'不是他自个儿。"

"'后脖颈儿'?您说的是谁啊?"

那帮人再次彼此对视。我没从办公桌前抬头看都能知道。我实在是受不了"那男的"的目光。

"我那就是脱口而出的。"我接着答道,"这是因为我有一个习惯——给我不认识的同路人取名字。我经常旅行。"

"我看出来了。"他说着又看了看护照。"这本护照的主人经常旅行。"

"……所以我就会叫他们这个那个的,当然了,在我心里这么叫。'后脖颈儿'啦,'蝴蝶'啦。"

"'蝴蝶'?"

"对,就是我身后的那位女士。"

大家都转过来朝我身后看。我意识到自己又脸红了。"我说的是飞机上坐我身后的那位女士。"

"您把这个国家受人尊敬的公民称作蝴蝶,这是什么意思?"

"我不是说她是蝴蝶,我没有说她是任何东西。任何东西都不是。"

"您发现了吗,您一直在自相矛盾?您一会儿说您留小胡子，一会儿又说您没留；一会儿说您戴眼镜，一会儿又说不戴。您一会儿这只脚瘸，一会儿又另一只脚瘸。您给您的同路人取外号——又没取。您是不是该说点儿实话了！"

此刻"那男的"身子往前探了过来。他不再是那副疲惫的样子。我一时害怕起来。我想到了一个主意："我有权跟我的大使馆取得联系。"

"那男的"淡淡一笑。"已经联系过您的大使馆了。"他说，"他们不认识您。"

我回答说："我来自一个拥有一千五百万人口的国家。没有人可以要求……"

"我们并没有向您的大使馆提出任何要求，"他打断我说，"是他们自己要求的。"

"我要求我的权益得到保障。"幸好此时我感到了愤怒在我心中升起。一时间，所有的恐惧都被驱散了。

"那男的"靠回了他的椅子。现在的他又显得疲惫起来，仿佛他不得不跟一个心智能力受损的人开始讲述一个古老的故事。

"您所说的'您的权益'指的是您的权益，还是这本护照所属人的权益呢？"

"我指的是我的和他的。因为我们就是同一个人。"

"是吗，在您向这里的边防审查官明确表示您是另一个人之后？"他轻笑一声，环视周围一圈人。然后他手里拿着护照站起身，绕过桌子来，把护照一把扔在桌子上，凑到我跟前问我："告诉我，您究竟是谁？"

就是这声"究竟"某种程度上让我内心的某些东西换了位。并不是因为他特别强调了这个词。而是这个词深深地钻进了我的脑子。"那男的"并没有用质询的眼神看我，但他的声音却带着那种令人不快的审讯者口气。他看起来好像关心的只是事实一样，仿佛他想说的是，咱们现在要是什么废话都不说了，不再东拉西扯地兜圈子，就事论事，那或许一切就能以最好的方式解决，问题只在于，我们得知道您究竟是谁。

对，对，就是这种"实事求是"的态度让我变得无力招架。我现在终于明白了。我周围的环境立刻变得不再重要。周围站着的那些人——无论穿没穿制服——他们去了哪儿？方才我没有注意到。我，一个习惯用自己的方式观察周围一切的人，甚至我内心世界的大部分时间都在揣摩周围所见所闻的细枝末节，因为我非常非常的孤独，置身于人群中的那种孤独——我对这些时刻发生的事情一无所知。我只看到了"那男的"。他并不是我想象中那个吹毛求疵的可怕怪物，也不是什么会想尽一切办法让所有事情在回家之前完结再抛之脑后的坐办公室的。他甚至可能是一个为我好的人。他只是想知道我是谁。这是他的职责之一。他想听我亲口说出来。

为了得到确认？

那一刻我突然想到了什么。那个审查官助理怀疑我是某个人，也许是某个通缉犯，确认他怀疑对了？

我打消了这个念头。助理已经走了。他是被一把挥手给挥走的。他当时所暗示的那个"他"并不是指的什么通缉犯——在"那男的"眼里不是。我现在清楚看出来了，他另有所图。我问："我能坐下吗？"

"坐。"说着他碰了碰一把椅子。他回到桌边，自己坐了下来。我意识到现在就我们两个人。我心想：他应该马上会看表。也许他会给我三分钟时间。

但他没有看表。他看的是我，目不转睛地，就像一个孩子盯着你看那样，直看到你觉得是不是哪儿不对劲了。他递给我一支烟，自己又拿了一支，然后把两支都点燃了，但在这期间，他的目光从未离开过我，我的目光也从未离开过他。在那之后，整个局势发生了逆转。那道目光，那道蓝色的审视的目光，一瞬间呈现出某种纯真，仿佛真的是一个孩子的目光，对我从里到外地审视，没有恶意的那种，在蓝色的香烟烟雾之后，那是一种近乎无辜的探询目光。那些话语——所有那些轻蔑说出的刻毒的话——都留在了过去，一笔勾销了。

一架飞机在外面起飞了，一声惊雷掠过屋顶，震得办公桌上的东西都抖动起来。然后，雷声消失了。外面大厅里传来的声音也消失了。一扇门关上了。一切声音戛然而止。

"那男的"目光离开了我。他瘫坐下去，回到椅子里。他把两只手放到桌子上，仿佛那是什么物品。那两只手又大又红，掌指关节上长着红色的毛发。先是他的目光。现在又是他的手。就连这双手也带上了那么一些孩子气的东西，我眼中仿佛可以看到两个小不点儿拳头，试图抓住母亲的乳房，又仿佛可以看到一双少年的手，难为情地在抑制自己日盛一日的欲望。我看到一双爱人的手，在疯狂摸索着雪白身体的各个秘密。所有这一切，所有人的双手，在它们归于平静、逐渐僵硬、叠放胸前、烧成灰烬之前所触碰过的一切。这不是一双劳作的手，但也不是一双写作的手。这就是一双人的手，生死之间行至半途的一双手。

这双手紧张地抽搐了一下。它们知道有人正看着自己。

它们正用手指抚弄着桌子上的东西，一座狄阿娜女神①的小铜像。接着它们又摸了摸我的娃娃，我的那个本要送给一个心爱孩子的娃娃。我俩的香烟在烟灰缸中咽了气。

"咱们刚刚说到哪儿了？"他疲惫地问。

"您问我究竟是谁。就是这个'究竟'……"

"没错。这让您感到困惑。为什么？"

"您让我感到紧张。"

"是您自己紧张。"

"护照就是真的，您也知道。为什么你们要这样对待我？"

"我们就是办事的。一切都是例行公事。我们的职责就是仔细检视，表示审慎。"

"您是说怀疑吧？然后所有怀疑就突然集中到某个人身上去了？"

"您可以这么说。是集中到您身上了。您得承认，那本护照不是一般地对不上。"

"您是说所有护照都对不太上吧？"

"差不多。照片是不像的。你要是问呢，就会得到错误的信息。就说我们海关的同事吧——什么时候有谁携带了需要缴纳关税的东西，或者什么非法的东西，他们都能识别出来。"

"然后他们就抓上一个！"

"没错。就抓上一个。一个或许是自找麻烦的人。"

我望着窗外荒凉的机场，说道："因为事情没做到位而良心不安，种种内疚最后都会化作铆足了劲儿地尽忠职守，

---

① Diana，又译狄安娜或戴安娜，罗马神话中的狩猎、月亮和大自然女神。

这样，比如您的办事员，我私底下给叫作'锥子'的，晚上回家就能在餐桌上说：'今天我们又碰上了这么个目中无人的旅客，以为自己能为所欲为呢，而我……'"

"完全可以想象。"

"我唯一不明白的是：为什么刚好是我？"

他盯着我看了很久才答道："我也研究过这个问题，在我漫长的职业生涯中想过很多次了。现在我坐这儿看着您，突然悟到这里面是有某种规律的。个别人会自我显露。"

"显露他们'有罪'，您的意思是？"

"这么说也行。他们指的是那些拿假护照的人，走私危险的小东西的人——他们知道如何蒙混过关。几乎从没有人被抓到过。"

"而我却——？"

"有些人会觉得自己是有罪的。我没法用其他方式来解释。嗯，您以前一定也遇到过这种情况吧？"

"从来没有。"

"或者类似的事情？一边是您的行李箱被翻得乱七八糟，一边是那些可能已经坐到车厢里吹嘘自己犯的小事的人却顺利通关了——？"

"这——既然您这么说的话——！可护照……"

"持假护照的人从来不会暴露自己。真正有事要隐瞒的人，是会隐瞒住的。"

"而我们所有无辜的人却——？"

"不是所有人。我可从没这么说过。"

"那总有些人吧？"

他用那孩子般审视的目光看了我良久，才答道："是您自己一直在用'有罪''无辜'这样的词。我们说的那类人并不是因为他们是什么人而显露出来,而是因为他们觉得自己是什么人才显露出来。"

"那您这就是承认自己失败了啊。您和您的手下深深地伤害了我。此外,我还被耽搁了行程。我会提出申诉,要求赔偿。"

"那是您的自由。"他说着把娃娃递给了我,"这是您的护照。您看,已经盖上章了。不过我建议您换一本新的。"

他站了起来,缓慢而疲惫,仿佛这一切让他耗费了难以言喻的精力。然后他递给我一张名片。

"这上面有我的名字,这样您就知道要投诉的是谁了。另外,如您所见,我的一只脚有点儿瘸——对,我也是这样。这就是所谓的特殊特征。"他无力地笑了笑。我不由得也笑了:"或许这就是您能注意到别人身上这个状况的原因?"

"没错。这个也是。我之前说个别人会自我显露——嗯,简单说吧,我也是您所说的'有罪'的人之一。好了——我真的不想再耽搁您了。赔偿金可要涨了。"这次他笑得很开心。为了安抚我?我可不这么认为。事实上,现在他才是那个着急的人。我还是坐在原地。甚至都没有收拾我的东西。护照、娃娃和洗漱包,所有这些平常的东西——它们正躺在桌上盯着我看。我都记不得这些东西了。它们可能是另一个人的东西。

"可这些都是您的!"他猜到了我的心思。这会儿是他把东西都捡拾起来,又是他小心翼翼地把它们一一塞进我亮闪闪的铝制飞机行李箱里。"给。"他说着推了一把行李箱,脸上仍然带着微笑。我坐在那儿,手里拿着他的名片。我突然想要问他:"那么您呢——如果您不介意我问的话——您又是谁？"

"究竟吗？"他开起了玩笑。然而就在那一刻，他脸上又浮现出了之前那种表情，就是我最初看到的那种，在我从他的目光里和手上看到了孩子的影子之前。

"我是那个官员。"他疲惫地答道，"就这样吧。"

但此刻还是他站着，我坐着。就好像办公桌调了个个儿。尽管我坐在旅客的这一侧，我却成了那个审讯者，而他——老天呀，我突然生出一个念头：他就是我。他站在那儿，手里是我那个开着的行李箱，里面装着娃娃、护照和洗漱包；他的手正紧张地摸索着我的睡衣，那套睡衣支棱了出来。我坐在这边，手里是他的那个狄阿娜小铜像。

"嘿，这什么破名片呀。"我举起那张名片，念着上面的名字，"什么也没说嘛。"

他受刑似的耸了耸肩。我感到一股陌生的力量在体内升起。我说："麻烦在地上走一下。您跛的是哪只脚来着？"

他乖乖地走了几步。"左脚。"他边走边答。但他一瘸一拐着的是右脚。我说："您错了，您跛的是右脚。"

他停在半路，脸色铁青。这时，电话响了。我看到他伸出了手，但那手就像瘫痪了一样。

"放过我吧。"他低声说，"我都放您走了。"

我回道："您才没放我走呢。您只是暂时失去了作为官员的自信。您把自己丢了。"

我的力量感在此刻到达巅峰。我就是那个官员，而他是我的猎物。我能——呃，我到底能做什么呢？电话铃响了又响。就是这个电话让我犯了错。我接起电话，将听筒朝他递过去。他向我走过来，机械地接过听筒。下一刻，他身上发生了某种转变。他挺直了腰板,双眸褪去了呆滞。他用镇定、恭顺的声音在答话。

电话那头总是有个上级。我面前的男人得救了,此刻我已经看到了。他恢复了自己的身份。他的答句简短精准,让人听不出个头绪。但他瞥了我一眼说道:"对,他在这儿。"

然后他就挂了电话。我不由自主地站起身来。他绕过桌子去,坐了下来,把狄阿娜女神像放好。铜像恰好立在了还放在那儿的我的护照上。我肯定自己扒拉过那护照。

敲门声响起。进来的是"锥子"——那个我曾经称呼为"锥子"的人。他说:"他们在外面等着呢。"

"很好。"那人回道,"他们可以马上带他走。记着这个。"说着,他把护照递了过去。

公司聚餐会
Firmafesten

玛格蕾特·约翰森　著
斯文　译

作者简介：

玛格蕾特·约翰森（Margaret Johansen，1923—2013），挪威女作家，当过速记员、报刊通讯员等，也常为电台和电视台的娱乐节目和教育节目写文章。

约翰森步入文坛较晚，48岁才发表第一部作品，至今一共发表过三部长篇小说、四部短篇小说集，都以妇女和青少年为主题。长篇小说《你不能一走了之》（1981）描写妇女在资本主义社会得不到应有的教育，找不到工作，受到歧视，真实、深刻地反映了妇女的不平等地位，因而轰动挪威文坛，并被改编成话剧和电视剧，成为1984年最受欢迎的剧目之一。短篇小说集《星期一的孩子》（1985）生动地揭露了儿童表面幸福愉快，实际受虐待、遭摧残的事实，也被改编成话剧。

约翰森的作品不仅在挪威受到好评，而且被译成俄、英、德等多种文字，有的作品成为波兰、美国大学文学系的教材。

《公司聚餐会》是她的一篇脍炙人口的佳作，描写了聪敏、能干的女职员如何对公司经理歧视妇女的行为进行巧妙的反击。

公司聚餐会如同往常一样按计划在圣诞节前一星期举行。经理先生如同往常一样在聚餐筹备委员会上悄悄向委员们咬耳朵说,最好不要把米格尔森小姐的席次排在他身边,尽管她是本公司资历最老的妇女。诸位谅必有办法物色一位合适的人选……嗯……年纪轻点的漂亮妞儿。圣灵明鉴,他也需要轻松轻松,痛痛快快乐它一个晚上。难道不是吗?

米格尔森小姐上学的时候比经理低两班。经理先生虽然已到男人的最佳年龄,也就是说年逾花甲了,不过由于保养得很精心,因此他风华犹在。不消说,打扮得高尚优雅是他们这些有身份的男人理所应当的。趴办公桌的那些年轻姑娘对他在公司聚餐会上的亲热殷勤从来不会讨厌。那整整一个晚上,人人都可以不拘礼节地直呼其名,叫他"你,雅柯柏"。到第二天当然一切如常,见面时还要用"您,经理先生"来称呼他。那不过是短促的逢场作戏而已。

唉,可是公司聚餐会也不是尽如人意的。记账员斯密脱如同往常对他铮铮相谏一样,说了一些逆耳的真话,因为第二天大家还要照常上班,趴在计算机上一眼不眨地盯住电子计算机看。唉,姑念斯密脱工作勤勤恳恳,一片赤胆忠心,倒也还可以容忍。不过那个推销员哈尔姆说话带刺,却叫人恼火。他好像喜欢为妇女们说话。照经理先生自己看来,那家伙简直是个不识好歹、妄自尊大的小人。可是天晓得,那家伙是本公司推销业务上的一把顶呱呱的好手。唉，不计较算啦。

去年的公司聚餐会上，经理先生委实闹得不像话。他把那位娇小的斯巴尔小姐的裙子撕成了几片，还把一杯鸡尾酒灌进了米格尔森小姐的低胸夜礼服的袒领中去。不过这类事情哪个优秀的人物都在所难免。男人嘛，总免不了要寻欢作乐、放浪形骸的。身负重任、案牍劳形的高贵者也需要轻松一下，消遣消遣。他自己对去年的所作所为记忆犹新，所以对聚餐会不便多说什么。

他长长叹了一口气，回想起那次聚餐会后又请人到他家去吃消夜，开怀豪饮，狂欢作乐，一直闹到午夜以后才尽兴而散。

今年可不能再闹得那样晚了。

千万不要老说"时间还早"来挽留人家……嗯……切记……嗯，切记。

这公司经常租来宴请酬酢的那家大饭店的绛红色大厅里灯火辉煌，经理先生站在门口迎接客人。

经理先生是个健壮结实的人，也许略胖了一点，不过按照他的年纪来说仍不失其魅力。当米格尔森小姐步入大厅时，他深深吸了口气，把往外凸出的肚子缩了进去。这个女人其实长得相当可爱，不过对他来说，未免年岁太大了一些。女人嘛，总是比男人衰老得快。

"你好，你好，米格尔森小姐，欢迎，欢迎……"

他亲切地伸出双手，紧紧握住她的一只手。这样应酬一下算是周旋过了，整个晚上可以不必再理睬她了。

米格尔森小姐从托盘里端起一杯鸡尾酒，一面慢慢啜饮，一面细细观察在这一年一度的公司聚餐会上各人的自我表演。她已经在这家公司待了十八年。职位相当不错，但是没有什么前途，不会达到她所期望的目的。她曾经想方设法要让经理先生雅柯柏明白过来，她是值得被提拔重用的，作为她的老同学，虽然年纪比她大一些，经理先生谅必会格外照顾一点。再说她既有足够的学历又精于自己的业务。可是她的努力一再落空。老同学雅柯柏实际上以他那一套谈笑风生的处世之道把她拒于千里之外，不断用永不兑现的诺言哄骗她。

如今她毕竟熬到了扬眉吐气之日。在聚餐会的当天，她戳进了第一批纸张，这样一来，她自己就拥有一家公司了。这是一件了不起的大喜事，当然值得庆祝一番，而且米格尔森小姐懂得怎么来庆祝。

她一呷完杯中的酒，朝着那位年轻的办公室主任保耶走去，他是不久前提升到这个位置的，因为他是个男人。她吸进双颊，尖起嘴巴，从长长的假眼睫毛底下朝他斜飘过去一个媚眼。

"干杯，"保耶说道，情绪有点紧张，心里在小心提防，弄不明白米格尔森小姐是怎么回事。归根到底，大概漂亮女人都如此。她难道不知道自己的年纪？还是自重一点吧，小姐。

"嘿，"米格尔森小姐说道，"你倒一个人在这儿逍遥自在，保耶……"

"嗯……是呀，你今天真漂亮，米格尔森小姐。"

"谢谢。"米格尔森小姐说道，走过去又拿了一杯酒。

站在门口欢迎客人的经理先生望过来，正好看到这幕小小的插曲。天晓得莫娜①今天怎么啦？摆腰扭股，一副风

---

① 莫娜是米格尔森小姐的名字。

骚的架势。这还不算，居然朝保耶卖弄风情。要知道他起码比她年轻十岁，只多不少。

他礼仪娴雅地一躬到地欢迎今晚第一女客——在饭桌上将坐在自己身边的十八岁漂亮女郎爱文森，并且吻了她的手。可是他在做这些的时候心里忐忑不安地朝莫娜·米格尔森偷偷看了一眼。她过去从来不喝餐前酒的，怎么今天已经一杯下肚又连一杯？这实在太不像她啦。可是这种岁数的女人忽然想干点什么，那是从来没法叫人知道的……

在聚餐会上，经理先生如同往常一样发表了一篇冠冕堂皇的演说。他头头是道地讲述了本公司一年来的成绩，话长得直到主菜浇汁肉排在桌上转了一圈还没有讲完。不过聚餐会一年只有一次啊，甜食吃得当然也并不快，因为他又站起来发表演说了。他演说结束时举杯为女人们祝酒。他说大家干一杯，"为了我们的灵感，我们的良心，我们的美人儿，我们的孩子们的妈妈……"他讲完后好像十分感动，一坐定下来便不失时机地像慈父般吻了爱文森小姐的玉手。可是朝她大腿上摸过去的那只手却不大像慈父般的了。好在她刚进公司才两个月，所以对这样的事情只好逆来顺受。她以前在另一家公司待了半年就干不下去了。不过工作换得太勤，难免会落下个难听的名声。可得好好权衡一下。

"老色鬼，老猪猡。"她心中愤愤暗骂，可是还不得不装作风骚，脉脉含情地举着酒杯朝他微笑。

"唔，不错，"经理先生如醉如痴地想，"待会儿请小姐陪我这个老亚当去吃消夜。"

可是，天哪，那边席上，莫娜·米格尔森站起身来讲话了。

她身子微微倾侧，一只手叉在腰间，一只手拿着酒杯，俨然是一尊典雅的女神。

"干杯，"她大声疾呼，"大家来干一杯，为了男人们，我们的保护神，我们的灵感的喷泉，我们的孩子们的爸爸，我们的大可值得怀疑的情人和暴君般的雇主……"

她春风满面，眉飞色舞，声音洪亮而明朗，突如其来刹住了话头。莫娜·米格尔森坐定下来后，亲亲热热地吻了吻坐在她身边的一个不大相识的男人的手。

一个女人居然在大庭广众之下吻一个男人的手！

难道这个女人发疯了不成？

那个被吻的男人吃了一惊，怔怔地望着她，有点不好意思。

"男女地位平等嘛，"米格尔森小姐点点头，说道，"干杯！"

但愿这个女人不要存心出我洋相，把整个聚餐会闹得不可收拾，经理先生思忖起来。看样子我非得同她去跳一支舞，敷衍她一下，再给她个小小的警告不可。

"哦，原来是雅柯柏，居然给我面子，请我跳舞。"莫娜·米格尔森说道，"你跳这支舞恐怕是尽尽义务吧，你真的乐意跳吗？"

她伸出了双手把他搂住。当他们翩翩起舞时，她贴得他很紧。经理先生身子直挺挺的，心里很不受用。

"我今天有点放肆，你不会见怪吧，我的老同学雅柯柏（叫他这个有伤大雅的他学生时代的名字，他是十分憎恨的），"她安安详详说道，"但是你要知道这是我最后一次出席本公司的聚餐会了。"

"最后一次？你这是什么意思？……"

"我不再干下去了，"她甜甜一笑，"我终于可以不干下去了。"

"你这话难道当真？"经理先生说道，脑袋里飞快盘算起来：她这一走将给本公司带来多大的损失。她的聪颖才华、她的广博学识第一次在他心目中占有了重要的地位。

"嗯……米格尔森小姐……哦，我想说是莫娜……这个……你说的这个不是当真的吧？你和我哪天一起吃顿晚饭再从长计议吧？……"

"吃顿晚饭？我想你大概是别出心裁喽！你想想看别人会说什么。哼，舍得花冤枉钱请我这样一个老太婆去吃晚饭！算啦。那么你打算提拔我个什么职位？"

"嗯……这我们不妨从长计议。"

"我们不妨从长计议。也许我可以当个襄理？"

"啊？！……我觉得你是在发酒疯！"

"我工作得不够勤恳吗？"

"唔……不是……不过……"

"难道我不具备足够的学历？难道我专业知识缺乏？难道我没有魄力？"

"不，不，不过听我说一句。你要明白你的提升问题至今还没有谈到过。要是提了，你就会超越以前早就谈妥的那些人，再说你是……"

"我是……什么？"

"唔……好，直说了吧。你是个女人，大概又是在更年期。这是个非常困难的年龄啊。再说……"

"那么你呢，老同学雅柯柏？难道你不是很快也要退休了吗？"

"不，不，我……"

"可是你比我年纪还大，难道不是吗？"

"那又另当别论喽。莫娜，你自己也清楚，一个男人在我这样的年纪是最有作为的，是处在他事业的巅峰。"

"……也正处在急性心肌梗死和劳累过度的危险之中，这是我最近在报上读到的，而首当其冲的是男人。说不定我们马上就会步入这种危险境地？难道我们不会受到这种折磨？对了，老同学雅柯柏，你觉得英迪拉·甘地夫人把国家大事对付得不赖吧？还有那位果尔达·梅厄夫人。不过你刚才讲的当然也对。我们，也就是你和我，手上都有许多别的重要的事情要处理。重任在身嘛，纸张批发行业……"

"请原谅我，亲爱的莫娜。现在我必须和与我同桌的那位小姐跳舞了。纯粹是一般性的礼貌应酬……我们改日再谈。不要那么匆忙把事情定下来，好不好？"

她朝他的背影微微哂笑，转身朝推销员哈尔姆走过去，手一挥，头一扭，做出一个邀请的动作。

"我们跳一个吧……"

"乐意奉陪，"哈尔姆有点意外地说道，"怎么是你来请我？天知道，女人是不兴请男人跳舞的。"

"女人是不兴请男人跳舞的，哈尔姆，难道你也有这种想法吗？你一直在讲男女平等，原来只有我把你的高谈阔论信以为真了。再说你年纪又那么轻……"

哈尔姆清了清嗓子。

"亲爱的女士，你来请我跳舞是我的荣幸，免得我要眼巴巴地等着轮到我。"

"这句话还中听，哈尔姆，这些年来老是你一直等着请我跳舞。好,现在我也请你跳!"

整个晚上莫娜·米格尔森开怀畅饮,喝了好多酒,心里痛快,玩得尽兴,不过并非人人如此。

譬如说经理先生就不是这样,他一再对周围讲笑话,说他在认真考虑要不要把自己那个四十岁的黄脸婆撵走,换个二十岁左右的漂亮妞儿。于是莫娜·米格尔森马上凑过去大声问道,他能对付得了吗?

"根据统计来看,一个男人到了你这样的年纪,连和你同龄的女人都难以对付了,"她意味深长地说,"跟二十岁的小姑娘一起怎么过?现在就为你的心脏着想着想吧。雅柯柏,想想你的心脏吧。"

这样的局面真叫人下不了台。可是要狠狠发作一下刺她几句的想法对他来说又不可取。他也喝得不少,舌头都有些大了,怀里还搂抱着那个今晚聚餐会之花爱文森小姐。他觉得自己成了被人取笑的可怜虫。破天荒第一次他觉得自己确实老了,不中用了,而这全是莫娜·米格尔森的罪过。女人真该诅咒!

聚餐会结束之前,她酒意发作,一连摔破了两个杯子,往保耶头颈里灌了两杯酒,把年轻的哈尔姆搂进怀里,闹得真叫人看不入眼。

快到午夜时分,经理先生把她拉到一旁,在他自己也醉醺醺的状态下,尽其可能地摆出一副严厉的架势。

"看样子你现在闹得太过火了,莫娜,"他说道,"该叫辆出租汽车把你送回去了。你可是已经到了危险的年龄啦。"

"叫出租汽车送我回去?"莫娜冷笑一声,"用不着操这份心。我已经请了保耶到我家去吃消夜。你可以看出来,我其实并没有醉到你那个程度。我只是想尝尝当个男人是什么样的滋味。我从今天起就自己当老板了。我要开始管理自己的公司，亲爱的雅柯柏，所以现在应该学会怎样从行为举止上体现这种人的气概。你说不是吗？"

经理先生气得说不出话来，马上转身就走，他摇摇晃晃，踉踉跄跄，一头栽在坐在酒吧柜前高脚凳上的年轻的爱文森小姐身上。他终于明白过来，她并不需要同他从长计议，不需要等候他的回话。

"真是该死，女人们！"

聚餐会后的第二天，对于毫无放纵经验的米格尔森小姐来说真不大好过。她从镜子里看看自己的气色。

"唉，莫娜！"她自言自语说，"当男人的苦头真叫人吃不消！"

我们石油运输者
Vi som frakter oljen

贡纳尔·布尔·贡德尔森　著
斯文　译

作者简介：

贡纳尔·布尔·贡德尔森（Gunnar Bull Gundersen，1929—1993）是挪威当代最擅长写海运和海员生活的著名作家。他曾长期当海员，对海上生活和劳动十分熟悉，因而他的作品都以航海和海员生活为背景，充满浓郁的生活气息。他著有不少短篇小说和几部长篇小说。他的代表作长篇小说《马丁》(Martin)通过一个海员的生活经历，勾勒出西方世界里海员远离故乡亲人、生活孤寂单调的情景，并且揭露了海员们精神空虚和心理抑郁忧闷所造成的种种问题。这部小说被认为是当代挪威的重要作品之一。

在写作风格上，贡德尔森以意境深邃、文笔凝练著称。他的早期作品全用现实主义手法，成名后在继续使用现实主义手法的同时，也逐渐受到表现主义的影响，在作品中大量运用幻觉和梦魇。

《我们石油运输者》是他深受好评的佳作。

16万吨级——载重量。油轮满载原油，吃水线压到最高载重标志。硕大无朋，周身漆黑。停泊在炼油厂的油码头上进行卸载作业。进港才一小时。在大海上足足航行了67个昼夜。出租汽车司机站在码头上高声向船员们兜揽生意："……喂，今天晚上，附近那个小城市里有舞会，呱呱叫的英国女郎伴舞。单程一趟七个先令。过一个小时酒馆就开门营业了……"过三个小时跳舞厅的大门就要打开。穿笔挺制服的看门人满脸堆笑，朝外国人点头哈腰，因为这个城市很小，外国人来得很少。跳舞厅里女郎们三个、五个、十来个地成群在那里等候外国人光临，背靠墙壁坐着，心里焦急万分，脸上却装出一副漫不经心的样子……总要有人留在船上值班，因为油泵还在运转操作。谢天谢地，岸上总算没有出现什么抵制超级油轮进港的抗议运动。一等明天傍晚卸载完毕，我们又启碇开航了。然后呢？又要在大海上颠来簸去，岂止是67个昼夜，也许是68、69，说不定是70个昼夜。一直要到盛产石油的地方才能靠岸，而在那些地方海员们是不准上岸的。虽说石油价格昂贵，而时间却是个无价之宝。看管油泵的是个老头儿，他留在船上照料。还有轮机长和一个船员也要留下来加班干活，主机压力泵的一个柱塞要更换，得抢时间赶修，务必要在明天收拾就绪。干活的人手不够……那就再雇几个临时工吧，反正可以在账里报销。一切都安排得井井有条，哪个都不会牢骚满腹，口吐怨言了。年纪大一些的海员，他们已经在海面上度过不知多少回67个昼夜了。这种生活对他们来说早就成了家常便饭，不足为奇。他们宁愿睡在船上，随着浪涛摇来晃去，这样只会睡得更惬意、更香甜，不像在岸上乱哄哄的，各色各样喧嚣嘈杂的声音会打扰他们的清梦。他们还可以支撑下去，再干上许多回67个昼夜，直到干不动为止。以后就只好上岸去靠领取养老金过活了……在岸上从来没有人熟悉了解他们，除了有些政府部门。而在那些政府部门的办公室里，他们一个个都成了档案抽屉里的卡片。只要他们按时纳税，退休时间一到，便会分毫不少也不多地给予他们法律规定的应得利益……来日方长，他们还是有盼头的，然而能盼到的也就仅仅是这些东西而已。

有些船员年纪还轻，无牵无挂，无忧无虑，对一切都满不在乎。什么超时加班费啦，睡眠啦，统统见鬼去吧，只消能上岸就行。他们巴望的是及时行乐……人生短促，能有几个春夏秋冬？还是赶紧享受人生的乐趣吧，况且眼前只有一个千金难买的夜晚可以纵情享受。谁也弄不清楚他们在岸上鬼混到什么时候才回到船上，兴许压根儿就不回船过夜了。时代会不断变化……而商品和市场却总是需要的。

一艘现代化的巨轮庞然屹立。一到夜晚，满船就灯火辉煌，有如珠围翠绕，发出令人目眩的光辉。船员们的休息厅在船尾部分，里面布置得富丽堂皇，点缀着五光十色的油画和艺术复制品。一切考虑周到——能使生活过得舒适的东西应有尽有。舱内宽敞明亮，还装着空调设备。一个懂得生财之道的精明能干的船老板总是会顾怜下属，慷慨大方，舍得花钱的，他自己自然决计不会跟着船一起来远航，忍受海上颠簸之苦——舍得花钱只是为了石油，为了船……不过人们到底也沾到了一点惠泽。洗澡间和盥洗室设在船的尾部。供甲板舱面上的船员用的在一边，供机舱底下船员用的在另一边。年轻船员们正在忙着梳洗打扮。船长和一两个年纪较大的高级船员也夹在里面凑热闹。但是其他年龄较大的船员却只想到岸上去逛一下，喝杯啤酒，也许喝上四杯，也许更多一些……反正不会太少。然后就回船来，一路走一路截路上过往的出租汽车。他们总是很早就回到船上来，免得耽误了睡觉。这些老成持重、会过日子的船员都知道自己的安乐窝是在船上，他们都是见多识广的过来人啦。

从洗澡间里最先一拥而出的还是那些年轻的船员。他们涉世未深，还不愿意——也不能够，并且还没到时候——懂得人的情欲必须自我约束，凡事均宜适可而止的聪明的人生哲理。放荡纵欲的狂热本能在支配着他们，使他们把起码的理智全抛到脑后去了……这使他们冲动，使他们感到欢乐销魂的今宵绝不可错过……嘿，英国女郎真不赖，西班牙女郎，OK，也可以，德国女郎不妨凑合一下……不管她哪一个。只要不错过这一夜就行，碰碰运气吧……在这个良宵里同一个巴不得结交外国人的女人紧紧地贴在一起，暖烘烘，火辣辣，亲热地狎昵一番……是爱情吗？咳，反正就那么回事，爱怎么称呼它都悉听尊便……一夜的欢娱总嫌太短，而接下来的孤独日子却是那么长。

"你准备好了吗？"

"快啦。"

"我等着。"

"随你的便!"

"那你到底去还是不去?"

"到哪里去?"

"到我们老是谈到的那个地方去呀。难道你记不起来了吗?"

"嗯……"

"难道你不想去随便走走,散散心吗?"

"谁知道。像别人一样雇辆出租汽车去不是更好吗?"

"他们是想先到酒馆里去泡一阵子。舞会要再过很长时间才开始。我身边留着食堂领班送给我过命名日喝的好酒。你不是说你也想随便走走散散心吗?"

"嗯……不过那是好多天前说的。"

"就在我过命名日那天说的。"

"嗯……OK,行啦。那是在海上闲聊天随便说说的,当不得真。"

"我可是把它真当一回事,把这瓶庆祝命名日的好酒也特意留着。"

"那么,OK,好吧。不过,还是把那瓶酒带到舞会上去喝。万一走运碰到个称心的姑娘,咱们就一起干上一杯。"

"要是你实在不想去,那我就一个人去算了。"

"别那么当真嘛。难道我说过不去吗?我陪你一起去就是了。不过我本来以为你没有兴致溜达散心,要去也是在别的地方而不是在这里。想想看,先是咱们两个带着一瓶酒,在草坡上干巴巴地坐着,那有多么无聊?"

"可那一回我们在聊到这件事的时候,你不是听得兴致勃勃、劲头十足吗?"

"哦,那是在加拿大,那次倒是听得很叫人过瘾。不过我已经记不大清楚你讲的什么了……而且我们又不是在……"

"那是在圣约翰市。当时我在以前的那一艘船上干活,同另一个小伙子一起就像这样上了岸。我们买了一瓶酒,徒步走到城外。那里几乎同咱们的家乡一模一样,有斜斜的山坡,有一望无际的大森林,还有碧绿的大草地。我们沿坡而上,坐在大森林的边沿上,晒着太阳,一面喝点酒,一面闲聊。后来突然来了黑压压的一大群羊……"

"哦,我记起来了……羊群背后跟着两个姑娘,她们把烧酒全灌下去,高兴得不得了,挺讨人喜欢的。"

"她们一看见我们就咯咯地笑起来。"

"要是有人看到我们在这儿干这种傻事,保准也要笑出声来的。这里既没有大森林的边沿,也没有草地。放眼四望,能够看到的只有储油罐和输油管道。"

"我们总能够找到一块长着草的山坡,哪怕一小块空地也好,就那么随便躺躺歇歇,喝上一杯,聊上几句,然后咱们就跳舞去。现在阳光好极了,躺在长满青草的山坡上晒晒太阳,那才真叫人心旷神怡呀。一下子就觉得自己的确是踏上了陆地啦。"

"OK,咱们走吧,可别忘了把那瓶酒带上。"

"我带着哪。"

"咱们不妨叫辆出租汽车去,到了哪里有草坡的地方,就叫车停下来,怎么样?"

"不行,那样一来,准把我们径直拉到城里去了。"

"天哪,真是拿你没法子。"

"走点路对身体大有好处,all right……看看人家木匠师傅,他每回上岸都是走着去的。"

"那个木匠……嘻……他呀……早就阳痿啦。"

他们徒步出发了。一个是正式水手——勉强得很,一肚子不乐意。另一个是见习水手——劲头十足,兴高采烈,迈开大步走在前面。他的伙伴磨磨蹭蹭地跟在后面。后来他干脆停住了脚步等伙伴跟上来,唯恐一眼不见,那位老兄钻到出租汽车里去了。他们俩于是肩并肩地顺着通向城里的柏油马路走去。马路两旁高大的储油罐一个接一个排列成行。一条条输油管纵横交叉,通向四面八方。在熠熠闪光的铁轨上,停着一列列长龙般的油槽车。正式水手二十刚出头,而见习水手在这个九月份前一两天刚满十九岁。他们一直沿着柏油路走。

……走呀走呀,终于在马路旁边找到了一块长着青草的山坡,只有英国的青草才能那样碧绿。他们沿坡上了一段。那个年纪更轻的把雨衣脱下来,铺在如茵的草地上,从上衣里面的口袋掏出那瓶威士忌,递给了正式水手。两人在雨衣上坐定,正式水手拧开了瓶塞。

"干杯,为了你的命名日。"

"那算什么名堂?"

"我们喝的不是你命名日的酒吗?"

"喔,是呀,干杯,谢谢……那个食堂领班真是个好心人,给了我这么一大瓶。"

"他总是那么热心周到,只要我们对他说上几句好话,答应他小心一点,决不酒后误事就行。"

"在海上庆祝命名日可不那么逍遥自在,还要值班站岗。"

"是呀,老是值班站岗,真叫人腻味透了。"

"哪能像坐在这里,消消停停地一点一点喝着,挺惬意的。"

"不错,言之有理。"

周围空无一人,极目远望也见不到人影。在一眼望不到头的铁丝网后面,只有一根根直径足有一米多粗的输油管前后左右地延伸出去。在铁丝网的另一侧,到处可见的是一群群高耸林立的圆形储油罐,白皑皑的铝壳在阳光下反射出炫目的光辉,还有就是停在锃光发亮的铁轨上的一列列油槽车。有三四个细长的喷油瓦斯气的管道直指苍穹,顶端像是巨大的火炬,熊熊燃烧着烈焰,火苗笔直地冲到蓝色的晴空,但是没有散逸出什么烟尘。

"这些'天灯'不知道要烧掉多少钱哩?"

"是呀,当然不少喽!"

"说来也奇怪。他们就让'天灯'这么烧着,有哪个想在这里点根香烟抽抽却是绝不允许的。"

"那'天灯'离开地面老高老高哩。再说把瓦斯气烧掉,总比让它任意飘散开来毒害周围的老百姓好。"

"要不是面前那两个储油罐恰好挡住,我们本来是可以望见咱们那艘船的。"

"是呀,大概望得见……"

两辆油罐汽车发出轰响,咆哮着驶近,看来它们是挂在二挡上行驶,车尾排出一股浓浊得难以散开的黑色烟雾,废气的恶臭直冲鼻子。

"真是混账透啦,司机笨得像头猪猡。难道他们自己一直都闻不出来吗?"

一辆小巧玲珑的私人小汽车跟在它们后面,频频按着喇叭,迫不及待地想要超车。在它后面,一辆出租汽车从油轮停泊的地方驶了过来。

"车里一定坐着咱们船上哪位仁兄,他看到我们傻坐在这里,准以为我们在发神经。"

"他们看不见我们的。从来没有听说过从出租汽车里往外张望看人的。那个木匠师傅常说……"

"唉,又来了,那个木匠师傅怎么怎么……"

"好啦好啦,干一杯吧!"

"干杯!"

他们各自喝了一大口。正式水手喝得有好大一会儿工夫喘不过气来。

"你这瓶威士忌是上等货。"

"其实我们这样才是算计得精明呐。别的家伙去泡酒馆,一杯就得花两个先令,而且喝的是蹩脚货,只不过加上点气,有点泡沫罢了。真划不来。我们坐在这里,环境有多清静,可以一直待到舞会开始,真犯不着去花那笔冤枉钱。"

"对,你说得有道理。"

每人又喝了一大口。见习水手喝得太猛,呛到气管里去了,不住地打嗝儿,过了好大一阵子才咳出声来。他又喝了一大口,这才把气顺了过来。他瞅了瞅正式水手,把瓶子递了过去。

"你在海上干了几年啦?"

"五年多了。"

"光是待在油轮上吗?"

"是的。"

"你在几艘船上干过?"

"四五艘吧。"

"你似乎挺对劲的？"

"对劲？"

"是呀，待在油轮上总比待在散装杂货的船上要省劲得多……你说对吗？"

"不知道，我从来没在散装杂货的船上待过。"

"我上趟出海就是跟的散装杂货船。我跟着那条船只出过一次海。在那艘船上上岸的机会要比这艘船多。也可以说，玩儿的机会更多。"

"不过活儿也更累人吧？"

"正是，我刚要这么说。"

他们各自又呷了一大口，谁也没有再说干杯。他们又各自掏出吉士牌硬盒香烟，点了一支。正式水手的情绪有点低落，脸色阴郁起来。见习水手却没理会，仍旧自得其乐地嘴巴没闲着。

"我们在这里过得真不赖。"

"至少你好像是如此。"

"按理说这个地方根本不准抽烟的。"

"活见鬼，管它那一套哩！反正我们坐在铁丝网的外面。"

两人有半晌相对无语。过了一会儿，见习水手又打开了话匣子：

"你觉得吗？我们出海远航，做出的牺牲是够多的了。"

"牺牲？"

"是呀，比方说见不到亲朋好友啦，不能和全家人团聚啦，等等。"

"我可是还没有成家呢。"

"噢，那总还有别的亲属嘛。我们出海回家，一切陌陌生生，仿佛同这个家没有好多关系似的。要是一直住在家里，那就会亲热多啦。知心朋友也可以常来常往。"

"船上的那帮人就已经够我心烦的了。"

"噢，那大概是因为你还没有和人混熟，就换了一条新船，又碰上一拨子新人，所以交情不深。或者，你大概没有找到个把可以推心置腹的……"

"也许是如此。反正我把自己的活干好，就对付过去了。朋友嘛，那倒无所谓。"

"不过，要是你有了自己的家庭，或者说在岸上有了个心上人，那就会是另一码事了。"

"我说，你刨根究底地一股劲儿盘问不休，究竟是怎么回事？你干吗一定要死乞白赖把我拉到这里来，喋喋不休地谈这些。我才不愿伤脑筋去想这些哩。这么多傻里傻气的话，真是瞎胡扯。难道这些事情我还不知道？……我风里来浪里去，在海上已经混了……"

"好吧好吧，那么我们谈点你想讲给我听的事情……"

一抹艳阳斜照在一个储油罐上，映出了几个红颜色的赫然大字 Shell（壳牌）。在字母底下是一个巨大的贝壳商标。

"这趟出海，我们是在给壳牌石油公司运货吗？"

"废话，那还消问。"

又是一段长长的沉默。后来，见习水手灵机一动，找到了一个新的话题：

"说来也奇怪，想不到运输石油的竟是我们这些普普通通的人。"

"我们？"

"是呀，把石油运到这里来的不就是我们这些人吗？而且还要运到别的地方去。"

"我们脚底板下面船舱里装的是石油还是什么别的货色,我们哪管得着。那是大亨们在运……是船老板在运。"

"噢,那倒也是。不过要是没有我们,他们就寸步难行了。"

"咳,没有了我们,他们照样可以通行无阻,反正会有别的人来干。"

"噢,那倒也是。不过,那些别的人也是我们这样的人,我们也是同那些人一样的人。这些人都可以笼而统之称为我们的。"

"这会儿你说得玄而又玄了。"

"我的意思是,咱们干这行的都是同舟共济,一起干的。"

"真是见鬼。我们明明不是齐心一致的。我有了个活儿干,你也有了个活儿干。就这么回事,谈不上别的。你忙着刷油漆,打扫擦洗。我也一样。听人家吩咐,叫干什么就乖乖地干什么,至多这样罢了。下班时间一到,我们把拖把和工作帽一撂,就算混过了一天。至于下面舱里装的是什么,那同我们毫不相干。不管你脚底板下面装的是满满一船晃里晃荡的鱼肝油还是尿,你还不是照样地刷油漆和拖地板?人家出钱雇你来,就只是叫你干这个活,没有要你去管旁的闲事。"

"对,这个道理我懂。可是明明晓得船舱里装的是石油嘛。"

"你压根儿没有弄懂。那些事情你管不着。要知道,你跟着出海的这艘船只不过是一个牛奶罐头……一个大得见鬼的牛奶罐头,里面装的尽是那些见鬼的石油。要是装的是牛奶，或者是烧酒，那倒美了。我们有时候可以喝它一升。哪怕装的是鱼肝油也行，有急需时也可以喝点儿。再不然装尿也成，酒喝多了憋不住的时候可以去撒上一泡。可是偏偏装的是缺德的石油，黑不溜秋，黏黏糊糊的。请问你管那玩意儿干什么？那东西同我们没有缘分，同你没有关系，同我也没有关系。同我们唯一有关的是在油轮上干活是冒风险的玩命把戏，那底下充满着瓦斯气，要有个三长两短可了不得。"

"话虽如此，不过不管怎么说，要是没有石油，船就开不动了。"

"嗨，那倒也是。可是不劳你来操这份闲心。就算船停着走不了，你还不照样刷油漆，拖地板，外加干些各种各样的零星活。"

"要是船走不动了，刷油漆也好，擦地板也好，岂不都是白费力气，毫无用处了吗？"

"那就不是你的分内之事了，你也甭瞎操心。"

"倘若缺少了石油，那就什么东西都动弹不了。汽车开不动，公共汽车也开不动。连出租汽车也只好停了。那么生活中的一切事情都非得停顿下来不可。"

"那也不用你管，你管得了吗？你只要有出海的活干，安分守己地遵循操作条例、规章制度就行了。你的本职工作不是在石油市场上指手画脚，而是站在甲板上，头戴小圆帽，手里拿着拖把。"

正式水手变得激动起来。见习水手赶紧把酒瓶塞给他。正式水手犹如长鲸吸水般咕嘟咕嘟猛灌了两大口，躺坐在草地上，两眼直勾勾地发起怔来。他觉得有一股不可名状的快意，带着柔和的热浪，缓缓涌上了他的脑袋，他的脑袋变得沉甸甸的。太阳已经隐没到储油罐的背后去了。见习水手晃了晃瓶底，觉得自己已经喝够了。过一会儿，跳完了舞还得喝点儿哩！

"几点钟啦？"

"不知道。"

"我们这就该走了吧？"见习水手此刻想到该去跳舞了。

"我们先等等看，说不定能找到一辆出租汽车。"正式水手开始有点迷迷糊糊了。

"你想那里会有女人吗？"

"总不会一个没有吧。"

"漂亮吗？Fine？"

"好坏都有吧，就跟所有别的地方一样。"

"像这样一个小地方不见得会有妓院吧？"

"难道非得有那个才行吗？"

"不，不，哦，大概是那种公共娱乐场所，咱们可以去碰碰运气，哪个姑娘看中了你就跟你走，对不对？"

"对！你不妨去碰碰运气。不过除非有哪个大姑娘给你勾住了，就像你给人家迷住了一样，那她才会心甘情愿地跟你走。"正式水手自作多情地揶揄道，说着说着，自己也忍不住龇牙咧嘴地笑了起来。

"可是，她们心里还是愿意干那桩事儿的吧？"

"怎么啦？"

"咱们当然不能像逛妓院那样，开门见山就跟人家明说是想来干什么的吧？咱们总得先跳跳舞，再东拉西扯，绕着圈子说，等到人家表示有点意思了，这才算是OK啦。"

"左右不过是那么回事。天底下娘儿们总归是娘儿们。

哪里的女人都是一个样。她们都是想的那桩事情……而我们要的也就是那桩事情。"

"妓院里不是那样的。"

"哦，为啥不是？"

"她们想的不是谈情说爱这一套。"

"可是她们干的是同一码事。"

"不，那是另一码事。"

"我倒没有留神到。"

"那些女人是没法子，不得不干的。"

"还消说，她们的职业就是干这个的。"

"所以呀，她们的心思压根儿不放在谈情说爱上。"

"那有什么关系。只要她们有本事，你花了钱觉得值，不就行了？在这里仔细找一找，还是可以找到一些跃跃欲试的姑娘的。即便挑选的机会不太多，到时候总可以找到个把合乎自己胃口的。我倒宁可出钱去玩，更干脆些。大家明来明去，用不着转弯抹角，痛快得多。"

"这里的姑娘大概不肯收钱的吧？"

"不，不肯收现钞。但是她们乐意要你掏腰包请她们客，上电影院啦，上饭店啦。可是弄来弄去，你总摸不透她们的心思，不知道到头来究竟能不能够把她们真正弄到手。还有，我得告诉你一句：对于那些在跳舞厅里兜卖巧克力的女郎可千万要小心提防。她们总是想引人上钩，缠得你跟她弄个把孩子出来，这样就可以和你结婚，一辈子吃喝全都靠在你身上了。那就把你坑害了……你一定要明白，她们肚子里哄人的鬼点子可真不少。"

"见鬼，那倒真要小心……倒不是提防弄出个孩子。一个人结了婚，一定要有个孩子才能享受到天伦之乐。我想的是至少要同一个自己愿意和她生活在一起的姑娘结婚。"

"天伦之乐？你真的相信生孩子的人都是为了想要享受天伦之乐吗？那只是因为一结婚就不当心了，就生出孩子来了。也就是说，凡事都得要法律许可才行。她们一结婚，就自以为跟早先不一样了，可以放胆生孩子了。其实不见得，生出来的孩子还不照样叫人讨厌。"

"这话不假，所有搞出孩子来的都不得不结婚。"

"其实他们大可不必，有了孩子照样可以不结婚。不过许多光棍傻乎乎的，不够机灵，所以逃不脱这一关。"

"说的也是，不过我知道有那么个老兄，他一心想要个孩子，就是生不出来，结果还去领了两个哪。"

"那决计不会是吃航海饭的人。"

"没那回事，要知道海员可喜欢孩子啦。那一次大副把他的孩子带到船上来，你难道没有瞧见大伙儿一个劲儿围着又是哄又是亲，把那孩子宠得了不得……只有木匠师傅做了个鬼脸，一声不吭，自顾自上岸去了。"

"哼，这个屌头木匠师傅……他……"

"对啦，你讲到木匠师傅用了一个什么词儿来着？那词儿究竟是啥意思？"

"我说他是个没能耐的。那就是说，他是个中看不中用的窝囊废。"

"哎呀，天哪，他可是船上最精明能干、手艺高明的木匠呀。"

"你连这都不懂？说的是他已经没有能耐跟女人一起睡觉啦。"

"你怎么会知道？"

"他老婆亲口讲的呗。"

"真是咄咄怪事。那么一个妖艳风骚的年轻女人竟然乐意嫁给一个老头，而且还有毛病。"

"那有啥稀奇。他是个老光棍，一辈子省吃俭用，积下了好大一笔钱，Plenty（很多的）。到如今满可以太太平平躺在家里喝喝酒，享享清福啦。"

"可是他老婆怎么会亲口对你讲这个……讲他是那样子的……？"

"嗯……没有……那是对邻居讲的……上一回到阿姆斯特丹的时候，他把她带到船上来了。"

"你发疯啦？"

"我没有。木匠师傅这个可怜家伙不知道防得更严密一点。"

"真不像话！"

"是呀……是呀……反正就是这么回事儿……女人心里想的什么，你该明白了吧？"

"话虽如此，不过我们这样的人……你要知道，当我们年纪更大一点的时候……有个孩子不是很好吗？那样，我们知道自己有了亲生骨肉，他将来会……"

"得啦，得啦，收起你'圣母玛利亚，你有福啦'那一套、家庭乐趣那一套说教吧。请问我们同天伦之乐有哪门子缘分？那些乐趣轮不到我们头上。我们现在马上就要远航，开到东方去，成年累月地回不了家。在船上除了喝酒解闷，还能干些什么呢？再就是等着有信来，收不到信那股心烦劲儿甭提了。我出海干活那么长时间，乱七八糟、下流荒唐的事情见多了……不说啦。干杯，你这个老小子……"正式水手口迟舌钝、神志恍惚地说道。他想找出点能逗笑的话来，可是一时想不出……于是信口哼起来：

"石油，石油，小宝贝儿……嘻嘻……嘻嘻……"

这时一辆私人小卧车在马路边上戛然停住，恰好停在他们坐着的山坡下面。汽车里有两对青年男女，各管各搂抱接吻。见习水手探出上身，看得津津有味：

"这帮家伙真是肆无忌惮，也不看看路边上有人没人。活见鬼。"

正式水手一声不吭，坐在那里怒形于色地瞪着汽车里面。他抓起酒瓶仰面痛饮了三大口，又一动不动地坐在那里，怔呆呆地瞪了老半天，一股无名怒火在他胸中升起：

"他们一定不晓得坐在这里的是些什么人。"他口齿不清地自言自语。

"他们也许看得见我们。"

"他们本当朝四周看看的嘛，这些鬼东西！"正式水手扯开嘶哑的嗓子高声大叫。"因为这里坐的是我们。喂，你们听见没有，该死的家伙……听见没有！"他呼喊着，一手攥紧了拳头，朝着汽车猛烈地挥舞着。

"你干吗要管那份闲事，他们又没有招惹我们。"

"难道还没有招惹我们？你懂个屁。"他又脸朝下冲着汽车："喂，听见没有……该死的不要脸的东西！……这里坐着我们哪……把石油运来的就是我们……"

嗓子眼儿突然堵住了，发不出声来。

"可是你自己说过，把石油运来的是那些大亨……"

"你甭管我说过什么……他们这帮可恶的家伙……开汽车光是为了兜风，兜兜风乐一下……把车停在这里就搂成一团……就在我们的眼皮底下……我们辛辛苦苦地卖命运输石油……可是他们晓得个屁……他们光顾着兜风享受……兜风玩个痛快……而我们花尽力气把石油运来的人就坐在上面眼睁睁看着……我非得好好教训他们一顿不可……该死的……"

他抓起酒瓶，拎着瓶颈，抡得转起圈来，愈转愈急，愈转愈快……一松手酒瓶便飞了出去……"哐啷"一声巨响……酒瓶不偏不倚，正好击中了前侧窗玻璃，雪白的玻璃碎屑四下飞溅开来。

"你到底要干什么？"

两扇汽车门顿时打开，两个怒气冲冲的小伙子跳下车来，拼命奔上山坡来找他们算账。

"我要教训教训这帮鬼东西……"正式水手攥紧了拳头挣扎着想要站起身来。那两个人却早已扑过来了，两个水手都被死死地压在他们的身子底下。正式水手狂怒不已，挥拳乱打，但是一拳也没有打中对方。他对见习水手嗷嗷叫喊："用石头砸他们，用石头砸他们！"他自己先这么做了，但是一下都没有砸到人家。见习水手却只是趴在地上，双手抱住了头，吓得哭起来。他挨了一两拳头，但是没有作任何反抗。

接着警察来了。一辆后面装着铁丝网车门的大囚车。车上跳下来三个警察。可是正式水手还不肯罢休。两个警察紧紧地把他按倒在地。另外一个疾步跑回警车拿来了手铐。他们给正式水手铐上了手铐，这样一来他再也无法死命挣扎……只能凄声狂号和破口大骂。一押上囚车，警察们便对这两个无法无天的骑士进行初审。首先受到盘问的是正式水手……他依然不服，怒不可遏。他被一个警察夹持着坐在囚车里的一张长凳上。见习水手呜咽抽噎着被叫去坐在对面的长凳上。有个警察和和气气地对他讲了几句什么，拍拍他的肩膀，坐到他的身边。还有一个警察把铁丝网车门从外反锁，然后跳进驾驶室，警车便一溜烟呼啸而去。

事情闹到这等地步，正式水手还不肯善罢甘休，束手就范……至少到那时候为止是如此。他把身子扭向那个警察，把脸笔直凑到他面前，可是被人家猛地一把拧了回去。他嘴里不住地骂。

"你这个饭桶，你这个穿制服的可恶狗腿子。"他把脸转向另一个警察："你也是一样的脓包。真见鬼，谁要你们来插手多管闲事。我们明明是好好地坐在草地上，啥坏事都没有干。可是那帮家伙开着汽车来了，把车一停在我们眼皮子底下就亲吻搂抱，可恶地干起那勾当来了。他们连瞧都没有顾上瞧我们一眼，真是目中无人。而我们却拼死拼活老远地把石油运来……真的，一句不假……我们运来了石油……而那帮家伙满不在乎地到处兜风，兜风……对呀，就是这么回事……毫不心疼地白白花费着我们的石油兜风取乐……像是败家子一样开着汽车到处乱闯……而我们辛辛苦苦地运输着石油……我们……吃足了苦头……运输石油……"他的语音哽咽起来，突然不吭声了。有片刻时间他木然发呆，两眼睁大，然而眼大无神，视而不见。骤然间泪水涌满了他的双眼，潸潸地淌了下来。他拼命用被手铐紧紧铐住的双手敲打起自己的膝盖来，愈敲愈使劲。整个这段时间里，见习水手一直双手掩面啜泣着，连头都不曾抬起来一下。正式水手敲着，敲着，敲着……"干吗你要对我讲你那套痴人说梦似的说教……都怨你，害得我干出了这种要命的蠢事……"他没命地捶打着双膝……见习水手终于不得不抬起头来看了他一眼。"干吗你要把我推进那黏黏糊糊的石油地狱，同该死的石油打交道……干吗……"他不知想做什么,突然蹿起身来。但是旋即被狠狠地按了下去。

"What did he say?(他讲了些什么?)"一个警察问道。
"Something about oil.(关于石油的什么事情。)"
"And what's wrong with that?(那又怎么啦?)"
"I don't know.(我不知道。)"

太阳帽
Solhatt

谢尔·阿斯基尔森 著
余韬洁 译

作者简介：

谢尔·阿斯基尔森（Kjell Askildsen，1929—2021），北欧地区最重要的短篇小说家之一，是挪威战后文学的领军人物，有"作家中的作家"（forfatternes forfatter）之美誉。他的作品用词简洁，风格独特，曾获1983年、1991年挪威评论家文学奖，1996年布拉格荣誉文学奖，2009年瑞典文学院北欧文学奖等奖项，已被翻译成32种语言。他的短篇小说创造了一种冷硬、客观、极简的写作风格，细腻深刻地描绘了普通人平凡生活表面下暗藏的不安心绪，以及人与人之间相处时无解的难题。2006年其短篇小说集《托马斯·F留给公众的最后记录》（*Thomas F's siste nedtegnelser til almenheten*）被挪威《每日杂志报》选为"过去25年最佳挪威小说（集）"。

他和她坐着各自看书,许久谁也没有说话。她突然说道:"等我们到了南斯拉夫,我想给自己买那么一顶太阳帽,去年没买成的。"

"你读到哪一页了?"他问。

"33页。怎么了?"

"没什么。"

她没再说什么,继续往下读。不知为什么,他突然想起前一天晚上透过敞开的窗户听到的一段对话。先是马路上的一个男声:"我懒得再跟你勾勾搭搭了。"接着是一扇窗子里(他猜的)传出一个女声:"为什么?""反正我也得不到什么结果,不是吗?"就那一句,再没多说一个字。

她还在那儿读着她的。他的书摊开在面前,他却没有读。他在看着她,心想:她怎么会想到太阳帽的呢?

片刻之后,她把书放下了。

"我要煎个荷包蛋去,"她说道,"你要吗?"

"不用了,谢谢。"他不喜欢吃煎蛋。

她上厨房去了,于是他拿起她的那本书,翻到第33页。那一页里他没有发现任何能让人自然联想到太阳帽或者南斯拉夫的东西。他心想:我琢磨不透她,我以为我了解她,但我现在越来越琢磨不透她了。他决定读一读33页之前的部分,也许那里有答案。可是她为了拿根烟又回来了,他赶紧放下了书。因为他觉得自己像个偷窥狂,以为她已经看到他在看她的书,便问道:

"书好看吗?"

"好看吗？算有意思吧。"

"讲什么的呢？"

"一个想要别的东西的人……我不知道该怎么说……一个觉得自己过得很好，但还是渴求别的东西的女人。而且她也不太明白为什么会这样，但某种程度上说，她又还是明白的。你知道的，就是大家都有的那种感受。"

"大家？"

"对啊，怎么了？"

"我没有那种感受啊。"

"你没有啊。"

"我难道不是'大家'吗？"

"你什么意思啊？糟了，我的煎蛋！"

她快步奔向厨房，但又突然折了回来，把书拿走了。

他没有再继续读自己的书。他在想："你没有啊。"她那话什么意思？他试图解读她说那话的语调语气，但怎么也解读不出来。我得好好读读那本书，他心想。

她回来了，在厨房吃完了她的煎蛋。这让他觉得很不寻常，她通常都是把夜宵带到客厅来吃的。

他把这疑问说了出来。

"你怎么在厨房就吃了？"他问。

"什么？"她问。

"你在厨房吃的。"他指出。

"对啊，怎么了？"

"你不是一般都在这儿吃的吗？"

"是吗？没有吧，我经常在厨房吃的。你是怎么了？我很多时候就是在厨房吃的啊。"

他没答话。他左思右想，不明白她怎么能这么说。"我很多时候就是在厨房吃的啊。"这不可能是事实。

"我想我要去睡觉了。"她说道。

他看着她，没有答话。她对上他的目光，于是平静地说了一句，几乎不带任何情绪：

"我觉得我快疯了。"

"哦？"

"我说，我觉得我快疯了。"

"也许吧。"

她看着他，眼中闪现一丝冷峻，但只是一瞬。

"也许吧。"她跟着说了一句。

他看着她，目光冷冷的，他知道这一点，尽管他内心深处感受到的是炙热的不安。

"也许吧。"他又重复这句话，"那这疯狂到底是怎么一回事？"

他看到她的双肩耸了起来。接着又沉了下去。

"晚安。"她说道。她站了一刻，然后就走了。

他觉得她耍了他一把，虽退犹进。他觉得自己仿佛输给了她，不由得怒火中烧。该死的女人！她脑子里到底在想些什么！吊足胃口，又突然编出什么疯了的鬼话——这个女人！

他的怒火渐渐冷却，内心却没有平静下来。他走进厨房，从冰箱里拿了一瓶啤酒出来。十点差一刻。他又回到客厅，刚坐下去，又站起来，开始在绿色地毯上来回踱步，时不时停下来喝上一口啤酒，思绪翻来覆去。一会儿想着：好像她真有什么可抱怨的似的！一会儿又想：她想要别的东西。"一个觉得自己过得很好，但还是渴求别的东西的女人。""你知道的，就是大家都有的那种感受。"

对于她种种联想的疑问——这么一件事突然就变成了完全不同的另一件事。无伤大雅的事情变成了复杂、严肃的事情。"我觉得我快疯了。"无论这样那样的原因,她必定确是这么想的,但究竟是什么原因呢?

他又拿了一瓶啤酒过来,驱走了她可能发现了什么的想法,比如关于安妮的事,或者关于露西的事。这种可能性太小了,她在那些圈子里没有熟人,而且他已经采取了一切可以想到的预防措施。

他想不出来了。把酒喝光后,他关掉了客厅的灯。

她躺在床上看着书,只略微抬了抬眼,便又沉浸到书里去了。他装作若无其事的样子,心里想着:"她装作若无其事的样子,那好啊,我也不会去惹她。"

他躺了下来,转过身来背对着她,把床头灯给关了,道了声晚安。

"晚安。"她答。

他睡不着。过了好一会儿,他才发现她并没有翻页。他躺在那儿仔细听着,想要确认是否如此。真的,她没在翻页。他以为她睡着了,便伸手越过她想要关掉她那边的床头灯,却发现她睁着眼睛躺着,目光在书的上沿与他相遇。她十分平静地看着他,但她的目光中却有某种东西,有些疏离,又有些探究,让他感到不安。

"是我看书打扰到你了吗?"她问,"你是要我把灯关了吗?"

"不用了,"他答道,"我只是以为……你不是没在读嘛。"

"我当然在读。你这不是看见了嘛。"

他一把夺过她手中的书,看了看页码。38页。他把书还给她，什么也没说。

"你这是干吗呀？"她问道。

"你在去做煎蛋之后又读了5页。"他回复。

"我有时候在想事情。"

"我知道！"

"你让我想起了我父亲。"她又说道。

他半晌没有答话，然后才说：

"我以为你喜欢他呢。"

"是吗？但我是爱他的。"

这说的叫什么话啊，他想，她这到底是什么意思！

"呵呵！"他哼了一声，又转过身去背对着她。

"父亲总是在扮演上帝，"她说道，"如果你明白我什么意思的话。"

"我不明白！"他嚷道，"我也没兴趣搞明白！现在我想的是睡觉！"

"是是，你要睡觉。好好睡吧。"

他胸中燃起熊熊怒火，突然起身，扯起被子、枕头和床单，砰的一声关上身后的房门，走进了客厅。他把东西都扔到沙发上，打开顶灯，大步流星走进厨房，拿了一瓶啤酒。"你让我想起了我父亲。""父亲总是在扮演上帝。"

后来他又去拿了一瓶过来，心里想着：明天我不去办公室了，她活该，让她看看她都干了些什么好事。

最后他终于躺下，最后的最后，总算是睡着了。

一觉醒来，阳光正洒在他的脸上。有那么一两秒钟，他不知身在何处，然后他想起了一切。

他起了身，悄悄地走进卧室，拿了自己的衣服。她还没醒。他给自己做了一顿简单的早餐，然后就开上自己的车，往市中心开去。他供职的电气公司为高级职员预留了停车位，那是一个拆迁工地，离公司只有几分钟路程。这让公司成了一个有吸引力的好单位。

他有很多事情要做，并没有多想前一天晚上发生的事，但在开车回家的路上，一切又忽然浮现，那么近在眼前，有那么一瞬他都在考虑要不要用不回家吃饭来惩罚她。不过，尽管他觉得这是她活该，他还是意识到，这样做只是拖延时间，反倒会让她占了上风。他才不会让她得到这种快乐。

他开了锁，进门去，迎接他的俨然就是过去每天曾迎接他的那一切。她友善地招呼他，晚餐也准备好了，有猪颈肉和炖卷心菜。他先是松了一口气，随即又愤愤不平起来。起初他还和她有来有往地闲聊了几句，后来就沉默了。

"有什么不对吗？"她问，但并不担心的样子，仿佛她问的是："你还要土豆吗？"

他决定不做回答。然后又说：

"没有，能有什么不对。"

"我不知道啊，我也只是好奇。"

然后两人都再没言语。吃完饭后，他就躺下休息了，和往常一样。这是怎么了？他心想，我毕竟还是爱她的啊。

他没有睡着，但躺得比平时更久些。他不知道有什么理由要起来。

以前，她会在半小时后进来叫醒他，这样餐后小睡不至于影响到夜里的睡眠。今天她没有进来。

他过了一个小时才起床。走进客厅时，她已经不在那儿了。茶几上放着一张纸："我就去散散步，艾娃。"

是嘛，他心里想着，她突然间去散什么步啊。

他习惯了休息完后喝杯咖啡，于是去厨房把咖啡壶做上了。

突然，他想起了那本书。他想读读她读过的那些内容。他开始翻找那本书，先是在客厅，然后是卧室，最后是厨房。他怎么也找不到。他在各个抽屉里翻过，书架上的书后面寻过，厨房橱柜里找过，但一无所获。

他喝完了两杯咖啡。她还是没回来。

他把茶几上的那张纸翻过来，写道："我就去散散步，哈里。"

他去散步了。本来他是朝公园走去，但又改变了主意，因为艾娃去了那里也未可知：她可能还会以为他在找她呢。

他拐向一条往北去的小路。那之后胡乱地转着，想着自己的事情，最后得出结论：他应该留在家里的。等她回来的时候，他最好是坐在沙发上，神色自若。

他赶紧往回赶。

坐在沙发上的是她，神色自若。她从书中抬起头来，朝他笑了笑，就继续往下读了。但那是另外一本书，他立马就发现这本书比她前一天晚上读的那本要厚得多。

他权衡了一下胜负，认为自己能够掌控局势。他打开冷水龙头，一边放水，一边仔细端详着自己的脸，心想：她才没什么可抱怨的呢——她到底能有什么好抱怨的！他关掉水龙头，快步走进客厅。他说：

"要是你有这么多要抱怨的，那你可以离开啊。"

她看向他，一开始目带询问，后来就变成了他前一天晚上看到过的那种冷峻的眼神。

"离开？"她问，"你这话是什么意思？"

"如果你觉得过得还不够好，那你尽管离开好了。"

"哦？是吗？离开去哪儿？"

"哪儿都行。"

她把书放下，却没有合上，封面封底朝上放着，他以前被教育过，不应该那样子放下书。然后她说：

"你就不能坐下来嘛。"

"谢了，我站着就挺好的。"

"拜托你坐下吧，哈里。"

他坐了下来，低头看着自己的双手，开始抠左手的拇指甲。

"咱们得好好谈谈。"她说。

他没有答话。

"咱们就不能谈谈吗？"她又接着说。

"你谈呗。"

"是——一起——谈谈，哈里。"

他还是抠着自己的拇指甲。

"我觉得我很封闭，哈里。我知道咱们先前是怎么说好的，只不过……那时候我并不知道整天待在家里意味着什么。你别误会，我对我所做的这些事情并没有什么不满，但这还不够，而且……是，我整天就困在这里，感觉……所以今天上午我申请了一份工作，而且我还申上了，我已经答应了，当然了，我也可以放弃它，不过我已经答应说我可以从一号开始上班。"

沉默了许久，他才说道：

"是嘛。"

"我想我必须接受这份工作，哈里。"

"哦？这么说的话，那换句话说，这事儿我就没有发言权呗。"

"你怎么就不明白呢？你也会为此感到高兴的。"

"我就是不知道什么对我自己才是最有利的呗，你是这个意思吗？"

"你不知道我是什么样的感受。"

"你觉得你快疯了嘛。"

她答话的声音不再是劝说的意思，而是带着一种冷硬的语气，让他一时间茫然失措：

"你敢不把我当回事！你敢！"

他意识到自己过分了，但又无法当面承认，所以他什么话也没说。但他突然感到极度没有安全感，无比地不安。

接着是一段长久的沉默。他的目光在她身上扫视。她说的最后一句话也映在了她的脸上——既咄咄逼人，又拒人千里。

"是什么工作啊？"最后他问道。

"百货商店里的。"她的声音冰冷，不容缓和，"在厨具区。"

那里的顾客大多是女性，他想。

"这太突然了，"他说道，"毕竟我们之前都说好了的。"

"我知道。但那是以前的事了。而且当时你还说我赚来的钱大都会被税收走。"

"你当时也觉得打理家务是件美事啊。"

"是啊。我当时是这么想的。我们两个都错了。"

"你去工作我们的生活也不会好到哪里去，如果你是这么以为的话。"

"至少不会更糟。"

她说得好像她确信自己说的话，他也没再继续这个话题。总之，她说话的方式不一样了，他所习惯并且非常喜欢的她那种话里话外的商量征询,已经消失不见。

突然间,他知道自己输了。他无法阻止她做她想做的事。他只有两种选择,要么被违逆,要么在某种程度上迁就她,从而不致遭遇失败。

他想了一会儿,然后站起来说道:

"你想喝啤酒吗?"

"现在?不了,谢谢。"

他从厨房回来,把啤酒和杯子放到茶几上,还是站着说话。

"我现在明白了,这对你来说意义重大,你也知道,我一直想的是为你好,虽然我可能不一定总是能看清楚什么才是真正对你最好的。"

她插了句:"那我呢?"

他不明白她是什么意思,但她说那话时的不耐烦让他很受伤。他这儿正要满足她的愿望呢,她竟然就这么打断了他!

他重重地耸了耸肩,然后把啤酒倒进杯子里,依然站着。

"对不起,"她道歉,"我打断你了。"

他喝了一口啤酒。

"无所谓了,"他接着说,"我本来想说的是,我觉得你应该接受那份工作,但不管我说什么,你都会接受的,不是吗?"

他与她对视,那是一种奇怪的眼神,他无法解读的眼神。他把目光移开,端起酒杯喝了一口。然后他就等着,但她什么也没说。他等了又等,又喝了一口,把杯子都喝光了,又把杯子满上。

终于，她眼眸低垂，用一种他仍然无法解读的语气答话了，那声音听起来出奇地平淡，仿佛字字句句从很远的地方传来，又仿佛几乎不知从哪里传来：

"你也知道的，如果你觉得这不对，我是不会去做的。"

网中之鱼
Fisken i garnet

比约格·维克 著

余韬洁 译

作者简介：

比约格·维克（Bjørg Vik，1935—2018），挪威最杰出的女性主义作家之一。她的写作生涯和挪威20世纪70年代兴起的新的妇女运动紧密相关，其作品展现出强烈的女性主义色彩。短篇小说是她的主要创作体裁，此外她也写了多部戏剧。她的作品在当时是一个全新的声音，通过对中产阶级婚外情和婚姻冲突的坦率描写，以及对少女和成年女性受传统性别角色模式束缚的描述，吸引了大量感同身受的读者。维克的作品已被译成30多种语言，并三次入围北欧理事会文学奖，曾获1979年挪威评论家文学奖、1987年瑞典文学院多布劳于格文学奖、1992年易卜生戏剧家奖等多种奖项。

灰绿色的公寓大楼环抱着我们,将我们的秘密窖藏于那一间间地下储藏室内,为行走于歌声回荡的陡峭楼道的我们遮风避雨,馈赠给我们午后的阳光、敞开的窗户里递出的切片面包,还有垃圾箱后面缱绻的温柔。

后来,年轻的姑娘们站在电车站,眼眸低垂,希望身上的麂皮夹克和手边最新款的婴儿车能够保护自己免受那些老寡妇的议论,她们对我们了如指掌。

艾德尔穿着黄色连衣裙出现的时候,砖墙之间亮起来了,窗玻璃上亮起来了,磨得发光的单元楼门也亮起来了。简直连墙上涂画的那些个粗俗脏话都因此变得黯淡了,难道不是吗?

"我比艾德尔漂亮。"英薇尔心想,"但艾德尔很美,绝不能让她知道。"因为胃痛,英薇尔上楼梯走得很慢,一边还为没能穿上带华夫格松紧缩褶的黄色连衣裙而哭泣。艾德尔的母亲在学校做清洁工,而英薇尔的母亲则偶尔站在小卖店里卖货,任谁都能看出这其中的差别。更何况,英薇尔的母亲出门是戴礼帽的。

公寓大楼里,大家住得很近,男人们几乎不在那里出现。

只有到了下午,男人们才会回来。最早的那批穿着大衣,拎着公文包,抿着嘴唇,带着怒气,撑着雨伞。之后回来的那批穿着夹克衫,有些人喝醉了还唱起歌来。拎公文包的那批男人有时也是醉的，跟跟跄跄地穿行在大楼里，敞着大衣，衣尾飘飘，嘴唇紧绷，眼神呆滞。

女人们一直是在的。她们或在朝着晾衣绳伸去胳膊，仿佛渴望着什么；或是站在窗前，抖动桌布，晾晒被褥；或是在窗帘后等待，若是天色已晚，也许是等在电车站前，来回踱步。有人拎着垃圾桶去垃圾箱，步履蹒跚，眼神迷离。有人在打扫楼梯，有人在抖动地垫，有人从店里回来，拎着满是瓶子的网兜或牛皮拎包，一路叮当作响。有人在拍打挂毯或是床垫、被子和地毯。有人在洗衣房浣洗，有人在擦窗，有人在洗墙。她们在与灰尘、害虫、污垢和贫穷的气味进行不懈的斗争。她们从未放弃，必须一次又一次地赢得这场战斗。她们很少有胜利的时候，最后瘫倒在餐桌旁，揉着酸痛的后腰，纤纤少女玉手逐渐肿胀，变成了粗糙干裂的妇人的手，最终变成圆圆胖胖、擦得干干净净的母亲的手，红扑扑的，很多时候凉凉的，几乎总是湿湿的。

男人们中有些人死去了。

每个单元楼最底下那层的墙上都贴着一张纸条，上面写着想要献花圈的人可以付钱给门卫。许多人都去参加了葬礼。

女人们是永远不会死的。

女人们注定要在晾晒棚里、楼梯上、厨房窗户里、垃圾箱旁度过永生。她们的面容一点点变得灰白，一点点变胖或是一点点变瘦，头发慢慢掉落，但她们的眼睛却亘古不变，与永恒同在，坚忍，勇敢，却毫无希望。

周边街角中有两个有电车站，其中一个是上行电车，沿街而上通往黄色的筒子楼，拱形的大门通向喧闹的庭院。

那里有鼻涕拉撒的粗野孩子在大呼小叫，有从电车上跌跌撞撞摔下来的男人，对着路灯柱撒尿，准头比狗还差上一点儿，有穿着围裙、没穿丝袜的女人，在商店里买面包和啤酒。另一个下行的是往市中心去的，通往那里的一个个电影院、大商场、集市、殡仪馆、鸟店、教堂、剧院、霓虹广告牌和咖啡馆。

第三个街角处是小便公厕，第四个街角处是报刊亭。

报刊亭在春天的某个时候苏醒。护窗遮板被敲开，汽水瓶箱的叮当声响起，孩子们带着春天的消息，尖叫着跑进大院：

"报刊亭开门啦！"

他们缠着大人要钱，他们偷摸在大人的钱包和外套口袋里翻找，他们在报刊亭前面的尘土和碎玻璃中搜寻着钢镚儿，他们围着报刊亭转悠，直到夜深了，妈妈们开始呼喊他们回家，直到醉酒的男人们回来，在报刊亭和公厕之间的路上踉跄过来的男人们会给孩子们整块整块的硬币，再拍拍他们的头。他们在公园的长椅下找寻空瓶子，拿去报刊亭退瓶子押金，用换来的钱去买汽水粉和棒棒糖。围栏上的垃圾筐里有芥子膏药纸、冰棍棒和巧克力包装纸，散发着一股温暖的味道；从报刊亭的窗口飘来热狗肠煮锅里的香味，像是一种爱抚，一种温柔的触碰，仿佛谁的发丝从你的脸上拂过。

到了下午，报刊亭的窗口刚开不久，"对眼儿娃娃"和她的老母亲就会沿街走来，买热狗卷饼。那令人毛骨悚然的老母亲几乎牙都没了，用牙床大口大口地咬着热狗，"对眼儿娃娃"一双内八字腿站在一旁，裙子下面挺着凸起的肚子，一双水汪汪的眼睛滴溜乱转。然后，她们就沿着电车轨道往前,穿着深色衣服的母亲佝偻着背,穿着白色或浅绿色连衣裙的"对眼儿娃娃"摇摇晃晃地跟在后面,就像一个老巫婆和一个被施了魔法的公主,朝着下一个街角的报刊亭走去。

到了秋天,报刊亭里的男人戴着毛线手套,把手伸到热狗肠煮锅上方取暖。突然某天,护窗遮板又被钉上了,垃圾筐和冰激凌广告牌都不见了,街角变得安静而寒冷,等待着冬天的到来,而干了的芥子膏药纸在人行道上被风吹走。

每年秋天,街角就这样失去了生气。

初夏时节,艾德尔的皮肤变得金黄,带着果香。英薇尔静静地凝视她良久,恨不得艾德尔那一身肌肤下的是自己。艾德尔的眼睛清澈如水,就像男孤儿院上空还有街角栗子树上方的天空一样湛蓝。

"萨格讷环线[①],萨格讷环线,兜圈跑一圈,只需一毛钱。"

她们吟唱着,艾德尔、英薇尔和布丽特齐声唱道。

布丽特没有果香,布丽特的脸颊松弛,长着淡淡的雀斑,一张嘴一股甜腻的刚睡醒的味儿,总是夸耀她的父亲是个出纳,拿公文包,坐办公室。她们知道该如何让她安分些,她应该注意点儿,毕竟她满脸雀斑。英薇尔的父亲是开卡车的,据她们所知,也许有一天他会拥有一辆自己

[①] 萨格讷环线(Sagene ring)曾是挪威首都奥斯陆有轨电车的一条线路,于1899—1998年间运营,1915年起成为环线线路。萨格讷地区位于奥斯陆东部内缘,市中心以北,曾是奥斯陆有轨电车重要车辆段。

的卡车,对了,艾德尔还参加过葬礼呢。

她们紧挨着坐在电车上,默默观察着周围的每一张脸。

有些人看起来很有钱。她们饥渴地汲取这些信息,注意观察那些人的丝袜、手镯、帽子、指甲和头发。香水的气味如丝带一般飘在她们身后,穿过电车上人群的味道,散发着美丽和财富的气息。她们的鼻孔微微颤动,眼神变得迷离,在长凳上靠得更紧。如果她们足够漂亮,也能变得富有,有钱人会娶漂亮姑娘为妻。她们在电车窗玻璃上寻找自己的倒影,做出若有所思的样子,舌尖抵在门牙下,"她的嘴角勾起一抹淡淡的微笑"。

布丽特是嫁不了有钱人的,她的雀斑太多,龅牙也让她看起来很傻。

但艾德尔就不一样了。

想象一下,艾德尔穿着黄色的丝绸连衣裙,一头卷发,戴着耳环,涂着口红。

她们下了电车,英薇尔掐了一下艾德尔的大腿,艾德尔用尖锐的肘部还击,英薇尔又一拳捶在艾德尔后背上。布丽特看着她们,边看边挖着鼻子。

养老院的老太太们穿着灰色或绿色的针织开衫和黯淡的深色连衣裙,上面还带着油斑,头发灰白。她们在人行道上上下下,抱怨着什么,也没有带包。有些人挂着拐杖,不停地自言自语。她们挥舞着细弱的胳膊,摇晃着脑袋。她们想要搭电车去市中心,但售票员又把她们扶了下来,对她们说:"你该往家溜达了,老太太。"

经常会有灵车经过,她们就会想要看一眼棺材,那棺材在黑色的灵车里看着比殡仪馆橱窗里的要更华贵一些,也更骇人。

"她们住在那里,是在等死呢。"艾德尔说道,"我永远都不要死。"

穿绿色针织开衫的老太太们几乎已经死了,她们在养老院附近的街道上拖步蜗行,挥舞着胳膊。女孩子们跟在她们后面,想要弄懂她们在说什么。"你们会遭报应的,等着瞧吧。"老太太们叨叨着,"你们会遭报应的,我现在要走了,奥斯卡(奥斯卡,或亚瑟,或卡尔,或其他一些老掉牙的名字)会来的,奥斯卡会来接我,上帝会惩罚所有罪人。"

布丽特带来了坏消息,她说所有人终有一天都会死。布丽特现在总是一副什么都知道的高傲样子。她可以和母亲一起坐在结满了李子的份地花园[①]里,读着那份无聊的妇女周刊《乌尔德》[②],而她甚至连兄弟姐妹都没有。

死亡简单而遥远,对于那些不知自己是住在养老院的老太太来说,死亡就是永眠。

死亡与英薇尔和艾德尔毫无关系。

长大是个缓慢的过程。

她们坐在通往单元楼的台阶上,用木棍儿在沙砾上画

---

① 份地花园(kolonihage)是挪威城镇中由整块市政租赁用地分割而来的一家一户的小型园地,供居住城中公寓楼而没有自家花园的市民家庭租用,一般位于城镇郊区,每家的小花园里通常还配建有小型度假屋供其来此休闲。

② 《乌尔德》(Urd)是挪威最早的有关文化和政治的妇女杂志之一,1897年创刊,1958年停刊,主要受众为中上层阶级中受过教育的那部分妇女。"乌尔德"是北欧神话命运三女神之首,司掌"过去"。

画,画着绞刑架,把彼此画到绞刑架上"吊起来"。她们就那样度日,日复一日,永恒不变,而在她们进入那片广阔的天地之前,还是日复一日,直到永远。

时间静止不动,在等待中模糊成一团黄沙。

与此同时,她们也会有去到无人能看见她们的垃圾箱后面的时候,她们在洗衣房里,在洗衣板上嚯嚯搓衣,在煮衣锅里咚咚敲打;她们在地下室里空洞的回声中歌唱、尖叫,直到有人来把她们赶走;她们在公园里偷花,被看门人追着跑;她们偷偷拿走家里的钱,去买摸彩袋和糖果;她们在电影院排队买票,在公园的草地上打滚儿,她们舔着冰棍儿,希望报刊亭里能发生点儿什么。或者,她们会在春寒料峭的夜晚,或是黄叶始落的十月短暂而潮湿的下午,聚集在晾晒棚。她们或是藏在灌木丛中,闻着湿土的气味,踢开陈年老叶,看到发白的杂草幼芽,或是一动不动地站在网棚里晾着的冰冷床单后面。男孩们也在那里,做着"网中鱼"的游戏,他们站成两排,双臂交叉,织成一张渔网。其中一个躺在"网"中,往往是一个胆小体轻的孩子,其他孩子按着节奏抬起手臂,一遍又一遍地喊着"网里的鱼""网里的鱼""网里的鱼",抬起放下,无休无止,网中的那个孩子一次一次被抬得越来越高。鱼儿笑着,尖声嘶叫,被高高抛向空中,又落回臂网中再次被抛起,无助又想吐,鱼儿笑不出来了。"网里的鱼""网里的鱼",喊声变得疯狂起来,抛掷的速度越来越快,鱼儿被抛得一次高过一次。鱼儿开始挣扎,开始号叫,"网里的鱼""网里的鱼",终于,渔网大发慈悲,将鱼儿拉上了岸,鱼儿忍着晕眩,呼哧带喘中颤颤巍巍地爬起身来。几乎没有人当鱼会超过一次,有新来的孩子搬进大院,新来的就会被当作鱼。没有人会忘记在随时可能撒开的小人儿的臂网中无助挣扎的滋味,耳边回荡着整齐划一的呼喊,四周是晾晒棚的围网、一张张发亮的面孔、旋转的天空和树木。

男孤儿院就在街对面,对着人行道这面的是高高的铁丝网围栏,锈迹斑斑。男孩们穿着蓝色衬衫,在围栏内坚硬的地面上踢球。

家里不让艾德尔和英薇尔跟他们一起玩。

不过球弹过围栏滚落到石板路上的时候,她们会捡起来,再把球扔回围栏里边。

在公园里,她们遇到了那些男孩。

那些男孩真的只吃土豆皮和发霉的面包吗?他们真的会被鞭打,关进小黑屋吗?她们不敢问。那些男孩留着短发,眼神凶狠,她们既害怕又好奇。她们和男孩们一起溜进男孤儿院,祈祷上帝不要让母亲们从窗户里看到她们。她们和男孩们一起,来到那片光秃秃的院子,那里连一根草都没有长出来。她们偷偷向医院一般的大厨房里张望,瞥见了铺着油布的餐厅,那里摆着许多椅子,烧柴火的炉子,墙上挂着耶稣像,孤儿院特有的阴冷扑面而来。男孩们希望她们留下来,想和她们围着房子玩捉迷藏,但她们又悄悄溜了出去。

其中一个男孩,镶了银牙的那个,在学校操场上总是紧跟着英薇尔。他把什么东西塞进了她的手里,那是一枚细细的戒指,顶上镶着一颗心,就是摸彩袋里的那种戒指。她不知道该拿这枚戒指怎么办,便把它放进铅笔盒里,每当她看到夹在铅笔中间的戒指,就会想起那些蓝色衬衫和油布,不由得浑身一个激灵。

布丽特看见了这一切。布丽特看见英薇尔和艾德尔偷偷溜进了男孤儿院。她们逃票坐电车的时候只好也带上她一起。

第一次背叛公寓楼大院,她们是一起干的。

三四个男孩跟着英薇尔和艾德尔从溜冰场出来,其中一个说道:"你们就是住在街角那个大院里的,所有流氓无赖都住的地方。"

英薇尔和艾德尔矢口否认。

"我们才不住那里呢。"艾德尔说。

"我们根本不住那里。"英薇尔也说。

男孩们紧跟在她们后面,她们绕着道跑了,躲进了后院门廊里,后来才从晾晒棚后面的围栏下面偷偷爬进院子。

她们去体操馆,在看台上坐着,看着穿着浅蓝色体操服的女孩们汗流浃背的身体。纤细的大腿,或大或小的乳房在蓝色针织布下晃动着。

阿尔讷长着一双金鱼眼,个子高高瘦瘦,穿着一件棕色圆领套头毛衣,上面的图案让人联想到男孤儿院的毛衣。艾德尔说阿尔讷喜欢英薇尔。英薇尔感到胃里暖暖软软的。阿尔讷和斯泰纳住在体操馆附近的一栋灰色小砖楼里,大门口一股子猫尿味,墙里透着卷心菜的味道。

她们加入了体操俱乐部,坐电车经过四站,然后在阿尔讷和斯泰纳住的房子附近下车。她们每周两个下午都会经过他们的房子,一下午要从房子前经过两次。大多数时候,她们遇不到那两个男孩儿,但若是她们在电车站旁边的热狗摊前磨蹭得够久，总会有一个男孩出现，通常是阿尔讷。阿尔讷和斯泰纳住的房子旁边是一个立满了墓碑的院子。也许算数小测考得不好，也许得去打疫苗或者去看学校的牙医，但这些都不重要，因为很快就到星期一或星期三了，很快她就能见到阿尔讷，看到男孩那双金鱼眼中流露出的柔情。男孩们跟在她们后面沿街而上，走在秋天的街道上，人行道上铺满落叶，屋顶湿漉漉的，街灯的光映在路面鹅卵石之间的一片片水洼里。他们在公园里绕着树奔跑，互相拉扯对方的衣服，扭转胳膊；在成堆的落叶间奔跑，男孩们试图让她们一头栽倒在叶丛中，几个人嬉笑着，在潮湿的落叶堆里滚作一团，那里面散发着泥土和雨水的味道。阿尔讷的双手纤细而有力，皮肤柔软，闻起来有泥土和雨水的气息。在小便公厕的角落里，艾德尔和英薇尔互相拍掉彼此身上的叶子和碎屑，脸上洋溢着喜悦和温暖。

"你这小娼妇！"英薇尔的母亲骂道，说着就给了英薇尔一巴掌。母亲在窗前都看到了，"你这小娼妇！"她骂着。英薇尔躺在床上，肚子一阵绞痛，心里堵堵的，充满了羞耻感。她觉得自己真是下贱，竟然天黑了还跟男孩们在公园里浪。

可是他那双手，还有那柔软的、带着泥土和雨水气息的男孩皮肤。

她想退出体操俱乐部。她再也不想见到他了，这辈子都不再想。

大院里有千百双眼睛在厨房窗帘后面盯着她们。盯着她们的嬉戏玩耍，盯着她们的爱恨情仇。盯着她们的眼泪和打斗，亲吻与爱抚。

只有梦境是她们唯一的自由。

总有一天，一切都会不同。我才不是你们以为的那个人。

总有一天，我会变得非常富有，无比美丽，我会施施然走过所有单元楼门口，几近自然地淡淡微笑，我的财富和美丽就是我的铠甲，令他们目眩神迷。他们恭恭敬敬地向我问好，之后惊奇地窃窃私语："想不到她曾在这里住过……"

那些梦是在厨房污迹斑斑的镜子前做的，在夜晚的半梦半醒中做的，在皱巴巴的算数练习本和周刊杂志上方做的，在教室里高唱赞美诗时做的，望着学校的窗外时做的，在鱼贩子那儿排队时做的，在拥挤的电车上坐车时做的。

英薇尔退出了体操俱乐部，和布丽特一起加入了一个名为"小鸽子"的教团，每周三在天主教教堂旁边集会。她们唱歌，比赛猜谜，织绣杯垫，还有一位女士用带着哭腔的老朽声音讲述上帝的故事。之后，她们会研究殡仪馆里的棺材，那些小孩子的棺材是最可怖的。她们想试着搞清楚，若是她们现在死了，需要多大尺寸的棺材，还有她们更喜欢什么样式的棺材拉手和装饰。

艾德尔继续留在体操俱乐部，她和她们组里一个名叫维格迪丝的女孩成了朋友。维格迪丝是个罗圈腿，但身体柔软，将来准备参加比赛。

英薇尔则和布丽特在一起厮混了很久，百无聊赖。在"小鸽子"的集会里无聊，在晾晒棚玩儿也是无聊，在布丽特家里待着也是无聊，布丽特的母亲客气得过分，总是微笑着对着"她的小布丽特"用"请"字,去公园里玩儿还是无聊,布丽特总是害怕把衣服弄脏。

每到周六,若是谁也没钱去看个电影,也没有包里装着袋装樟脑糖或甘草糖的姨姨婶婶来拜访,她们就会期望能有一场教堂婚礼看。

她们静静地坐在长椅上,当管风琴的乐声在她们头顶响起,一股幸福和庄严的洪流席卷了她们,她们脖子都僵住了。然后便是那神圣的一刻:教堂大门缓缓打开,新娘(上帝啊,如果她不是穿的白色礼服请原谅她)站在那里,戴着面纱,拖着裙裾,手捧玫瑰,美丽而庄重,所有的新娘都是美丽的。缓缓地,她从她们身边经行,宛如一个天使,一个仙女,在教堂的中央通道上飘浮,几乎无声地走在红毯上,丝绸轻柔的摩擦声仿佛鸟儿羽翅的沙沙声。之后,她背对着她们站立,又背对着她们跪下,婚礼上新娘背对着她们的时刻太多太多,但终于,在神父说了许多严肃沉郁而晦涩难懂的话之后,在新人互相说了"我愿意"之后,在唱诗班吟诵完《上帝的爱》之后,她又微笑着再次朝她们走来,明亮而闪耀。

在中央通道上庄严地走上去,再微笑着走下来。就应该是这个样子。有一天,她们也会这个样子做一回。

"那是新娘的父亲。"有人说道,"陪着新娘一起走上中央通道的是新娘父亲。"

什么?新娘父亲在场吗?

新郎呢?他长什么样?

他们都不存在,她们眼里只有新娘,目光被那白衣飘飘的身影牢牢锁住,她的周身似乎笼罩着一圈魔法光环,像磁铁一样吸引着她们。

她们永远不会厌倦观看婚礼。这比"泰山"系列电影好看，比长途电车上的风景好看，比新出的周刊杂志好看。每当她们到市中心，总是会在照相馆的橱窗前驻足，看着一张张的婚纱照评头论足，哪个新娘最漂亮，哪个新娘看起来最幸福，哪个新娘又是她们最想当的那个。每个新娘都美丽而幸福，这真是个难以抉择的问题。

随着黑暗而来的是"危险"。

"危险"潜藏在公园的树丛之间，那褐色警卫室周围的背阴处，漆黑的庭院里，突然拐角的街道尽头，夜晚的垃圾箱旁，小便公厕旁。"危险"是空荡荡的人行道上跟在她们身后的脚步声，是从后院门廊传来的口哨声，是在电车上"注视"她们的男人，也许他会尾随她们，也许他会躲在单元楼门后，悄无声息地跟着她们一路上楼，那时她们的血液在耳中沸腾，心脏在喉咙里狂跳，细弱的小腿一步两个台阶，跌跌撞撞地奔向楼上。

母亲们不断的警告并非无效。

然而，母亲们的焦虑并不能随时随地保护她们，无法在她们排队时保护她们，无法在她们与陌生人挤在电车上时保护她们，无法在陌生男人的手突然在人行道上抓住她们时保护她们，无法在公园里的暴露狂突然吓到她们时保护她们。当瘦弱的她们无助地站在拥挤的人群中，被一个陌生男人的身体紧紧挤压之时，母亲们的忧虑无济于事，恐惧和羞耻让她们僵立在那里，她们该怎么办？她们该说什么呢？她们无法理解身后那具坚硬的男性身体在做什么，为什么他喘着粗气，为什么他要捉着女孩的手去触碰他，她们一动不动地站着，心中充满了惊惧和厌恶。

事后，她们跟跟跄跄地在人行道上奔逃，如惊鸟四散。

有些女人则不同。

马丁森太太和"菠萝安"就不一样。安·安德烈亚森小姐尚未结婚，经营一家蔬果店，那是一个摆满了西红柿、卷心菜、袋装洋葱和盒装苹果，还有菠萝的潮湿小铺子，她是个灵活的胖子，大家都管她叫"菠萝安"。晚上，她会有男人来访，他们摸黑来，又摸黑走，但大院里有千百双眼睛在拉上帘子的浴室窗户后面盯着，窗帘后面的女人们对"菠萝安"每每的快乐时光记得一清二楚，见面时报之以冷淡的问候，用礼节性的"嗯嗯啊啊"掐断她拉起的话头，当着孩子们的面满怀恶意地议论"菠萝安"，以此来惩罚她。然而，孩子们喜欢"菠萝安"，她身上散发着晚熟苹果和韭葱的温暖气息，还会把长了芝麻斑的香蕉送给他们吃。

马丁森太太的情况就更糟了。马丁森太太嫁给了马丁森先生，他是一个体面的好人，饶是如此，马丁森太太在马丁森先生上夜班时，还是会面不改色地出门去找住在三个单元楼之外的鳏夫舍贝格先生。她们在浴室窗户前伸长了脖子，简直不敢相信自己的眼睛。马丁森太太解释说她是去给舍贝格先生料理家务，母亲们笑里藏着刀，不是奚落她楼梯和阁楼打扫得不干净，就是嘲笑她洗衣服洗得不干净。每当夜幕降临，充满威胁性的阴影笼罩了灌木丛和屋墙，马丁森太太在众目睽睽之下走向D单元，直着腰背，梗着脖子。她并不特别漂亮，但她的周身散发着一种光芒，一种隐秘的微光，一种看不见的、不可战胜的微笑。她把这种微笑留给那些一同清扫楼梯的人,在窗帘背后窥探她的人,还有仇恨她的人。

有些女孩儿走上了歧途。

美丽的珺芙尔就走上了歧途。珺芙尔住在消费合作社开的杂货店楼上,和她那本本分分的一家人一起,她家里人都是五旬节教会菲拉德菲亚会堂的会众,从不买啤酒,也从不惹是生非。珺芙尔十六岁时不得不从商业学校辍学,谁也没再见过她,直到她和母亲推着婴儿车再次出现。母亲们叹息着议论道,人生就是这样,做姑娘是很危险的,要小心,要时时刻刻都小心。漂亮姑娘尤其要小心,不要被"毁"了。

珺芙尔不再美丽,她脸色苍白,披头散发,推着婴儿车在背街小巷和公园里徘徊。

女孩们听着母亲们的哀叹,看着那些走上歧途的年轻姑娘,心生恐惧,就这样,她们学会了小心谨慎。

* * *

"他俯身对她耳语:'亲爱的,看那太阳。'他们一起凝视着太阳渐渐升起,凝视着新的一天,凝视着未来,凝视着前方那无尽的幸福日子。她感到无比的幸福,他们会永远相爱。他轻轻吻去了她脸颊上滑落的泪滴。"

爱情是在哪里找到的呢?

其他人都是在哪里找到的?比如开小卖店的贡讷森太太,她是从哪里找到爱情的呢?"她那酸脸子呀,就跟她卖的牛奶一样酸。"母亲们说,夏天她们总抱怨牛奶的味道。"是天气的原因,"贡讷森太太总是解释说,"是雷雨的缘故。"冬天,她把自己裹在白色围裙下的羊毛外套里,双手指节冻得发青,一边数落着孩子们,一边吭哧吭哧倒腾着牛奶箱。有时候,贡讷森先生下午会过来搬那些箱子,但大多时候他都是醉醺醺的,被贡讷森太太赶回家去。"死酒鬼!"贡讷森太太啐道。"小心点儿,路滑!"她又在他身后喊道。

贡讷森先生和贡讷森太太也曾遇见过爱情,一起看过日出吗?

还有住在三楼的梅尔比夫妇,他们有五个孩子,梅尔比太太吼那么大声,整个楼道上下都能听到她叫嚷着,她再也忍不下去了,跺着脚"噔噔噔"冲下楼去跑了,一个星期这样离家出走好几回。

梅尔比夫妇也曾遇见过爱情吗?

英薇尔站在面向街道的客厅窗前,把花盆挪开,好腾出放胳膊肘的地方来,朝窗玻璃上哈气。

这是她的街道。她永远不愿离开这里。

人行道上玩过的那一次次跳房子,路旁的那一棵棵小叶椴树,养老院旁的那棵老桦树,街角的那棵栗子树,一幢幢房子的屋顶,砖石铺就的路面,铺路石弯成的一道道美丽弧线,就像石头做的一把把扇子,汽车轮胎还有自行车轮胎碾过街道的声音,屋檐下的那些鸽子,清晨的垃圾车,去遛公园的狗狗们,满载椰子壳驶向肥皂厂的一辆辆卡车,欢唱着拐过街角的蓝色电车,男孤儿院屋顶上的天空和云朵,秋夜里灯柱上来回晃悠的街灯,洒下不停摇曳的漏斗状灯光,街灯下的雪花洋洋洒洒,仿佛是灯在下雪,还有电话线上停着的鸟儿,以及那些从市中心走来的行人、从电车上下来的人、从商店里出来的人,那些穿针织开衫的主妇,这些人她多多少少了解一些，猜想着他们每个人的故事。

她知道这条街在雨雪纷飞中的模样，也知道这条街在风和日丽时的模样。

她知道，当街两旁的屋顶变得又厚又重，整个街道被大雪覆盖而寂静无声之时，轮胎上装着防滑链的送奶车经过时发出的冰冷声响。她知道春天从檐上雪落开始，她知道雨水打在铺路石上的声音、流进檐下排水沟时的低吟，知道往来汽车车轮下悄然溅起的水花，知道十月的一阵狂风呼啸吹过椴树叶子带来的湿意，知道春天路旁排水沟里的潺潺水声，知道这条街上扫大街的和送报纸的，知道赤脚踩在夏日人行道上的炎热，知道阳光洒进厨房窗户、楼道变得凉爽的那一个个下午。

艾德尔的小小胸部开始变得圆润，在红色套头毛衣下已经非常明显。英薇尔羡慕不已，站在镜子前看着自己还未发育的孩童身体。有一次电车售票员问她是不是该买张成人票，那一刻她就像终于能够够到电车上的皮质吊带拉手时一样开心。

可她的胸部始终没有发育的迹象。

商店的橱窗里陈列着光滑的巨大丝质胸罩，不是白色的，就是粉红色的。她真能有一天也穿上这种东西吗？突然间，她为自己的少女身材感到庆幸，艾德尔有胸就让她有好了。

班里全是女生。

学校就像一座充满敌意的城堡，环绕校园的是幽暗的塔楼和一圈尖头铁栅栏，巨大的灰砖教学楼有着长长的走廊和许许多多朝向操场沥青路面的小窗户。女生们被安排在右半边楼，男生们则在左半边楼。操场上也划出了一条无形但却非常真实的分界线，女生们在右半边活动，男生们则在左半边活动。越过这条线的人会立即受到警告或惩罚，可能来自自己的同伴，也可能来自敌对一方，很多时候甚至是老师。

班里的女生分为四类：

美女、智女、蠢女和丑女。

"美女"地位最高，她们若是够漂亮，就没人会怎么在意她们究竟是聪明还是愚笨。而"丑女"则不然，人们不光会注意到她们的丑，还会注意到她们的蠢。"智女"有一定的地位，但倘若她们的聪明没有一定程度的美貌来加持，那这种地位也难以维持。对于"丑女"来说，可谓是毫无希望，即便她们是最聪明的那一拨。

最受欢迎的是伊丽莎白和西芙，她俩是最好的闺密。伊丽莎白有一头童话里公主般的长发，穿着镶白色兔子毛皮的红色大衣；西芙长着一头卷发，还有酒窝。她们两个都住在一条漂亮的街道上，那里满是别墅，栽着果树。她俩都不算特别聪明，但这并不重要。

她们属于"高不可攀"的那一群。

能被邀请参加伊丽莎白或西芙的生日聚会，是一种无上的幸福。

爱娃的算术、体操和女红都是班里最好的，而且长得也算漂亮，她总是被选为文娱活动委员会成员或是班长。然而，爱娃住在学校下行路上一栋灰暗的砖砌公寓楼里，被邀请去爱娃家玩那可就不一样了。她家公寓又小又挤，挂着深色的门帘，玻璃柜里摆满沉闷的书籍，母亲看起来很老的样子。

最聪明的还是要数艾尔瑟-玛丽叶[①]。老师要是累了，就会让艾尔瑟-玛丽叶代她讲所有的习题，在黑板上解所有的题目。艾尔瑟-玛丽叶什么都会，可艾尔瑟-玛丽叶长得很丑。她那张小脸就跟臭脾气的京巴狗似的，头发干枯毛躁，衣着单调乏味，为了讨好老师，把算术练习册上的题目提前做了好多。她总是独自回家。

图薇是班上最胖的女孩，每次站起来回答问题时两条大腿蹭在一起，手背和膝盖后面都胖出了肉窝窝，体育课上就跟个笨拙的小狗仔似的，她总是在咯咯傻笑，试图用笑声掩盖一切。她们发现她很小气，就捉弄她，每天都会有人问她要片面包啦，要块胡萝卜啦，或者要借她的橡皮擦，但她从不肯借给别人任何东西，用她胖乎乎的小手紧紧守护着自己的宝贝，爱笑的浅色眼睛里透着一种隐隐的忧惧。图薇变得越来越笨，最后不得不留级重读。

莉勒茉尔也很笨，几乎不识字，但她有着一头黑色的绵羊卷，皮肤细腻白皙，身材纤细娇小，从没有人捉弄莉勒茉尔。那些女生觉得她比伊丽莎白还要漂亮，她们有些人和莉勒茉尔住同一条街，那儿没有什么别墅，只有一眼望不到尽头的公寓大楼和小卖店。莉勒茉尔也没有镶兔子毛皮的大衣，而是穿着一件父亲旧大衣改成的灰色粗呢双排扣短外套。

最诡异的要数绿娜上宗教课的时候。绿娜本来没什么特别的，她参加了合唱团，普普通通的一个女孩。只有在宗教课上，绿娜才像变了个人似的。

[①] 此为挪威人名字中的复名，类似中国人名字里的双名。

她什么话也不愿答。

老师各种方法都试过了，拍拍绿娜的脸颊，换着法儿地提问，以天使般的耐心一遍又一遍重复最简单的问题。到最后她不由得怒火中烧，冲着绿娜大吼大叫，敲着教鞭，用她那双教师矮跟鞋在地板上跺脚。绿娜一声不吭，脸色越来越苍白，直挺挺地站在课桌旁或黑板前，动也不动，脸色发青，嘴巴紧紧地抿着，眯起了眼睛。

每次，绿娜都赢了。老师不得不放弃。

她们怀着一种战栗的喜悦，一种欢喜的恐惧，开始期待宗教课的到来。绿娜和老师之间的对抗成了一种黑暗的仪式，她们颤抖着默默观察着这一切，场面既让人害怕，又让人欲罢不能，让人费解。绿娜本是个平凡的女孩，有着一副好嗓子。但当她站在那里，却变得如此丑陋，渐渐地，她被归入了"丑女"。

绿娜变得越来越孤立，周围围出了一个孤独的圈。

最后，她退出了合唱团。

艾德尔上的是另一个平行班，英薇尔和艾德尔一同上学放学好几年了。

英薇尔既漂亮又聪明，语文尤其好，但她最想要的是成为班里画画儿画得最好的学生。老师当着全班朗读了她的几篇作文，惊异英薇尔的作文居然写得这么好，但对她画的画却只是笑了笑。她画的人物又大又笨，色彩也很刺眼。

莉尔擅长画画，而且她父亲还有一台打字机。有时英薇尔会跟她一起回家，趁家里没人的时候，偷偷试用打字机。那些字词被她用打字机敲击出来之后变得截然不同，显得意味深长又严肃庄重。通常，她能赶在她们听到楼梯上的脚步声响起前编好一个故事，然后匆忙把打字机提盖箱合上。

有一次，全班去公园写生，主题是"秋天"，所有的画后来都挂到了教室里。老师生病了，来了个代课老师。代课老师一一看过那些画，告诉她们她认为哪幅最好。她指了指英薇尔在公园画的那幅，上面画着深色的云杉林，一棵红色的枫树，铸铁栅栏，还有草地。

就在那一刻，她差点儿失去了莉尔这个朋友。

不久之后，她被邀请参加伊丽莎白的生日聚会。她不再和艾德尔一起回家，为了同伊丽莎白、西芙和莉尔一道走而绕远路。

老师走的也是同一条路。

"可你不是走这条路的啊，英薇尔。"老师说。

老师知道英薇尔家是住哪儿的，那里的街区有公寓大楼、电车轨道、小便公厕和男孤儿院。她对英薇尔的好文笔感到惊讶，但对那些充满渴望和色彩浓烈的画作只报以微笑。

"你不是走这条路的，英薇尔。"

老师知道她们属于哪里，而那里就是她们该继续待的地方。

英薇尔在雨衣口袋里攥紧了拳头。

艾德尔家办了场"爸妈不在家派对"，趁艾德尔的父母外出庆祝银婚纪念日的时候。艾德尔和维格迪丝同斯泰纳和阿尔讷约了，但阿尔讷说要英薇尔也来，他才会来。两个男孩脱掉鞋子，穿着长袜蹑手蹑脚地溜上楼去。几个人喝了热巧克力，吃了艾德尔妈妈做好的三明治，然后开始看周刊杂志。斯泰纳不停地打嗝，而阿尔讷正处于变声期，他一说话女孩们就咯咯笑。维格迪丝表演了一个一字马。阿尔讷瞪着他那双金鱼眼目不转睛地盯着英薇尔，看起来就像舍贝格先生养的那条小狗。最后，不知哪个把灯关了，他们玩起了摸黑捉迷藏。阿尔讷的双手，那双细细瘦瘦、汗津津的男孩子的手，她在黑暗中招架着那双手，努力把它们推开，但却感受到他的皮肤，那光滑的男孩子皮肤。餐桌底下的艾德尔放声大笑，因为斯泰纳一直在打嗝。维格迪丝气得把灯打开了，她头顶地在房间中央练起了倒立，裙子散下来盖到了她的头上，露出了她浅绿色的内裤。两个男孩朝她一把扑过去，想要扯下她的内裤。维格迪丝尖叫着又抓又咬。艾德尔叫他们滚，男孩们跺着脚跑下楼去，整个楼道都能听到他们骂着"死贱人"，他们下去了还朝窗户上扔小石子。

　　英薇尔悄悄溜回了家，焦虑让她喉头发紧，母亲会知道的，也许母亲已经看到了他们。她一面练习着日常的表情，日常的声音，一面却是脸颊发烧，心脏狂跳。家里空无一人，只见厨房桌上放着一张便条："我去奶奶家了，很快就回来。你把作业写了。"英薇尔如释重负地哭了，她把厨房台面上的咖啡杯洗了，给餐桌铺上干净的桌布，赶紧把作业写完，然后上床睡觉。

　　一滴自由的滋味，偶尔是几滴自由的滋味，这是她们可以自由呼吸的小小停靠站，可以稍事歇息的小小缓冲区。

　　报纸上时不时报道哪哪儿发生了强奸案，报道有妇女在黑暗的街道上被击倒，然后被拖入后院门廊、地下室或车库。报纸上还报道有女孩儿失踪，报道有女孩儿被陌生男人诱拐，之后被发现人在河里漂着，或是在仓库后面或垃圾堆里，浑身上下伤痕累累。

她们在公园里听到过女人的尖叫声，从敞开的窗户中也传来过女人的哭泣声，她们还看到过喝醉的女人在咖啡馆外与男人争吵，或是在出租车站点东倒西歪。

母亲们背过身去。"醉酒的女人啊，"她们说，"醉酒的女人是最可怕的东西。"母亲们挺直了穿旧了的大衣包裹下的身子，正了正礼帽，紧紧握住女儿们的手，试图保护她们不被无情无爱所伤，保护她们，同时也保护自己，远离黑暗的诱引。

对某些人来说，通往深渊的路并不遥远。

有个表姐名叫西尔维娅-伊莲娜。

因为她长得非常漂亮，早在十七岁就结了婚。丈夫是位运动健将，拿了许多重大体育赛事的奖牌和奖杯，墙上挂满了他的照片，其中许多还曾登上报纸。他们结婚五年，他一直没断过其他的女人，许多人都倾慕这位英雄，源源不断。后来，他带上他所有的照片离开了那个家，不久之后又结了婚。

表姐在学校旁边租了一间带厨房的屋子，又在一家熟食店找到了工作。英薇尔偶尔会在她家过夜。西尔维娅-伊莲娜看上去就像四十岁的样子。她的眼睛失去了光彩，身体越来越瘦，从熟食店带回来的冷盘和鱼糜布丁她都放在后院让野猫吃了。

夜里，英薇尔被一阵恐怖的哭声惊醒，这是她听过的最让人毛骨悚然的哭声，西尔维娅-伊莲娜哭得仿佛五脏六脐被掏出来了一般。英薇尔吓得动弹不得，冷汗直流，这样的哭声不是谁有能耐劝慰得了的。她睁着困倦的双眼躺在一旁，在黑暗中聆听着那深不见底的悲伤，半明半暗中依稀可见一件件家具模糊的影子，还有桌上西尔维娅-伊莲娜的黑色漆皮手袋，街灯的光映在上面亮亮的。早上，英薇尔去上学前，她们一起吃了早餐，表姐为她煮了鸡蛋，给她喝了加糖的热牛奶，她自己却只喝咖啡加抽烟。英薇尔说她很快会再来看她。

西尔维娅-伊莲娜的双眸更加黯淡了，仿佛她的眼泪把所有的光彩都哭没了。

二十七岁那年，她被送走了。大人们的窃窃私语中，有一个词如一根闪着寒光的冰柱挥之不去：精神病院。

英薇尔还记得，她曾经是多么美丽。

纳格尔森太太也坠入了她的深渊。

她的丈夫曾是个包工头，手底下有很多人，一场破产让这一切灰飞烟灭。现在，他只是个普通的泥瓦匠，每天一大早就穿着夹克出门，包里装着盒饭和保温瓶。纳格尔森太太有一件皮大衣，是大楼里为数不多的拥有皮大衣的人。孩子们挨家挨户卖彩票卖到了她家，纳格尔森太太会在彩票册子上写下自己的名字："建筑商E.纳格尔森"。

每天上午她都会出门，涂脂抹粉，嘟着大红嘴唇，打扮得漂漂亮亮，不一会儿便回来了。所有人都知道，她出门只是为了买烈酒，之后便把自己锁在屋里，喝上一上午。

那些成功的女人迈着精准又矜持的步伐穿行于庭院，穿着沉稳的灰色衣服，拎着雨伞，戴着礼帽和手套。成功的女人不会对着敞开的窗户大吼大叫,也不会天黑后在电车站等人,不会在窗帘后面露出急得煞白的脸庞,也不会在商店打烊后还要买啤酒,不会在公园的小树林里哭泣,也不会在环形交叉路口的咖啡馆里头找人。

她们会去教堂或是剧院,礼貌地向每个人打招呼,绷着脸对着孩子们淡笑,在阳光下晾晒白色床单,拍打绣花外罩的沙发靠垫,按时支付房租和报纸订阅费,严格在每个洗衣日洗衣,每逢葬礼必会凑份子敬献花圈。

她们常常站在窗帘后面,过着她们井然有序的生活,活在他人生活的不幸衬托之下,活在自己内心的恐惧阴影之中。一旦她们搬家或去世,很快就会被遗忘。

奥尔加在这个公寓楼大院里没住多长时间。

有一年初夏,她搬到这儿和祖母住。祖母是德国人,名字无人能念对。祖母和奥尔加总是手挽着手走在大院里,祖母拄着拐杖,髋部有些变形,白发苍苍,戴着珍珠耳环。奥尔加身材笨重,声音低沉,眼神羞涩,比院里的其他女孩稍微年长一些。她父母双亡,脖子上挂着一个金十字架。奥尔加和祖母经常穿过公园,去市中心的天主教教堂做弥撒。有人说,奥尔加在之前住的地方被强暴过。

奥尔加邀请英薇尔来她家吃小饼干、喝茶,英薇尔只在得胃炎时喝过茶,而且喝茶会让她感到恶心。奥尔加祖母的眼睛炯炯有神,说话带着浓重的口音,英薇尔很害怕她。祖母坐在面向里院的窗户旁,用戴着许多戒指的手招呼英薇尔过去。她把英薇尔的脸对着光线捧着,用那双炯炯有神的眼睛盯着她看,看起来几乎有点疯癫的样子。

"Mein Gott(我的天哪),"她喃喃地说,"小姑娘,你的额头上写着什么东西。小心呐,要谦卑。"英薇尔后脖颈一凉,她不是什么寻常祖母,她是个算命的,是个巫婆。

圣诞节前,奥尔加走了,她要去另一个国家当修女。

各个单元楼都有人在窃窃私语,想想吧,修道院,修女——他们会剃光奥尔加的头发,最后她会拥有一颗苍白的光头,虔诚的面容。有一阵子,英薇尔时常想起她,觉得其中有某种宏大而可怕的东西,某种她不明白的东西,某种她可能会向往的东西,某种完全正确、完全纯洁的东西。

祖母继续住在里院的公寓里,她从不站在窗帘后面,大概她不需要那样做,因为她对他们所有人都了如指掌。每当英薇尔在院子里遇到她,都会迅速行个屈膝礼,老太太微笑着,用她那双能透视的眼睛往她身上一扫,点了点头,便一目了然。

英薇尔赶忙跑开了。

有一天,艾德尔来了"那个"。

英薇尔按响了门铃,问她要不要一起去看电影,是一部埃丝特·威廉姆斯①的新片。艾德尔站在门口,脸色苍白,神情诡秘。随后她说她来月经了,不能出门。她说话的样子那么骄傲,似乎她已经来过很多次了。英薇尔走下楼梯,那感觉好像艾德尔已经远离了她,远离了童年,进入了某个新的阶段,却没有告诉她。她觉得自己被背叛了。

她穿过寒冷的街道,来到莉尔家,和她一起去看了电影,埃丝特·威廉姆斯穿着白色泳衣游弋在一汪碧水中,

---

① 埃丝特·简·威廉姆斯(Esther Jane Williams,1921—2013),美国游泳运动员,电影明星。

金棕色的皮肤，身姿柔韧，完美无缺。埃丝特·威廉姆斯也会来"那个"吗？

她们回到莉尔家，英薇尔用打字机写了一个故事，讲述一个名叫薇薇卡的漂亮女孩爱上了一名高山滑雪运动员，他们正准备去复活节旅行，结果他摔断了腿。之后她把故事念给莉尔听，莉尔很恼火，因为这故事都没有一个像样的结局。英薇尔解释说，这是一个连载故事，下次她会继续写下去。后来，她们又给舞蹈学校的一些男生写了华丽的情书，之后她们互相梳头，试着改个发型。

莉尔挑剔地看着英薇尔说：

"你的牙齿长得太小了。而且你差不多没长睫毛。"

英薇尔反唇相讥：

"你是个斗鸡眼。"

她们把情书丢到炉子里烧了。英薇尔不想回家，莉尔又开始欢笑起来，莉尔的笑声像银铃一般。长大成人是件令人厌恶的事，她想停留在莉尔洋溢着少女欢欣的银铃之中。她藏起了自己的小小乳头，含胸驼背，不让任何人看到它们。

她们还是孩子。还是说，她们已经不是了？

小学毕业后，艾德尔开始上商业学校，她穿上了高跟鞋，盘起了长发，还去体育馆参加舞会。英薇尔则开始上中学，她剪了短发，在学校里参加各种讨论会，那些聪明的高中生高谈阔论，对任何事情都有自己的见解。在这样的场合，关键的是要保持沉默，装出一副听懂的样子。

英薇尔和莉尔打起了手球，冬天她们参加室内训练，春天开始打比赛时就进入了球队。队里最出色的是打中锋的碧特，一个个子矮小但动作起来快如闪电的姑娘。要是没有碧特在，她们场场比赛都会输。碧特比她们大一岁，有一个固定的男朋友卡图，他总是在更衣室外等着碧特。卡图和碧特手牵着手，仿佛一切都很自然。碧特并没有什么特别之处，然而却有一种独特的魅力。每次英薇尔看到碧特比赛结束后摘下所有的发卡，梳理她的卷发，给自己红扑扑的脸蛋扑上粉底，涂上口红，把毛巾和手球服叠好放进包里，然后再出去和等着她的卡图会合，都会被她吸引住。英薇尔站在那里，羡慕着碧特的平凡，这就是为什么碧特会有卡图作男朋友，因为她很普通。

英薇尔和莉尔就不一样了。英薇尔和莉尔有几分姿色，她们走出更衣室，就踏入了一个不确定的世界，一片坎坷不平的地带，那里满是对她们垂涎三尺的男孩儿，那些男孩只敢对着她们吹口哨，或是鼓起勇气上去拍她们的屁股或揪她们的头发。她俩凑钱买了包最便宜的那种十支装香烟，坐在某个阴郁的咖啡馆里，分享一瓶"苏鲁"[①]汽水，期望有所邂逅，期望爱情降临。

她们开始涂口红，开始戴胸罩。

学校的功课她们草草应付了事，她们急着出去找寻，找寻生活，找寻爱情。

英薇尔和莉尔走在秋天湿漉漉的长街上，头上裹着方巾，护着刚烫好的卷发，手里拎着装有舞鞋、粉饼盒和香烟的袋子，在王宫花园旁边的一栋大楼里爬了好多级楼梯才到地方。舞蹈学校的气味弥漫在空气中：鞋油、发油、

[①] Solo，音"苏鲁"，一种橙味汽水，截至20世纪60年代是挪威销量最大的国民汽水。

年轻女孩脖颈上散发出的家里母亲们浓烈幽怨的香水味。唱片机播放的节奏精准的快步舞曲，舞蹈老师的银色舞鞋，阵阵袭来的胃痛，汗湿的手掌，恐慌。那啃噬人心的恐慌，如拳头紧攥在横膈肌一般挥之不去。

那些美丽而冷漠的奥斯陆西区女孩，她们一直跳着，无懈可击，高高在上。

她们系围巾的方式、手持香烟的姿势，还有笑声，都有着某种特别的东西。英薇尔和莉尔专注地观察着她们，回家后对着镜子模仿练习。然而西区女孩的自信来自她们宽敞的客厅，那里摆放着皮质家具，播着音乐，挂着各种画作，桌上立着玻璃醒酒瓶——一个她们只能在经过周日静谧街道上那些僻静的别墅时，凭想象猜测的世界。英薇尔和莉尔尝试像西区女孩一样打扮，央求母亲给她们买新的毛衣，买来西区女孩用的那种棕色润肤霜，说话时用轻柔的辅音发音，但西区女孩清楚她们是什么人。她们觉得自己好像在试图翻越一道围栏，却总是被什么东西绊住。

男孩们纷纷送西区女孩回家。

没有人注意到英薇尔和莉尔去了电车站，没有人注意到她们坐上的那辆电车开往公园旁边所有的那些公寓大楼，然后接着往前，开往那些黄色筒子楼、工人社区和阿克尔河边的工厂。

后来，每次遇到西区女孩，她们都能认出来，因为她们的手腕、脖子和鼻子都有某种特别之处。每当遇到她们，英薇尔和莉尔都会感到犹疑，变得沉默或聒噪。将她们公寓楼里度过的童年有样学样地营造出一副富足、纯洁又安全，备受呵护的模样。

舞蹈学校里有些男孩试图追求英薇尔和莉尔，尾随她们，以为她们比其他女孩更容易得手，而当英薇尔和莉尔高傲地昂首拒绝他们，那些男孩恼羞成怒。

"东区妹！"男孩们在秋日的暗夜中叫嚷，"东区婊子！"

而她们的梦境渐渐变得狂野、起伏不定，梦想成为另一种人，梦想被带入另一个现实中去。

她们带着梦想走在学校附近的灰暗街道上，在冻住了的小卖店泛着绿光的玻璃窗倒影中与梦想相遇，在春日的和风中与梦想一同等候在电车站台的最后一排，或是电影院前的长龙中，在冬日里男孤儿院屋顶的上空梦着她们的梦想。这梦想在她们心中成了一首歌，一首反抗的诗篇。

"等着瞧吧！"

她们结识了学校里的男生，少年队的一些男生，还有那些住在环形交叉路口附近街区的男生。在手球场上，在门廊里，在公园背阴处，在街角，在报刊亭，偶尔在啤酒厂附近的小公寓里，她们邂逅了爱情。

她们活在母亲们猜疑、责备的目光中，母亲们的焦虑如巨型藤蔓般伸展开，将她们缠绕其中。

女孩们知道彼此一些可怕的秘密，彼此偎依抱团。

但她们也见过其他女孩，那些去看女医生的女孩。她们曾在电车站见过那些女孩，头发凌乱，脸上污渍斑斑，大衣下面是隆起的大肚。

她们在电话里用暗语和闺密交谈，在课堂上给彼此写长长的信，日记本上写满了密密麻麻的蝇头小字和难以辨认的缩写。晚上，她们偷偷站在厕所的窗边抽烟，凝视着一幢幢屋顶和教堂尖顶上方的星空，透过拉上帘子的浴室窗户隐约看见女人的身影，将烟雾吹向秋日夜色中，抬起脸庞仰望星空，手中捧着她们那既坚硬又脆弱的青春，仿佛一块薄薄的精美玻璃。

每隔好长一段时间，她才会见到艾德尔。

有一天，她在报纸上读到艾德尔订婚的消息。艾德尔·乌拉于森和一个姓氏不以"森"结尾[①]的人订婚了。艾德尔，16岁。

艾德尔！

那个穿着黄色连衣裙站在砖墙之间的艾德尔，那条胸前有华夫格松紧缩褶的黄色连衣裙，让砖墙之间都亮起来，窗户玻璃上也闪着光。夏天的艾德尔皮肤金黄，带着果香，一双眼睛如蓝色的珐琅。

不要嫁啊，艾德尔。

艾德尔！

"别那么疯，英薇尔。"母亲训斥着。

英薇尔在狭小的客厅里不停旋舞，收音机开得震天响。英薇尔和莉尔坐在厨房里大笑不止，趴在餐桌上笑得直不起腰来。英薇尔淋浴时放声高歌她会的所有流行歌曲。

女孩们在春天雪化后的湿黑路面上比赛骑车，骑着骑着把自行车随手一扔，跑进树林，在枝丛中舞动，一件又一件地脱掉衣服，跳啊，跑啊，穿过青苔和枯叶，在草地上打滚，在蜿蜒的林间小路上疯狂骑行，穿越田野和草坡，

[①] "森（-sen）"，音译，为挪威人姓氏常见后缀，如 Olsen（乌尔森）、Nielsen（尼尔森）、Hansen（汉森）、Pedersen（佩德森）等，有如中国的赵钱孙李或李王张刘，都是最常见的姓氏。

越过一条条沟渠,像脱缰的母马一样在春天的森林中狂奔,奋力向前冲,仿佛心都快要跳出来了,试图逃离内心那狂野的歌声和躁动不安。

直到她们再次坐到课桌前,看起来一脸平静而疏离;直到她们再次坐到自己的房间里,双膝并拢,那光滑发亮的少女面庞,从不曾将她们出卖。

夜里,英薇尔会做激烈的噩梦,梦见自己与母亲厮打,愤怒地哭泣,因为母亲不还手,因为母亲不爱她,她绝望地哭啊哭啊,流下乞求的泪水,流下悔恨的泪水。

但电影院里有"爱情"。

每周两三次,她们都会想方设法凑出通往"爱情"的几块钱硬币:把空饮料瓶送去退押金啦,有偿照看孩子啦,从俱乐部小金库借钱啦,当掉成人礼的纪念戒指啦,或是卖书、卖衣服啦,总能弄到观摩"爱情"的影票。

那些美丽的女性面孔在银幕上替她们去爱,替她们去哭、去煎熬受苦、去赢得胜利,最终在彩色印片技术塑造出的男主角怀中微笑,而她们自己在影院大厅的黑暗中泪流满面,然后红着眼睛、心潮澎湃地向电车站走去,而那里爱情无迹可寻。

"总有一天,我的王子会来。"[①] 她们唱着。她们也是这么相信的。

---

① 此句出自美国迪士尼公司 1937 年制作的世界首部彩色动画长片《白雪公主和七个小矮人》的主题曲,歌曲名即为《总有一天,我的王子会来》(*Some day my prince will come*)。

许多女孩落了坏名声。

这并不需要太多原因。可能是因为她们长得漂亮,走路时扭了一下臀,可能是她们参加了一场派对,和一个男孩单独在一个房间待过。女孩们自己也热衷于散播这些谣言。

男孩们称她们为"淫娃"。

英薇尔是淫娃吗?还是说,她有可能看起来像个淫娃?

她焦虑地对着每一面镜子审视自己的脸。她涂了太多口红,配上她的烟熏眼妆和刘海儿,难道不会显得有些庸俗?她用电影票擦掉口红,将衬衫的扣子一路扣到脖子那儿,练习摆出一副冷淡疏离的表情。

她知道该如何甩开男孩们的手,这是在一个个门廊里、公园里、汽车座椅上和那些小公寓里学会的。他们说英薇尔很冷血。男孩们嘲讽她是"冷血动物"。"冷血鱼。"他们低声咕哝着。

英薇尔在春天雪化后湿滑的黑色沥青路面上骑行,在新绿的落叶林中奔跑,骑啊骑啊,跑啊跑啊。突然之间又迷上了骑马,去到乡间,驾着浅色的西部峡湾马和褐色的东挪威马小跑,催促马儿飞奔,颠簸着越过广阔的田野和坑洼不平的农场小路,越过场院,穿过小树林子,直骑到屁股也痛,双手也酸,又渴又热。

那之后,她心里稍稍平静了一些。

她们听到公园里有女人在尖叫。

养老院的老太太们一边自言自语,一边挥舞着手臂。

那些怀孕的女孩站在电车站,脸上沾满污渍,面色苍白,披头散发。她们让人想起雨中停驻的大型动物,双眼圆睁，目光迟缓，耐心地静静等待着。

小姑娘们电车还没停稳就跳了下来，像扑腾的小鸟一般在人行道上踉跄奔逃。

大院里有无数双眼睛在厨房窗帘后面注视着发生在此间的眼泪、打斗和爱抚。黑暗的浴室窗户后面，站着一动不动的女人身影。

"Mein Gott（我的天哪），小姑娘，你的额头上写着什么东西。"

梦想。好好照管你的梦，带上你的梦。带上你的梦——

挪威的风俗、特殊的膳食、习惯和激进的妇女
Norske vaner, særlig matvaner – og den radikale kvinne

达格·苏尔斯塔德 著

石琴娥 译

作者简介：

达格·苏尔斯塔德（Dag Solstad，1941— ）是当今挪威文坛上最负盛名的作家之一。他多才多艺，作品有长篇小说、短篇小说、散文、戏剧和论文。第一部作品是深受卡夫卡影响的短篇小说集《螺旋》(1965)，描写人的孤独和与世隔绝。长篇小说《九月广场》(1974)描述工党领袖抛弃社会主义，同美国资本家合作背叛工人阶级。20世纪70年代末80年代初，他发表了战争三部曲：《叛卖，战前的年代》(1977)、《战争，1940年》(1978)和《面包和武器》(1980)，作品旨在说明挪威国内的纳粹分子、德国占领者和挪威资产阶级之间有着共同利益，小说以挪威首都奥斯陆东郊一个小镇作为背景，揭露挪威资产阶级政府在战前年代对希特勒德国的软弱屈从，以吉斯林为首的挪奸开门揖盗，出卖民族利益。作品还真实地描写了在德国军队长驱直入时，挪威的工人阶级和一般军民奋起抵抗的经过，也描写了挪威人民在战后所经历的困苦和迷惘。

此外，他还著有散文集《旋转的椅子》(1967)和《旋转的椅子和其他文本》(1994)，长篇小说《对不可测知的事物的描述》(1984)、《1987年小说》(1987)、《无缝的一边》(1990)、《安德森教授的晚上》(1996)和《1941年7月16日》(2002)等。《1987年小说》于1988年获北欧理事会文学奖。作品被翻译成多种语言出版。

挪威的生活愈来愈沉闷单调，叫人抑郁忧愁不堪。人们都各自待在自家的窝里，坐在电视机前当沙发土豆，把录像电影看个不休。他们要是外出的话，也是出了门就一头钻进自己的汽车里，活像紧裹在胶囊里的药丸那样滚动滑行，从一个洞穴滚出来再滚进另外一个洞穴里去。再不然就到大自然中去，看起来这已经成为挪威生活方式之中唯一可以说得过去的个人自我拯救了，也是唯一大家都能接受的休闲活动。生活方式已经变得那么隐私化，以至于几乎令人难于长期忍受得住。这个社会里的所有一切都是抱定宗旨要把民众禁锢在各自的家里，也就是自家的窝里。哪个人敢于出来惹事，那么就会叫你吃不了兜着走，尤其在经济上。不过也叫你尝尝挪威的户外社会交往活动每况愈下的不育绝症的滋味。挪威的生活适合于安于现状的人们：图个舒适安闲，对自我生活的现状和亲近感并没有太大的要求，也不大在乎人际交往和寻找乐趣，至于节假日大型欢庆狂欢那就更是匪夷所思的非分之想了。

我本以为：左翼方面会奋袂而起为民请命，大声疾呼地抗议反对此类挪威生活方式从思想和感情上害得自我生活的现状每况愈下。但是却没有见到任何动静。相反，我不妨姑妄言之这一群体中有不少人已侧目而视：在下居然在一场经济危机的当儿毫不识相地高谈阔论什么"欢庆狂欢活动""要寻找点乐趣"等，似乎眼下正是将这些怪诞念头付诸实施的恰当适宜的最佳时机。于是我赶紧申明我的本意当然并非如此，只不过口无遮拦说过头了，并且再三保证我今晚所说的仅仅是随便闲聊的漫谈而已，决计不会重复再说的，我会把这些话作为最高机密守口如瓶的。我亦但愿这番话不会被报纸引用转载云云，因为我眼下麻烦缠身，已经跟往常一样四面楚歌穷于应付啦。

对一个典型的挪威人来说，这种挪威生活方式原本是说得过去的，我相信甚至可以使得他以为日子似乎好得很。不过区区我并不是一个典型性十足的挪威人，因此，我可以信口开河地讲讲一个非典型的挪威人，在这个毕竟是世界上最富有的国家之一的国度里，将生活现况改变一下形态的可能性是有的，也是行得通的，只消居民们有此愿望就能够心想事成。

我想先讲讲我最近一次到达大自然去野外远足。大概半个月之前有一个星期六，我忽然有一股按捺不住的冲动要去亲近一下大自然，于是我就决定到荒山野林里去徒步跋涉。我这一回去的地方就是常说的奥斯陆的努尔马卡①，我计划从松恩斯旺恩电车站出发步行走到于莱瓦尔斯德再返身折回来。我在"少校的小屋"那里乘坐登山电车。在往上通向"少校的小屋"的台阶前面，有几个年轻人站在那里排列成行。起初我以为，他们是那些北极的罢工工人正在征募捐款，我便接过了他们递过来的传单和小册子，我也当仁不让地掏出了我的钱包，准备恰如其分地慷慨解囊。殊不料这一天站着排列成行的倒不是北极的罢工工人，而是一个新的行动委员会：争取一个无烟的社会行动委员会。我坐在朝着松恩斯旺恩往上爬升的电车里以巨大的兴

---

① 努尔马卡地区，奥斯陆以北的荒野休闲胜地，奥斯陆的居民通常来此地度假过周末，呼吸新鲜空气。

趣拜读了他们的传单。在许多年之前,松恩斯旺恩电车线路上曾经推行过禁止抽烟。在如今的新车厢上都已经不钉牌子了,过去可不是那样,老车厢上都钉着牌子,标明哪一节是吸烟车厢,哪一节是禁烟车厢。在我看来,这种做法倒是不失偏颇、稳健中允的民主风度。可惜后来那块吸烟区的牌子被撬了下来,用一块逐渐为人所共知的张牙舞爪的吓人告示所取而代之:"禁止吸烟!"如今还建立起什么行动委员会来操持实施这一精神的诸般事宜。

据我所知,这个行动委员会宗旨在于只允许在个人私宅自己家里抽烟。值得注意的是在此前提之下,凡是居住在此类私宅家里的所有居民岂非全是烟民,谅必是一个个在家里吞云吐雾烟气氤氲。行动委员会的另一次出动清剿是针对今天仍然处于被动吸烟的无奈状态,据我所知被动吸烟乃是我们时代流传最为广泛的瘟疫之一。传单上说:涉及90%以上的民众是反对抽烟的,亦是被动吸烟的瘟疫受害者,是被别人吸烟所折磨受难的,其中不仅有50%的人明确声称自己是不吸烟者,即使是余下的那50%的烟民当中也有40%以上曾一次或者多次戒烟,从而实际上宣布了他们也是反对抽烟并且赞成无烟的社会。我敢说,自从这个行动委员会成立伊始,就已经成果赫赫成绩辉煌。那些至今冥顽不化还在吞云吐雾的烟民们抽烟的日子就难过啦,而且也来日无多了。区区在下亦忝在烟民之列,抽烟的那股滋味真是妙不可言,尤其饭后一支烟令人飘飘然。还有夜阑更深,一杯上好红酒在手,再吸上几口烟,那真俨如活神仙。再者当一个人单身独处,静坐着反躬自问回顾一生命运的枯荣兴衰。比方说,独坐在松恩斯旺恩线路上的吸烟车厢里就大有必要非来上一支呼呼不可。可惜最后那种乐趣早在一年多之前我就享受不到了，我的神智健全的同胞们不肯大方一点施舍给我这种福气啦，据说这是完全出于对我的好意。

简而言之，我同那些人劈面相遇了，那批意欲征服未来的胜利者正在对人生情趣进行一场新的冲杀，决不容许不良恶习和平存在，有人还安静地享受自己的恶习。不过我很快就来到沁人心脾的大自然之中，把所有的不痛快的事情一股脑儿全都忘记了。多么美好的晴空丽日呀！来到挪威的大自然之中是何等的身心解脱，尤其在天高气爽的秋日，我已经把这种滋味差不多忘记得一干二净了。风物依旧，所有的景致都和我上一次到努尔马卡来徒步远足的时候一模一样，那是在1960年代末期的事情啦。松恩斯旺恩阳光灿烂夺目耀眼。鸟儿在啁啾啼啭，树叶一派赤橙金黄。树木上和枝叶上凝聚着清莹的露水珠儿。不过我立时三刻受到呵斥，被宣布为不受欢迎的不速之客。那是一种我记不起来我早先曾在野外听见过的嗷嗷叫声。声音本身有点像是狗叫，不过比猞猁狂吠更粗野蛮横，更来势凶猛，是呀，简直狠毒残暴得大有非要把我撕扯成碎片不可的架势。就在我被这阵穷凶极恶的，而又极不自然的声音打扰得心烦意乱的片刻之后，我遭到了冲撞，险些儿猝不及防地被挤到羊肠小道的路外去，却又不禁哑然失笑起来。原来是一个正在沉寂安详的野外信步奔跑的人不知不觉地朝着我迎面冲撞过来把我挤到一边去。那种不自然的嗷嗷叫声，正是那个奔跑者朝着我脸上直喷过来。我们两人已经靠得如此相近，以至于我方才能够听得见这一位与我素昧平生的仁兄大人从五脏六腑里发出来的那种像是惨遭折磨的呼哧呼哧的呼吸声。而我又偏偏把这种痉挛般的大声喘息误以为是恶犬发威凶相毕露的喑喑声。这是一个慢跑长走者。更糟糕的是他并不是绝无仅有的单人独行，后面还跟着一长串哪。在我徒步走到于莱瓦尔斯德这一路上只有偶尔有几秒钟的空当，可以让我平平静静地一边走一边欣赏大自然的美景。因为我经常不断地被那些呼哧呼哧喘息不已的慢跑长走者所打扰，男男女女老老少少不一而足。这并不是特别令人觉得舒服的现象，因为人人都知道一个慢跑长走者无非是到野外来呼吸呼吸新鲜空气以求把纠结积郁在自己胸中的对死亡的恐惧来个一吐为快宣泄出去。在我们的时代，人们对于在一场瘟疫中丧生已经不再怕得要命了，远不如对阳寿已尽顺乎自然的生老病死那么提心吊胆。所以对死亡的恐惧便以对自己的身体惊恐失措表现出来，因为身体都大限有数，没有永生不朽的血肉之躯的。就是为了这个，人们才不惜苦苦折磨自己非要从身体里生拉硬扯出多几年的寿命来不可。对我来说，这原本是悉听尊便，与在下毫不相干。但是凭什么要冲着我嗷嗷直叫，把满肚子对死亡的恐惧呼哧呼哧地喷了我一满脸？须知我原本是出来游山览胜探幽一下大自然的美好景致的。难道非要我大声疾呼，表白心迹，让人知道我对于到野外来无拘无束地呼吸几口新鲜空气的自由都感到糟践，反而不得不遭受慢跑长走之苦并不特别欣赏领情吗？这不啻是一场既是心理上又是生理上的大折磨大苦难。从心理上来说，这是不请自来的犯贱，硬要成为别人的累赘去分担他们对自己死亡的恐惧担心；从生理上来说，那些慢跑长走者自以为有权横冲直撞地奔跑，根本不体恤照顾有人想文文静静地在山间小径上探幽览胜，因为这条小径已经被他们占用作为跑道了。

在这一回步行远足之后我总算发现了原来慢跑长走已经成为张扬富有节制而又易于满足的挪威民众性格的最时兴的秀场。我不停步地走着走着，终于走到了于莱瓦尔斯德，在那里有时间可以喘喘气、歇歇脚，享受一下来之不易而又理所应当的休息解乏。我走到一家小咖啡馆前，满怀期望推门而入，这家咖啡馆开设在一幢田园风光十足的用圆木搭建的小木屋里，而木屋又坐落在一处占尽开设小饭店的天时地利的最佳位置上。天下没有什么事情能比得上在优美的环境里开怀饱餐一顿更为痛快惬意的了。可是，天哪，刚刚扫了一眼柜台上摆设着的食品，我的心头陡然一沉，进门时的好情绪一下子烟消云散了，而我的兴致虽说方才在路上备受慢跑长走者折磨的时候也不曾消失殆尽过，可见还是坚忍不拔挺能扛得住劲的。可是那个柜台里摆着的吃食真是叫我不忍卒睹，大倒胃口！其实我原本只是想吃一顿分量不大的有热菜的午餐，多少充充饥。然而坐落在这样风景如画的旅游胜地的餐馆里所有热菜全告欠奉，菜谱上只有唯一的一道热菜——煎香肠配面包或者薯饼。对于香肠我不便在此做出任何描叙，不过那面包却令人实在无法恭维，从很远的距离就可以一眼看得出来已经非常非常干巴了。于是我只好把目光转过来到三明治柜台上去寻找。三明治亦仅此一种别无花色：圆面包里夹一片颜色泛黄的乳酪。倒是还有可供取代的选择：一只维也纳式的起酥面包，不过那模样却叫人打退堂鼓不敢领教。于是只好要了一个圆面包夹一片颜色泛黄的乳酪，还要了一杯咖啡。我在一张桌子旁坐了下来，看着那只圆面包发愣。

这就是我的祖国——挪威。这是一个星期六，所以这只圆面包起码是一天以前的货色。那片乳酪大概是出于殷勤周到的关爱才夹在里面权且充当点缀的附加物品。那片乳酪真是秀气玲珑得足以令人想入非非，已经搁得萎蔫了，油腻腻的还在冒着汗珠儿。剩下来的只有那杯咖啡尚还差强人意，也就是通常在挪威喝的那种味道别无二致，那股子味道休想在世界上别的任何地方喝到，甚至连瑞典也甭想。店堂里一派惨淡经营的景象，四壁萧然凄凉，所有一切都是那么粗劣蹩脚，那么丧气沉闷。我此时此刻正待在一家坐落于挪威首都深受喜爱的大众化旅游胜地的优美环境之中，从做生意的战略上来看蕴涵着无限商机的最佳位置的餐馆里，为什么大家竟然对此安之若素、无动于衷呢？

在任何一个别的国家里，居民们出去到野外远足郊游的时候，他们会时刻沉浸在对大自然的享受之中，一路上倾听鸟儿婉转歌唱等，一直来到他们事先计划安排好的饭店餐馆，也许雄踞于高山之巅崇岭峰顶的，或者是耸立在峭壁悬崖突兀怪石之上的。反正他们会在那里美美地饱餐一顿。唯独挪威并非如此。在挪威咖啡馆是处在令人沮丧的旮旯角落里的，是要给予那个出门忘记带上自己的饭兜的步行远足者略施薄惩以期纠正的场所。

为什么会弄成这副样子的呢？难道努尔马卡的田园式小餐馆里就没有雄心勃勃的厨师吗？为什么不让他们站在厨房里大显身手，相互竞争一番，看看谁能做出努尔马卡的最佳特色菜呢？为什么非要让顾客喝那种味如苦水的蹩脚咖啡，而不能让他们喝到点别的什么，比方说一罐比尔森啤酒或者红酒呢？何况要了一杯咖啡便泡着不走，一杯又一杯地续下去的机会毕竟是微乎其微的，远远逊于市中心的咖啡馆，我当真这么想来着。就算有人真的会一杯又一杯地续饮下去，固然占到了便宜，不过先是要起码步行不少于一里的路程，姑且不必提起说到喝得太多之后，如何方便求急之类的事，这么说来岂非明白了吗？

其实这一切都是和挪威的生活方式牵在一起的。凡是非要这样做不可的人归根到底其实都认定出门不带上自己的饭兜乃是蠢不可及的触犯禁忌，起码不带自己饭兜的人是不值得称道的。饮食习惯，我以为这才是一个关键的词眼儿，它为有志于了解我国的人们提供了线索。只要出门在外而且是走远路，自己身边不带上饭兜就难免会遇到吃不上饭、肚子挨饿的风险。我这里所说的饭兜无非就是仅供充饥的一袋面包而已，并不是那种各色香肠一应俱全的郊游野餐篮。一次挪威的远足大概是这副模样：必须走得远远的，快快的，还必须随身携带上自己的吃食和喝的——饭兜和暖水瓶。途中必须作一次短暂的停留，并且利用这段时间来吃饭，流行的口号是：在野外吃什么都是最有滋有味的。饭食务必简单，粗茶淡饭即可。最好是面包上夹一片山羊乳酪，不必要有什么华而不实的点缀物，反正是在步行远足嘛。除非遇到了完全特别的场合，这才往旅行背包里塞上几根烧烤香肠并且带上咖啡壶而不是暖水瓶。这是在走非常远的路程，而且务求快捷省时之至才不得不体恤照顾的。在那样的场合下，人们必须生起篝火，在篝火上熬煮咖啡，水是从附近的湖沼池塘里打来的，水里漂浮着脏物和小虫子。还在篝火上烧烤香肠，不是什么别的，比方说羊羔肉。羊羔肉人们通常是在家里烧烤的。到了野外：香肠。这就是一个挪威人出门到野外去的时候所能够容许自己得以享受的穷奢极侈，可以说是奢靡到顶了。何况若是有人竟然得知挪威人对大自然是情有独钟觉得待在野外如同在家里一样舒适自在，据说可以待上整整一个星期而依然兴高采烈不会觉得腻烦厌恶，那么可以看得出来，挪威人从整体上说的饮食行为同这样的生活习惯是休戚相关的。既然这里可以达到一个星期以来快活心情的最极致，既然可以过得像家里一样舒适自在，那何必再画蛇添足地加那些华而不实的点缀物，那些花里胡哨、中看不中吃的东西，用不着再一味追求奢侈了。于是乎穷人和富人两者都啃着夹山羊乳酪的粗面包作为他们最为快活的时候所享用的节日盛宴佳馔。这就是挪威，就是我难于欣赏喜爱的那个挪威。

我认为，假如我们把挪威人对食物的态度观察清楚了，我们也就洞悉了挪威人的民众性格。对挪威人的饮食习惯的研究能够解开挪威之谜：为什么挪威人会这般模样？为什么一个世界上最富有的国家，日子会过得这么可怜巴巴呢？我只能毫不连贯并且非常不完整地触及皮毛。不过假如我们一顿饭一顿饭地加以研究，便可以看出，挪威人与饭食的渊源同几乎所有别的欧洲国家共同通行的方式全都大相径庭，除了瑞典，不过瑞典仅是一类已经陷入荒谬绝伦的挪威而已。

我不妨把搜索的注意力特别对准了早餐。可以说，几乎所有文明国家的早餐都是一小块糕点或者曲奇饼干蘸着咖啡吃的。其用意在于一日伊始先来点东西填填肚子充充饥，但又不是一下解饿，害得对午餐食欲全无。通过这一小块糕点也发出了信号，说明吃饭乃是同食欲相关联的，食欲最旺之时也就是胃口最佳之际，两者关系如此巨大所以大清早不宜把肚皮撑满胀饱，免得丧失了对随后就会来到的佳肴的食欲。在挪威恰恰是反其道而行之。在挪威早餐乃是一天之中最重要的一次进食。这一见解早已为众所公认的了。挪威的早餐有益于健康、营养丰富分量硕大。最为理想的完美的挪威早餐应该是这样的：原则上你吃了这一顿就可以管饱一整天。我们吃这顿早餐是为了"吃饱肚皮才有劲"，因而我们便吃得多一些，尽量抗饿的时间长一点。请注意我们在饱食早餐时所用的字眼儿："抗饿"。这便是我们在挪威通常所说的一天之中的最重要的一顿饭食："吃饱肚皮才有劲"，"抗饿"。这种语言清楚地表明了在挪威吃饭仅仅是一种出于生活必需的非做不可的事情。早餐的使命是在原则上给予我们尽量多的食物，使得我们吃饱撑足，可以一整天不消再吃饭了。我们务必从这个背景下去审视挪威的饭兜才能看出它的毛病所在。正当整个文明世界蜂拥而出吃午餐的时候（事实上瑞典人也包括在内），只有挪威人依然枯坐在机器或者办公桌旁边，怨气冲天地瞪着自己随身带来上班的饭兜，然后把它打开来，违心地吃光里面的东西。饭兜其实是一个大失败，而随身带饭兜充当午餐又是每天都在提醒一次：早餐吃得太撑是原则上的一个失败，天天提醒，日日表白，周而复始不一而足。随身带饭兜的原因在于作为后备干粮，以防不时之虞，是万一发生了什么意外事故来不及回家，而早餐又顶不住那么久。结果却是早餐天天都顶不了那么久，挪威人又只好啃食饭兜啦。

到了下午挪威人又得吃饭了。晚餐就免了跳过不吃。再听一遍这些语言就会使得我们同饭食之间的关系状况暴露无遗了。免了跳过不吃，哦，听上去那么满心欢喜，听上去宛似被绑上了祭神仪式恰又逢赦免解脱。哦，跳过不吃算啦。这种欢畅欣喜的心情在挪威语言里往往是同占用了一场在生理上或者文化上的不幸匮乏饥馑联系在一起的，而且这样的占用大抵是依赖于时来运转而侥幸得来的。不过在那些实在对付不住，熬不到能够挺得过自己生理上的折磨而迎来摆脱的那种自由的极致巅峰，挪威人还是不得不吃他的晚餐。我无意于在这里描叙晚餐的详情细节，只想指出两桩事情来，首先，时间问题。在挪威吃晚饭通常是在16点到17点之间，大多数人则是在16点半吃的。这个时间在世界上随便哪个地方都休想寻找到一口吃的，要找个吃饭地方那简直就办不到。在法国和意大利这类以厨艺著称的国家里，所有的饭店餐馆全都理直气壮地打着烊，而且锁门落闩铁将军把关。在那时候世界上别的地方还都在忙着上班干活。他们大抵是按照吃饭时间来安排自己生活，午餐休息时间不消说得是那么长，以至于成为享受当天快活的第一个高潮，因而干活时间可以拖长一点，直到傍晚时分。挪威人就撑不到那时间了，因而在几个小时之前就赢得了自由。不过，挪威人一回到家里所做的第一件事情便是马上吃晚餐。大概是吃完了事，这才终于得到彻底的自由。一回到家马上就吃晚餐倘若说的是那些有个主妇整天在家操持家务的家庭，那倒也还顺手自然。不过对于两个成年人都上班干活的双职工的家庭，那就未免有点不可思议了。看看钟点还只有17点钟，为什么不再等一等，到19点钟再开饭呢？这整整三个钟头可以用来烹饪出一顿喷香可口的饭食来。倒不见得非要大鱼大肉，粗茶淡饭，哪怕是没有别的只有一道汤也说得过去。三小时工夫做出一道汤来必定是味道鲜美的。不过不兴那样做。晚餐务必要转眼就得马上上桌。于是从冰箱里取出一包冻鱼来。最好是不要一整块一整条的，而是去鳞去骨已切割整理好再层叠成块那种既没有鱼的形状也没有多少鱼的味道的货色。不过大行其道的还是要数深冻鱼片。在挪威人身上的种种令人侧目的奇特怪诞之处，我深信从国际的角度看来，这恐怕要算是最叫人惊愕的奇观了，怪诞到海外奇谈的地步。是的，一点不错，外国人简直难以相信自己的眼睛。不仅仅是由于挪威是世界上最富有的国家之一。我方才举出了两个都是上班一族的家庭来作为例子，不妨说得再确切一些，这双职工可以是两个工人，或者也可以是两个激进的大学讲师。不管其间有多少差别，反正他们俩总归有一笔可供开销的共同年收入吧。那么他们把钱花费到哪里去了呢？他们竟然煎深冻鱼片当饭菜吃！在一个不仅是世界上最富有的国家之一，况且还是个拥有世界上最出色的海洋渔业资源的国家，拥有非常非常新鲜的各色鱼类。一个来自地中海国家的人，如果一眼看到一家挪威鱼店里所陈列的货色，他非要高兴得流下眼泪不可。每天都是如此新鲜，天天都有，而且价格公道合理。他简直无法明白，为什么要那么抠门，两个人都上班挣钱，却舍不得善待自己，只吃煎深冻鱼片，要知道在一天工作之余这会儿是享受那一天的真正高潮：享受一顿美味可口的佳肴，让平静安详徐徐降临到你的身上。不过更糟糕的是我们其实是心知肚明的。对我们来说，没有什么不可理解之处。归根到底无非是出于经济上的考虑。他们并没有嫌弃深冻鱼片不好吃，就不去吃它，可是这背后隐藏着的理由却是不容忽视的，毕竟经济上划得来要节省得多。挪威人在伙食预算上素来是锱铢必较的，能抠出多少，就尽其所能非抠出来多少不可。愈是能从伙食上节省下更多钱来的人就会赢得更大的自尊心。这个缘故你可以亲自发现，即便在那些工资挣得最多的家庭的食谱上，一星期吃上许多次深冻鱼片的并不鲜见。这倒并不是手头拮据没钱开销了才从伙食预算里去抠的。对伙食预算的锱铢必较，在挪威向来是一个引起争论的经济问题，这是一个道德标准的划分，同民众的性格大有关系。

我们有一句挪威的谚语，这句谚语是我们从小到大常挂在口头边的，即"所有食物都是好食物"。这句口头禅一语道破了挪威人。大多数别国民众在诸如生活情趣、生活之乐、享受和舒适等的人生精粹本质上所存在的殊异，也就是在烹饪厨艺上的不同。说"所有食物都是好食物"这句话本身其实就是模糊含混的武断之言，要看在实际中作何而指了。倘若说，所有的食物都是有营养的，因而弃之可惜，这是一点不错的凿凿之言。或者说：所有的食物都可以用以果腹消除饥饿感，因而在生物学上是有用的，这也言之有理，未尝不可。但是如果指的是一大堆垃圾食物，还便要说"所有食物都是好食物"，那就不对了，未免睁眼说瞎话了。不过在挪威这是一个无可争辩的真理，是用来使得那些心受蛊惑的不虔敬者迷途知返的，否则的话，他们将会成为道德上和心理上的异端分子而坠入极端黑暗之中。那些心受蛊惑的、不虔敬者是挑剔讲究的人、洁癖刻板的人、颓废堕落的人、饕餮之徒、酒色之徒，对所有人和事都不满者、娇生惯养者，等等，在这里仅仅列举出几个具有异端分子特征之辈。"所有食物都是好食物"，这乃是挪威奉为圭臬的教条。有人违反这一教条便是破坏挪威生活方式的大逆不道。那么为什么挪威人要说"所有食物都是好食物"呢？他之所以作如是说并非由于他是个愚不可及的笨伯。他的意思是：不管是吃什么食物都是无所谓的，都是放在盘子里用来充饥解饿的东西，至于这是什么玩意儿，都是一样见鬼的货色。不管把食物叫成是好的还是糟糕的，反正统统要下咽入肚的。那个把这样的食物说成是十分难吃的，也不会遭人白眼，因为他确实一言说准了，因为挪威人心底里也是这么想来着。造成人家抱怨这个国家的饭食是如此令人憎恶腻烦的原因就在于人家说得很实在：这样的饭食糟糕之至。而实际上的前提必然是有的饭食是很好的，说得直率爽快点，那就是十分美味可口。

吃饭只好随便将就对付过去。挪威民众对待烹饪厨艺的态度就是这样。他们对待菜肴亦是如此。怎么做菜倒是经常讨论的。不过在别的国家里大家热烈讨论这道或者那道菜用什么配菜拼搭，甚至连最小的调味料的分量都不放过。与他们相反，在我们国家里讨论来讨论去都是这一个命题：正确的饭食疗法是什么？在挪威讲究的是正确的食物，有益于健康而又营养充足的食物。人们所期望的是一种正确的饮食关系，不求好吃但求无害，还有饭桌上仪态殷勤礼数周到而且符合正餐的规矩。

那几次征兆明显的、在挪威举行的、最热烈的食品讨论会是和体重问题有关系的。在挪威食物和瘦身减重历来是一对无法解决的矛盾。换句话说,在这个国家里举行的反应热烈的厨艺讨论会是同怎样将尽量少的有害食物吸收入体内联系在一起的。正是食物对身体和灵魂的有害影响才能够使得讨论会在这个国家里火爆起来,出现群情激昂的场面。实际上谈论的并不是瘦身减重了呢还是没有能够做到。这是挪威民众终于找到了一种语言来表达明白它对餐桌上一逞口腹之欲的真正态度。

挪威民众性格里对生的敌意和对死的恐惧可以在对待烹饪厨艺的态度上进行就事论事的具体化研究。其中有一个疑问是有个现象始终令人惊愕不解,就是为什么挪威的左翼一直不曾挺身而出,鼓而噪之加以反对呢?如同我力求指出的,挪威人在吃饭上的消沉抑制态度是同我们在这个国家里的整个生活方式牵扯纠缠在一起的。鉴于我国是世界上最富有的国家之一,我们总归不能够说这是因为遭受了饥馑匮乏的沉重压力来搪塞敷衍吧。挪威人日子过得惨兮兮、闷沉沉,全都是自找的,是自觉自愿的选择所造成的后果。我们乐意自讨苦吃,不过并不见得人人都对这样的生活方式感到满意。尤其令人大惑不解的是挪威左翼竟然亦厕身其间。正是在他们这里我才发现了事情的真相是另外一个样子,而且都是我亲眼所见的。在这里可以发现一种生活情趣,一种对谁都不在乎的怡然自得,一种尽情闹着玩,一种但求眼前欢乐的态度,一种毫无责任感的轻浮态度:我们什么要求都提,这是我在挪威别的地方所见不到的。然而,若是在一个我确实为之捧场并且给予正面好评的那帮人的集会上,尝试着在大庭广众之下讲一讲:酒庄出产的名牌白兰地再加一瓶上好的法国红酒乃是人生的最高享受。一言既出就会看到引起全场的预兆不祥的惊愕。这就是表明了，左翼对待烹饪厨艺的态度显而易见同人口中的其余部分别无二致地全都相同。使我诧异不止的是：这种态度是同左翼人士的别的性格全都恰好相反的，据我所知，那些激进人物私下里都在悄悄地放纵自己追求享乐，胃口特好地享用着人生的盛宴佳馔，哪有一点一滴的罪恶之感？那么为什么稍加示意说有道什么美味佳肴，应该在隆重席面的摇曳蜡烛光之下气氛亲切地享用，那才大快朵颐、回味无穷，便会招致如此猛烈凌厉的抨击谴责呢？其实我们这一代的左翼，理应当仁不让地担起重任，把挪威的烹饪厨艺重新振兴起来，并且有声有色地往前推进一大步才是正理。我们对油脂偏重的传统菜肴怀有尊重，而且又对别的国家的风味特色菜肴兼有无法扼制的好奇，两者结合起来本该成为一种有档次、有品级的挪威烹饪。但是这种情况却并没有发生。反倒是挪威左翼一屁股坐到了对人生敌意的一边，恰恰如同所有别的人一样来对待这个问题，而这个问题在所有的文明和不文明国家里（除了挪威和瑞典）都把它看作一个具有头等重要性的民生大计，而且它也标记出了地球上各地生活的殊异。在某种程度上这就使得那些生活在比我们要差的经济条件中的人民要比我们更会享受人生，也比我们更为幸福。那么左翼人士拒不接受美食和轻视烹饪厨艺的原因何在呢？

不说自明的是，挪威左翼显然同这种挪威民众性格十分投合。因而我们在左翼方面可以看到，许多人对于烹饪厨艺是抱着同民众之中其余人一样的冷漠态度。不过这些人想方设法几乎把凡是与生活活力、仁慈友爱以及与人生乐趣有关的问题的所有发言权都包揽到了自己身上。然而这又使得我大惑不解了，因为我正好遇到过那么多左翼人士，他们对待人生的基本态度恰恰是对挪威的这种消沉阴郁的民众性格的直接的挑战，而他们又是一般来说，既不缺乏显示自己个性的冲劲，也不缺少这样的意志。那么为什么连这样的人也被挪威的节俭抑欲弄得噤若寒蝉了呢？这其中必定另有原委。

我不妨在此吐露一下我的心声，按我的意思是说那就是原因。我可以直截了当、毫不拐弯抹角地说，我相信原因在于左翼方面的妇女身上。激进派的妇女，激进的妇女们意识到她们身受双重压迫，于是成了一个易于引火的燃点，只要她们遇到可以示威的场合，她们就非采取行动发作一番不可。在某种程度上，她们这样一番河东狮吼的雌老虎发威其实是在保卫这种双重压迫，在某种程度上她们使得自己沦为这种压迫下的俘虏。不是解放，而这恰恰又是她们凿凿断言的为之争取的目标。她们对左翼的自我谅解方面所做出的最大贡献，莫过于她们坚持咬定家务活儿乃是一桩终身无法摆脱的、厌烦劳累而又极其耗时费工的苦不堪言的受罪。于是家就成了她们进行意识形态斗争的战场，在这场战斗里尺子成了她们打仗的工具，她们把所有的家务活儿全都每一厘米每一毫米地衡量出来，到了周末就列成一张表格。在某种程度上来说，正是她们斤斤计较才把小肚鸡肠胸襟狭窄引入左翼之中，并且成为其处世的原则。这种小肚鸡肠胸襟狭窄更糟糕要命的还在于：它是暴露在她们的把家作为战场的理念意象之前的，而她们心目中所抱住不放的图像早已同现实的世界不相符合，乃至格格不入了。

她们所运转操作的是一个19世纪的家，而并不是一个20世纪的拥有世界上所有技术辅助工具的现代化之家。她们可以坐着同她们的男人喋喋不休，争吵上个把钟头，眼下这衣服究竟由谁来洗，唠叨着上星期洗了多少多少，而他们却几乎没有怎么动手。那么倘若他们买了一台洗衣机又会怎么样呢？可以一下子节省出来多少时间呀，既省下了口舌之争，又省下了干活本身的时间，对不对？洗袜子被弄成了人生大问题，洗衣物是一件折磨人的苦差事，而在洗衣机里衣物竟然自己就洗干净了，那么为什么不赶快看清个中好处而得益受惠呢？从整体上看，要把一个现代公寓套房收拾得井井有条花费不了多少时间，所以要为此而争吵不休真乃是白白耗费了自己的生命。

引起夫妻龃龉口角的另一原因是妇女有内疚感，尤其在同养育孩子有关的事情上，或者被她称为关爱责任感。这就害得她毫无必要地花费过分长久的时间去为生活在一个高度技术发达的社会里的蛋白质富裕充足的孩子而操心烦恼。正如她在家务活儿上毫无必要地花费过分长久的时间一样，因为她的做法笨拙之至，而且按照许多早已过时的老派礼节仪式，她死活都非要自己男人陪着她一起做才行，否则就没有做到家。有鉴于此，在我看来，妇女似乎是以一个悲剧形象站出来的，她向风车作了英雄般的斗争，而对于左翼方面的男人来说被生拉硬扯地拖进这个鬼怪幽灵般的世界之中，他十分违心且非常尴尬不自在，因为这个世界原本是妇女为了尽力与自己的负疚作斗争才臆造出来的。激进派妇女狂躁激动地想要解放自己，但是却又被自己本身的素质修养所不断地逮住抓了回去。也正是这样的一场战斗，她就移师出征到外边世界来大张挞伐，转移到20世纪很容易收拾干净的公寓套房里来打仗，转移到朝着她的左翼倾向的男人开火，而她的男人本来是热爱生活以及在生活中提供出了一切的人。妇女把自己遭遇到的不幸个人化了就势必会影响到他，简而言之，会使得他食欲全被剥夺掉了。这必定会对充分发挥个人癖好的性格表现造成莫大的遏制管束，于是，我们都身不由己地被拉进小肚鸡肠、吝啬小气、锱铢必较的气氛之中，而美食烹饪是不会在这种气氛里投合舒畅、大显身手的。必须予以重视并且十分强调的是美食佳肴的原产地和温床乃是厨房，而厨房这块地方在整套公寓房间当中恰恰又是激进派妇女最狂热地大张挞伐来演出她的个人戏剧的地方。在这样的气氛之中，出于大方和生活上的讲究要求统统被横扫出门，饭食菜肴更是首先受到影响。于是食谱上当家的就只剩了那几样：深冻鱼片、冻鱼、烟熏香肠。日复一日天天如此，一直延续到婚姻本身破裂解体。

我可以明言断定：正是激进的妇女，同拥有最纯正的人格（也就是说敢于猛烈抨击挑战挪威的民众性格）的左翼方面的男人联合起来一手压抑遏制了左翼方面的人生的逍遥情趣，诸如饭桌上的口腹享受，形成癖好的消闲遣兴，讲究的生活要求、游戏娱乐，同契友知己小酌叙谈开怀畅饮一瓶上好的法国或者意大利红酒（还有西班牙的也能凑合）。我并不相信左翼中人日常生活之中的那股挪威抑郁沉闷劲头就此烟消云散，不过我们毕竟可以把妇女拉到同我们在一起，至少是她们当中的一部分人。到了那时候，激进派妇女才会从自己的负疚感中解放出来，才会摆脱向鬼怪幽灵的开战，才不再将过时的老派风俗习惯奉为圭臬，也正是那些古老的风俗习惯灌输给了她后果不堪设想并且害得我们人人都受到影响的小气斤斤计较的毛病。我实在看不出有什么高明之策可以用什么另外的办法来使妇女从所有的家务活儿还有照料孩子的麻烦中解放出来，分担是不可能的，一个理智而独立的男人必定会拒绝按妇女所要求的前提来分担家务和所谓的关爱孩子（就是带孩子），而她也不会由于有了前提条件而就此赢得了自我解放，因而唯一的出路在于：妇女必须先从房屋四堵墙壁之内的一切粗重家务劳动中解放出来。在这一步完成之后，男人没有了违心被逼着干的强迫感和负疚感，才会以一种切合实际的方式，争先恐后地参与到家务活儿中来，也会以身为人父而必须抽出的时间来照料孩子，至于抽出的时间多少则无关宏旨，只要从当父母的观点来看合适就是最好的，况且我们人人都只消回想一下自己的孩提时代便心里有底了。

于是左翼方面的富有想象力、好奇心十足又具有成就感的男人终于把厨房占为己有，并且凭借着他将自己全部聪明才智发挥到淋漓尽致的劲头，他谅必能为自己烹饪出一顿味道可口的美食佳肴来。

蓝色的婴儿车,安妮塔和阿纳
Blå barnevogn, Anita og Arne

莱拉·斯蒂恩　著

石琴娥　译

作者简介：

莱拉·斯蒂恩（Laila Stien，1946— ）是挪威一流的女短篇小说作家。挪威文学评论家把她比作简约抽象派小说大师、美国著名小说家雷蒙德·卡佛（Raymond Carver，1938—1989）。她出版过为数众多的短篇小说集，也出版了诗歌和儿童读物。她被认为是挪威众多能够引人入胜的短篇小说家中脱颖而出的才华卓群者之一。她居住在挪威最北部的拉普族人聚居区。这就为她提供了一些与众不同并令人高度感兴趣的创作素材，她集拉普文化和女性文学于一身，在她的短篇小说里，她把平民百姓日常生活中的平凡而很有意义的冲突、挑战和事变描写得栩栩如生。她的第一部短篇小说集《新路》于1979年问世，随后又出版了六本短篇小说集、诗歌和一部长篇小说，除此之外，她还是将拉普族文学翻译成挪威语的翻译家。20世纪80年代出版的两部短篇小说集《鸟儿知道》(1984）和《如此碰巧》(1988）可以说是她迄今的最佳作品。斯蒂恩是一位驾驭对话的大师，可以把言外之意表达得淋漓尽致。她也善于运用反话和讽刺，以至于读者毫无疑问地可以从字里行间察觉出来其同情何在。

《蓝色的婴儿车，安妮塔和阿纳》译自《国际笔会杂志》(*PEN International*）2004年第1期。

"有桩事情敢情准保会做到的,他会去买一辆婴儿车扛过来。这个色眯眯的风流仔,说不准买的那辆车还不会是用得破烂不堪的旧货色哪。"

她把盛着土豆的锅往炉子上使劲儿砰地一放,弄得水花喷涌出来,飞沫迸溅在滚烫的炉膛上发出哗啵哗啵的响声。她一肚皮怨气,怒气冲冲地直着高亢尖厉的大嗓门没有好气地说道。她是一个才刚上任的姥姥,却一点没有等着含饴弄孙的愉悦心情。安妮塔应声点了点头,她眼前可以看得见那辆婴儿手推车。自从她第一天觉得病恹恹的,在洗涤槽里尽兴呕吐了一番起就一直看得见它的形象。它将是蓝色的,碧空如洗的青蓝色,还要有大车轮和光彩熠熠的挡泥板。等到天放晴转好,地面变得干燥硬邦了,她要穿上朗格勒牌全新的妈妈裙装,从最上端直到底下周身都裹得严严实实的,还要把一头秀发松解披散开来。

"难道他真以为能够不可一世地在这里卖弄显示他的做个男人的本事,却又不肯像个男子汉那样爽爽快快担个责任吗?不行,我们还没有犯贱到听凭哪个下三烂男人上门来摆布欺侮我们!"

她的老妈这样骂骂咧咧已经有好长一段时间了,房间里人越多,她的嗓门就越粗大,骂的调门就越高,她的爸爸、哥哥还有嫂子斯蒂娜,只要家里有人在,她的老妈讲得就起劲。而每当只有她们母女俩面面相觑的时候,她的老妈这才愁眉苦脸露出了心里的烦恼。于是安妮塔赶快躲进她自己的房间里去,那是她的小天地。看着她的金色的小婴儿：他的鼻子、弯曲的卷发、脸颊上的酒窝，还有那些细长的手指。他长得同他真是那么相像。大概也会长成像他那么高大的帅哥。身材高大而四肢修长柔软，但是他的胳膊务必肌腱发达才行。他也应该长着一头醋栗色的卷发，那是和他同样的头发。噢，还有那些衣服，在他开始上学的时候她要把他打扮起来。她想到了谢尔茜，她跟那个在公路建筑工地上干活的大鼻子小伙子生了一个婴儿。那孩子也长着一个活像他爸爸的鼻梁隆起得有如滑雪跳跃斜坡的大鼻子。谢尔茜是那么美貌，却生了那样一个孩子，真是太糟糕了。

她还没有拿定主意要起一个什么名字。有很长一段时间她想应该叫厄依斯坦恩或者是厄姆乌尔弗。她确信无疑那会是个男孩子。

"倒不如干脆选一个以字母 A 开头的名字。万一他也要分享这份天伦之乐的话，那么孩子毕竟是按照他的开头字母起名的。"她思忖道。

她大概会拿定主意起名叫阿纳。这是一个极好的名字。她家里有不少人都是 A 字母打头的名字。她的爸爸名叫安东。这样一来他也就有了这个外孙婴儿是以他的名字开头命名的乐趣了，这会使得他开心的。她爸爸的脾气坏极了，发起火来足以把魔鬼都吓跑。每回她带个小伙子回家来，他总是把下颚咬住得紧邦邦的，只要那个来的客人还在这幢屋子里，他就决计不说一句话也不吭一声，只是跟人瞪眼，那双怒目恨不得把人家生吞活剥了，真恰似一头发火狂暴的公牛一样。人家哪能容忍得了他这副模样。不管怎样厄依文德却不是这号子人，他对这类事情素来很敏感。不过他也不喜欢遭受骚扰。他时常谈起那位对岸码头上的工头，觉得他太过于刻薄,仗势作威作福。倘若他自己不收敛一二的话,那么厄依文德就要替他代劳,出手来杀杀他的威风了。对于厄依文德这样的人物来说,可干的事情多的是,到处都有,俯拾皆是。他用不着去东奔西跑向那位卑鄙歹毒得比蛇蝎还阴险的恶人去低头鞠躬,勉强求讨点活计干。

那边已经闹得不可开交,进入了短兵相接的状态。那位工头凶狠狂暴到无以复加的地步。那刚好是在她发现自己已经怀上了身孕的日子前后。他一直是十分当心的,他一口咬定。难道她能肯定吗?他总是及时地跳起身来的。难道她以为他虽然有那么粗壮的大家伙却不会抢时间抽出来吗?"不是的,"她说,"不是的。"不过明明一次又一次地这样碰巧出毛病。于是,她只能开始落泪哭泣,当然该哭一鼻子啦,尽管哭哭啼啼是她拿定主意绝不想干的一件事情。她要活得痛快开心。她甚至买好了一瓶半品脱装的伏特加和小食品——薯片和香蕉。他一仰脖喝下去了几杯,喝得偏高有点上头了。他讲起了那位工头,唠唠叨叨、喋喋不休地讲个没完。他要给那家伙点厉害瞧瞧,那个丫头养的浑球儿,要叫他知道他是在跟人打交道,他们可不是只会干活的牲口。

她开始一吸一顿地抽噎哭泣,他装出了一副温柔甜蜜的样子,伸出手臂拢住她,轻轻地拍打她的头发和双颊,而且还……接着他们俩就做爱了,他是那么棒,伟岸得真是妙不可言。做完爱之后,她问他情不情愿也掏点钱出来帮她一把,让她渡过眼下的难关。事事全都压在她一个人身上,她实在吃不消,她需要添置的东西委实太多啦,比方说一辆婴儿手推车。"当然喽。"他说道。"当然喽。不过你反正领得到福利补贴的,对吗?""哦,是呀,那说的是，不过就那么一丁点的补贴也就刚刚够支付日常开销的，反正人人都是这么说来着。安娜从埃里克那里得到了辆童车，布丽特从她的男人那里不仅得到了一辆童车，还有一条挡风车篷，是真羊皮的。"他打住了她的话头，问他可不可以在这里过夜。他又困又乏实在是累得要命。

他的眼皮子几乎已经垂到了他的下巴上。她说她不敢留他因为她生怕她老爸发火。他最好还是走吧，反正可以再来嘛。

"没有用的傻女孩，懒得动脑筋想想的笨姑娘哪，你可不能愈陷愈深啦，不要再轻信他们啦，见面时的甜言蜜语都是哄骗你到手的惺惺作态。这号人我们见得多啦。我们看见过谢尔茜的那个大鼻子小伙子！到头来你能见到的只有他的后背侧影。他倒潇洒轻松地一走了之，留给了她一个孩子，一个难看得要死、只会哇哇大哭的丢人现眼的孽种。她可曾看到什么婴儿手推车了吗？连个车轮的轮圈都没有见着。"

安妮塔轻轻地摇晃着她的宝贝疙瘩，那个男婴儿，假装自己没有说过刚才的那番话，什么都没有说过，轻柔地哼起了ABBA组合[①]的一首曲子《舞蹈皇后》。嫂子斯蒂娜问她要不要把她的那辆童车从屋顶阁楼搬下来先用着再说。

"不用心急火燎的，反正外面天气还凉着哪。"她故作矜持地说道。

阿纳，一个好听的名字，起码直到这会儿还如此。他从一生出来就是母乳喂养的。他噘起了那张柔软而灵巧的小嘴，总能找得到地方，张开嘴巴吮吸起来。一点麻烦都

[①] ABBA 组合指 ABBA 流行乐队。

没有，她的奶水非常盈足。他的手劲也很大，一把抓牢了便紧握不放。她把自己的小指头放到他的拳心中去竟会被他捏得隐隐生疼。他日后将会长得像一头公牛那样结实强壮的。嫂子斯蒂娜真是伟大，居然把小约翰的所有衣服统统都寻找归置出来，把它们全都给了她，并说道："你看不出来它们是穿过的。"斯蒂娜对她所拥有的东西全都爱惜得不得了，她和哥哥约翰一样都是持家有方会过日子的那号子人。他们留在屋顶阁楼上的那辆婴儿手推车也不显得陈旧。

"告诉我，难道你没有打算要让这孩子呼吸点新鲜空气吗？"

她的老妈不断这么催促，这句话再三提起。

幸亏她有自己的房间，省掉了不少啰唆。她自己和她的小宝贝儿就可以待在这块小天地里安生享受着清静，给他在床上换尿片穿衣服，反正房间里有个盥洗盆，她所需的东西都在手头边一件不缺。她用第一次支付工资的支票从商店里买了一台盒式录音机，现在它倒是派上大用场了。墙上挂着一张厄依文德和她的合影照片。安娜和布丽特与谢尔茜还有一两个别的姑娘都来探望过，还带来了礼物。起初她们只是叽叽喳喳地谈论着各自的婴儿，但是等到她们留神看到她墙壁上居然挂着一张合影照片时，她们便不禁问长问短起来。"唔，那当然喽……他虽然是个懒笔头不大爱写信，不过她还是可以经常得到他的音讯。他现在换了个更好的活计，不再露天干活了，是在一家机器厂的车间里，叫恩……什么来着的工厂。""是呀，那还用得着说，她收到过钱啦，当然一点不假，其实他还答应要送一辆婴儿手推车来哪。"

安娜和布丽特后来又来过几回，可是谢尔茜却再也不登门了。

"安东,你若是通情达理的话,早就该往警官那里跑一趟啦。我们直到现在还没有领到红印章哪,其实他早就该办上户口的手续啦。他们该上他的名字,是吗?安妮塔,他们该上他的名字吗?"

当父亲的向女儿投去匆匆的一瞥,难道他的眼神里爆裂出一丝笑意?说不定只是她的虚妄想象而已。

他出去了,不声不响地去上班干活了。脚步笨重,身板儿宽阔。

"安妮塔,你听见我在问你吗?"

"唉,我听见啦。"

她把麦片粥的小包拿进她的房间。在一个深碗里灌满了开水,再把麦片干粉洒在上面,搅拌均匀。那个婴儿开始在床上大声啼哭起来。大概这会儿是肚子饿了才号啕的。她把麦片粥放到窗槛上去晾凉下来,又过来抱起了孩子。他的颈脖已经湿遍了,热乎乎的。

这会儿太阳早已升得老高。积雪正在融化。通到房屋门前的轮迹泥泞不堪。沿着大路,路边都是一堆堆污浊的灰色烂泥。在草地上积雪几乎消融得不见踪影。

"用不了多久到处都会一片干燥。"她想道。

他谅必早已收到那封很久以前就邮寄出去的信了。她邮寄到他家里的地址,还在信封背后写明:"烦请转递。"她在信上写得不多,仅仅提到了她想要那辆蓝色的婴儿手推车。附上了一张婴儿的照片,是他刚生下来那会儿照的。他的小脸红彤彤的,满面皱纹,双眼眯成一道狭缝。这是想不出别的法子来才出此下策的,因为时间上已经容不得再拖宕下去了。"忠诚的安妮塔"她信尾上署名写道,却省略掉"你的",切不可写上,否则必定要砸锅的。然后再"又及:见信即复!"

"安妮塔!"

她老妈尖厉高亢的大嗓门回荡在墙壁之间。

"安妮塔,太阳底下可是有60度[①]啦!"

她舀了一汤匙麦片粥放到她的嘴唇边抿了抿温度是不是合适。那孩子迫不及待地大口大口地咽下去,狼吞虎咽一副馋嘴相。可是到了后来他开始摇头了,而且用他的鼻子朝着她胸前嗅闻。她不得不耐心地把最后几匙麦片粥哄着他喂进他的嘴里,然后她掀起了她的厚绒衫用自己的乳汁来喂他。

她老妈拧开了房门上的碰锁:

"安妮塔,我是不是该同斯蒂娜去说一声?"

"不要!"

安妮塔把孩子更贴紧到她的身前,她的乳房开始流空了。她把他换到另一个胳膊肘弯里去。他能吃得下多少就尽管放开肚皮吃个够。他的小嘴含着奶头徐徐松弛下来,他不再吮吸只是咂着嘴巴,一股乳汁的细流从他的口角流淌下来。

她拿出了羊毛紧身裤、一件毛衣、一顶绒线帽,给小男婴穿戴起来。他浑圆得像一只皮球,她又用一条羊毛毯子把他裹紧。然后她自己匆匆套上一件大衣,蹬上一双靴子,便出去走到屋外。

强烈的阳光刺得她双眼生疼。她站在那里眯着眼睛环视周围。她怀里抱着的那个襁褓沉甸甸地压在她的胸前。

[①] 此处度系华氏温度,60度相当于摄氏19度。

于是她小心翼翼地把她的大衣垫在她身体底下，坐在最高一级台阶上。她闭上了她的眼睛，听见了积雪底下回荡着的川流不息的脚步声，闻到了被融雪浸泡得湿漉漉的泥土气。从奶牛棚那边，水桶和牛奶桶的铿锵当啷声响传入了她的耳际。那是她的老妈在收集盛牛奶的器皿要冲刷洗涤。她迈着两条瘦骨嶙峋的细腿，佝偻着脊背脚步僵硬一颠一拐地往前走，双手各拎着一只牛奶桶，这一来就使其弯腰弓背上身向前倾斜了。她的面孔狭长、高颧骨尖下巴，一张瘦脸裹紧在印花头巾底下。

"好呀，你到底是出闺房啦。"她呼哧呼哧喘了老半天气之后说。她的嘴角往上翘起，脸上堆起了笑容，却也露出了那口灰白色的大板牙。她把牛奶桶撂在最底下的台阶上，抻了抻红肿而骨节突出的手指，站在那里待了小半晌儿。她怯生生地伸出手来抚弄了一下那个吃得心满意足、饱得昏昏欲睡的小外孙。然后她再拎起那两只牛奶桶，迈开脚步急忙登上台阶。

"你千万不可以让屁股着凉受寒哪！"她粗声大气地失声叫嚷出来，"我得赶紧去扔给你一个坐垫！"

她大步流星地跨进屋去，牛奶桶碰撞在门框上发出了乒乒响声。片刻之后她老妈又回来了，把手上捧着的一个宽大而扁平的沙发坐垫递给了她。

"你垫着这个！"

安妮塔想要说句发自肺腑的感激话，可是一时间想不出来。她老妈倒是漫不经意地转过身去回到屋里去忙碌她那一大摊活儿了。

那个婴儿终于睡熟了。他居然像大人一样鼾声连连地打起呼噜来了。倘若她没有记错的话，安娜今天晚上会来，到她这里来串门聊天，呱啦呱啦地侃大山。同她待在一起闲聊那可真是活受罪，满口不停地埃里克长埃里克短，真是肉麻当有趣，叫人恶心作呕。她已经熬不住，恨不得把他送上火刑柱去一把火打发他进地狱。一个脑袋像榆木疙瘩不开窍，四肢不勤、无所事事的浪荡子而已，可是在安娜的眼里却成了一个绝对如同奇迹显灵般的世间人杰。她把他说的每句大话都牢记在心到处去炫耀。

"老天爷哪，又得陪她一个晚上，听着她无止无休、滔滔不绝地夸夸其谈。"

她老妈一见到安娜来登门拜访，总是似乎捂额蹙眉弄苦脸，不由自主地发出一声呻吟，因为她也受不了这种罪，对她来说也吃不消，虽说她倒是挺喜欢有人来说说话，讲给她听听最近的街谈巷议。不过安妮塔却连这样的来访都烦腻得受不了，再说总是绕来绕去地在婴儿手推车上唠叨不休，小题大做地瞎起哄。

太阳光惨淡地缩到了房屋的墙角，再在台阶上坐下去未免太凉了。

到了黄昏后很晚的时候，他们听到庭院里传来了叽叽喳喳的欢言笑语声。地面上又结起冰来，水面上那层薄而脆的冰经不住一踩就发出咯吱咯吱的脚步声。

"你的伙伴们来啦，安妮塔。"

她早已听见她们来了。能够感觉得出来她的心快速地悸动起来。为什么她们总不肯让她安安生生地平静一会儿呢？

"晚上好。"

"晚上好。"

"我们非得过来看看你不可，我和谢尔茜。你已经完全进入冬眠状态啦!"

"冬眠,此话从何说起?"

"你足不出户从没有在外面露过脸嘛。"

"唔,屋里一大堆的事情还忙不过来哪,你知道的。"

"你不妨把孩子抱出来晾晾,这几天天气那么好。"

"我也是这样想来着。"

她把脸转向了电视,姑娘们各自在安乐椅里坐了下来,身体舒展四肢伸开,一边从兜里掏出她们的烟草袋。她们咯吱咯吱、叽叽喳喳,又是说又是笑,闹哄哄地一刻也不得安生。她却自顾自把心思全都集中到了电视屏幕上要发生的事情上去。

"安妮塔,把杯子在桌上摆好。"

她老妈在厨房里忙碌着,正在称着分量往咖啡壶里倒咖啡。

"听到厄依文德的什么音讯了吗?"

"唔,喔……有点儿。"

"托比恩可是偶然碰见了他。"

"哦,真的吗?"

"是在斯登恩克依军营。"

"原来如此。"

"我记得你说过他正在一家机器工厂里干活。"

"是呀,干了一阵子,时间不太长。"

"那么他喜欢服兵役吗?"

"托比恩得到了豁免。他已经进去一星期了,假装发疯了,大声尖叫一刻不停地坚持着。我猜想那里闹得天翻地覆像个马戏场。在他回家来之前,他们两人一起进城去了一趟,托比恩和厄依文德,去庆祝一番呗。"

安妮塔只顾看电视，屏幕上是《今日挪威》。

"听上去那一场庆祝可真喝得不少哪。难道厄依文德来信不曾提起过？"

"没有呀，他倒一句都没有提到过那码子事。"

她老妈端进来了咖啡还有一盒曲奇饼干。她坐了下来，问问街面上的新鲜事儿，人来人往还开了个把玩笑。

"好啦，姑娘们，难道你们一个星期的晚上都没有更好一点的消遣，只能聚在这里耍嘴皮子来出出气吗？难道这几天里竟糟糕到了这副样子，没有地方可以去玩了吗？"

安妮塔顿时感觉到一股汹涌的暖流遍布她的全身。她看着她老妈屈身坐在咖啡茶几旁边一张只有一根细长靠背的厨椅上，伸出一只手稳当当地把那盒曲奇饼干传给大家，姑娘们自觉没趣地咯咯讪笑了起来，她们动手自取了各自的曲奇饼干。

电视上那个女人预告说下一个节目是《神秘的一小时》，播放"探长德里克连续剧"。姑娘们惬意地躺坐在安乐椅里各自卷起了新的烟卷儿。不久之后她们就被屏幕上的剧情所吸引。她老妈悄悄地抽身溜出了房间，谁也没有留神注意到她离开。安妮塔的身子在安乐椅里愈陷愈深。

"唉……给这号不懂事的小姑娘使用未免太贵重啦……"

这是她老妈的大嗓门，声音尖利刺耳得透过墙壁也很容易听得清楚。偶尔她还能听到她老爸在插话，每回都只有两个字。他的声音十分低沉，有如滚滚而来的隆隆雷鸣一般。然后又一切归于平静。那个婴儿在他的床上呼哧呼哧地粗声大气地呼吸着。安妮塔伸了个懒腰，随手把灯关上。

"这会儿就该到啦。"

"谁呀？"安妮塔问道。

"哦，就是那辆兼营送货的公共汽车呗。"

她老爸嘴角边挂着一丝孩子气的表情。他转过身去，脚步蹒跚地走出房间踏进门廊。他双手插在衣兜时，双肩高耸几乎快碰到他的耳朵。安妮塔透过厨房的窗户望出去，看见他脚步摇摆地朝着牛奶塔的弯道那边走过去。

婴孩在卧室里哭闹出动静，等人来喂哺他。小奶锅里的水很快就煮开了。她马上拿起那只碗和她所需要的一切。她的鼻子上沁出了一串汗珠。那个婴孩放声号啕起来。她又慌忙把冷牛奶倒进热粥里好让它凉得更快一点。

婴孩终于吃饱了，在她的怀抱里蠕动着昏昏欲睡。她老爸小心翼翼地推开卧室门走了进来。

"你……你最好出来瞧瞧。"

说完之后他就转身走了。

他们老两口都坐在台阶上。她老妈胸背挺得笔直俨如一块木板，她老爸双肩舒展后背松弛下来了。他们俩满脸都是阳光一般的灿烂笑容。在台阶的最底下一级上，一辆崭新的、锃光瓦亮的蓝色婴儿手推车赫然在目，又高大又摩登，车轮的毂盖闪闪发光。

她毫不懈怠，没有在给她自己和给阿纳穿戴上耗费多少时间。片刻之后她就已经下去走在大路上了。她抬起头来顺着台阶向上看，并且还挥手打着招呼，她的老妈和老爸也挥手以示回答。

那辆婴儿手推车的弹簧十分出色，轻柔地摇晃着。安妮塔从车把上腾出她的一只手来把她头上的小马尾巴的橡皮筋扯掉，把她的一头秀发蓬松舒散开来。

战前岁月
Før krigen

佩尔·佩特松 著

石琴娥 译

作者简介：

佩尔·佩特松（Per Petterson，1952— ）是挪威当代著名作家。1987年，他以一部感人至深的短篇小说集《嘴里有灰，鞋上有沙》在文坛初次露脸，此后共出版了5部长篇小说：《回声的土地》（1989）、《对我来说很容易》（1992）、《去西伯利亚》（1995）、《尾波》（2002）和《外出偷马》（2003）。2004年，他将多年来写作的随笔小品结集出版，命名为《大门的月光》。

佩特松从他自己的童年中去发掘素材。在奥斯陆近郊长大的经历，再加母亲是丹麦人，父亲是挪威人，使得他有了两个地域可以让他的小说施展身手：在挪威或者在丹麦的一个海滨城市。他致力于描绘家庭的回忆，尤其在《去西伯利亚》一书中，我们看到一个年轻女子在1930年代在丹麦的贫困之中长大成熟。只有呕心沥血才能写得出这样一个感人肺腑而又令人信服的故事来。在《尾波》一书中他描绘了更为撕肝裂胆、痛彻心扉的经历，因为当时在一场悲剧性的渡船失事中作家最亲密的几个家庭成员亦罹难。这是一部基于事实改写而成的虚构性小说，主人公为残存逃生而以命相搏，使得这部作品成为一部具有异乎寻常震撼力的小说。《外出偷马》是他最著名的一部作品，描述一个名叫特朗德的15岁少年随父亲到乡间度假，因父母离异，父子间并不亲切，于是他只好和新结识的朋友——让，频繁来往。一日清早，让忽然精神崩溃，特朗德不得不偷马来驮让去治病。这时，他发现，原来让的家庭也不和睦并且正处在解体之中。50年后,特朗德又来到这一乡间孤独地生活,他的邻居也是个孤独老人。相问之下,原来就是他昔日好友让。两人唏嘘,哀叹人生之不易,奋斗之艰巨,而到了老来才恍悟只有孤独和清闲才是福。该作品写得幽邃入微,又别具魅力,而且故事讲述得十分精彩,深受大众喜爱,被翻译成多国语言。佩特松获得过不少国内外文学奖,其中包括都柏林文学奖等。

《战前岁月》译自挪威十月书店1997年版佩特松短篇小说集《嘴里有灰,鞋上有沙》。

房间里的那台大收音机上面挂着一幅两个人在打拳击的照片，其中一个刚好一记猛拳打向另一个，而挥拳出击的这个拳手就是阿尔维德的父亲。阿尔维德站在那里举目凝视着那张照片，阳光透过百叶窗照射进来，窗棂横板的影子在地板上勾勒出一幅幽明相间的奇异图案。这是星期六的上午，他觉得有一只手按在了他肩头上。

"他们都管我叫作'大锤子'哪！那可是战前的年月喽！"

阿尔维德已经听过不知多少遍，他觉得腻歪得很，不过他对这张照片却并不腻歪，真是百看不厌。老爸在收音机上方是那么英俊威武，身体正在如同旋风般急转过来，动作凶猛有力而又敏捷轻盈，双脚弹跳得那么自如仿佛它们从来不曾知道拌跌摔倒的滋味。

老爸按着阿尔维德的肩头的当儿，他看着那幅照片又再说了一遍：

"那可是战前的年月喽！"

老爸不厌其烦地、翻来覆去地讲述战前岁月发生的事情，一讲就拉拉杂杂地讲得很多。正好碰巧有一回他的姐姐格蕾偶然问起：

"那么你同妈妈到底在哪一年相遇的呢？"

"在1947年。"老爸无意之间这么说漏了嘴。格蕾走过去又是翻书又是掐算，终于弄明白了而且凿凿有据：1947年是战后的年代。

"我如今记性不大灵光啦。"老爸嗫嚅说道。

"恐怕也就是如此。"阿尔维德暗自思忖道。不过一直到四十九岁,他的身材看上去还像是三十岁光景,那么健美挺拔,而现在他却腆着个大肚子,肥胖成那副模样,是阿尔维德决计不肯步其后尘的,阿尔维德心里坚信自己一定不会成为那副样子。

阿尔维德长得纤细瘦削,他的模样看起来不同于家里的其他人,因为全家只有他是黑头发小个子。他是全班最瘦弱的一个,所以遭打挨揍那是家常便饭,所以他也想要练拳击。老爸决定当他的教练教他出拳,而且说干就干,马上开始训练。他们父子俩把这间房间权且充当训练场地。他们把餐桌挪开,抬到墙边,再在地上铺上一块硕大的羊毛地毯,这就成了拳击场。他们戴上连指手套,权且算是拳击手套。他们父子俩在羊毛地毯上左旋右转绕起圈子来,老爸朝着阿尔维德四周的空气打了一下又一下的空拳,同时嘴里不停地大声说道:

"决不许被人朝鼻子上捅,要时刻保持警觉。你决不可退缩,哪怕半步都不能退让,要不然早晚会吃大亏的。还有不到万不得已,你绝不要先抢招出拳,而是要再三地虚张声势。"

他还不断羞辱漫骂阿尔维德要激得他怒火中烧狂怒暴跳。岂知阿尔维德一点都发不起火来,反而倒伤心难过起来。有一次他竟不肯朝着老爸的下颚挥拳打过去,而只是伸出手去摆了个姿势,气得他老爸反而按捺不住心头的怒火狂暴起来,当胸一把揪住了阿尔维德再甩了一下,阿尔维德便骨碌碌地滚到了沙发底下去。他躺在那里赌气不肯出来,老爸更加火冒三丈,干脆跑到厨房里去了,听凭他又敲又砸把厨房门弄得砰砰地震天响,直到过了整整一个小时才出来。

"你动作倒还敏捷,"老人气消了后说道,"不过你就是没有分量,一拳出手总是轻飘飘的,缺少一股子威力猛劲。不过慢慢来吧,心急不得。大概也就只能这样了。我们再打上几个回合,来上它一局好吗?"

老爸引着阿尔维德团团转,他举着拳头开始在地板上跳跃个不停。阿尔维德机械呆板地举着双手,一点热情都没有,那双手如同铅一般沉重,他觉得心头空落落一片茫然。

"行啦,快把这套把戏收摊吧,弗兰克,让小家伙安静一会儿。"老妈把给老爸准备出来的那个大背包往地板上一扔,脸上的表情十分烦躁阴郁。"什么东西都放在里头了。到该走的时候啦,你的东西收拾好了没有,阿尔维德?"

他早已收拾好了:保暖的衣服、橡胶雨靴、那本书《哈克贝里·费恩历险记》①,还有钓鱼工具。他在昨天临睡之前就把所有的东西全都塞在自己的挂包里了。

鲁尔夫叔叔和老爸结伴前往邦恩纳峡湾去垂钓,阿尔维德也跟着大人们一起去。老爸马上就老大不乐意地不肯带着个累赘。老妈的声音冷若冰霜:

"阿尔维德是非跟你们去不可的,他该出去走走啦,所以你把他带上吧,弗兰克。"老爸只应声附和,说阿尔维德是该出去呼吸点新鲜空气来健健脑袋,再吃上一两条刚刚咬钩的鲭鱼来补补元气。小家伙越长越懒散呆笨了。

时光仍还早得很,天气晴朗,阳光明媚,碧空如洗。他们沿着去特隆海姆的大道顺坡而上,要去乘公共汽车先

---

① 《哈克贝里·费恩历险记》是美国著名作家马克·吐温(Mark Twain,1835—1910)的代表作之一,1884年出版。

进城去，他走在老爸的身后，正好一路上都盯着老爸的后背和那个大背包。晨风习习，寒峭凛冽，空气却十分新鲜清爽。在家门口告别那会儿，老妈已经把他的头发弄得蓬松散开，还把那顶蓝色小便帽往下拉得捂盖住了那双耳朵。

去钓鱼真好哇，可以看到老爸和鲁尔夫叔叔怎么费劲地干点事儿真是再妙不过啦。还有可以乘公共汽车，因为他喜欢乘公共汽车。那公共汽车几乎马上就来了，是黄色车身带着绿道道的。阳光把车窗玻璃照耀得刺眼耀目。车身背后拖着一根长长的废气尾巴。

车上的座位都已坐满了，这个站上去的乘客都只好站着，阿尔维德便坐在引擎盖上，同司机随便闲聊起来。那个司机是他早就认识的熟人，把他当作成年人那样同他说话。他问长问短，东拉西扯，又是讲又是笑，他的声音萦绕回荡在他的脑袋周围，宛如一片片轻柔飘荡的云朵。引擎的震颤如同波浪起伏一般摇荡着他的身体。他觉得这种滋味真是惬意极了，便随着震颤轻盈柔和地起伏摆动。

他们驶过了林德鲁德庄园和比尔盖赛马跑道，驶过了他在那里出生的阿格尔医院，又从辛森交叉路桥上穿过去，沿着那条长长的斜坡路驶向卡尔·贝尔纳广场，那里通行着有轨电车。在卡尔·贝尔纳车站有许多乘客下车去换乘有轨电车或是别的公共汽车。若是有空位子腾出来的话，阿尔维德本来是可以自己有个座位的，可惜此刻却仍没有一个空座，于是他只好挤在老爸的身边。

"我几乎有把握今天鱼儿一定会咬钩。说不定我们真该把那条木船放下水去，那才过瘾哪，对吗？"

每回他们到小屋去垂钓的时候，老爸总是这么夸下海口，而结果通常是两手空空而归。不过那也没啥不得了的。

反正他们可以从山坳的一湾静水塘里钓到手的,不过那是他们养着的鱼儿。

鲁尔夫叔叔有一条划桨木船,不过老爸却连碰都不愿去碰它一下,因为他说那条独木船才是他的。这下子鲁尔夫叔叔不干了,那是继承得来的,也有他的一份儿,他说道。惹得老爸犟劲上来了,干脆连独木船也不用了,听凭它晾在岸上。

偶尔一两回,阿尔维德也跟着去乘坐划桨木船,是跟鲁尔夫叔叔去的。那时候他就教阿尔维德怎样同鱼儿讲话来引得它们上钩,"来吧,雅可布,"他说,"那么快来吧。"不过最通常的是阿尔维德宁愿站在岸上钓鱼,这样就可以免得他老爸时不时向他投来那种提防犹太式窝里反的戒备眼光。

太阳高高地升起来了,天气变得暖和起来。这时候他们已在斯图尔大街下了车,换乘去贝根斯登的公共汽车。那辆公共汽车准时到站,他们上了车,阿尔维德在最后一排找到了一个座位。公共汽车驶到莫塞大街的时候,鲁尔夫早已站在车站上等着了。他背上也驮了一个大背包,钓鱼竿在背包侧面露出了半截。阿尔维德看到他伸出手来示意公共汽车停下。在上了车之后他一咧嘴露出了一个无比灿烂的笑容。

"你早哇,阿尔维德,你起得早赶来了,这就不消哭鼻子了,对吗?这真不错。今天我们桶里会有几条鲭鱼的,对吗?"

"那是明摆着的。"阿尔维德说道。

大人们坐在一起谈论起有哪些当务之急要赶快着手干的:有一桩活计是通往码头的小路上有一座水泥台阶年久

失修快要塌方了,所以务必要马上修理。老爸干这类事情最来劲了,他不厌其烦地向鲁尔夫叔叔详细解释应该怎么干,鲁尔夫叔叔只是两眼望着老爸频频点头而已。他时而朝着窗外投去一瞥,眺望在秋天丽日下奥斯陆峡湾波光潋滟的美景,至于老爸在说什么,他恐怕连一半都没有听见。

阿尔维德将身子往后仰,把额头贴在后座旁边的车窗上,身体随着公共汽车的震颤摇晃。他觉得耳朵痒痒,便不由自主地闭上眼睛,竟自睡熟过去了。

他在做梦,不过这会儿老爸抻抻他的头发,还拧拧他的鼻子要把他叫醒。他睁开眼睛,看到了老爸那副嬉皮笑脸的面孔。起先他睡眼惺忪茫茫然看不清楚眼前的那人是谁,不免心头害怕起来,不过清醒过来之后就笑了起来,原来他们已经到了贝根斯登,要下车啦。他们下了车,那辆公共汽车转过弯朝着驶向黑森林的上坡绝尘而去。他们三人亦开始爬坡朝着小屋徒步走去。那幢小屋离开大路一箭之遥,缩进在两根粗大的柱子之间而那两根大门柱又是老爸在战前年月里砌起来的。他们三人推开大门绕过旗杆走进庭院,大门上古老陈旧的铰链吱吱嘎嘎叫个不停。

他们站在台阶的最上一级,老爸掏出钥匙要去开门上的锁,那扇门却自己打开了。原来小屋的外门压根儿就没有上锁,而且连门板都被撬坏了。老爸小心翼翼地推开房门。屋里一片狼藉,唯一的一把椅子被砸断了腿,桌子被翻了个底儿朝天。在那间原本整洁干净的大房间里,五斗柜的抽屉每只全被拉开,里面的东西散落了一地。

"该死的乡巴佬儿!"鲁尔夫叔叔叫了起来,他绕着房间走了一圈,把那些散落在地板上的东西一样样捡起来放回到原处。老爸问这到底同乡巴佬儿有何相干,要骂人不妨就骂俄国佬儿好啦。不过他其实也一样怒火中烧。阿尔维德可以从他的面容上看出来。他把下巴颏儿咬得紧紧的,以至于他看起来反倒似乎年轻了一些。后来他们又看到那个擅自闯入的不速之客竟在楼梯背后的角落里拉了一泡屎。老爸更是气不打一处来,他伸出脚去死命地朝着通向楼上的梯阶踢了过去。他又踹又蹬却一言不发,他只顾伸出一条腿去朝着梯阶上那一大片被尿屎浸沤得污迹斑斑的垢渍。后来他不再踢了便动手清洗打扫。阿尔维德和鲁尔夫一起帮着收拾,经过一个小时的闷头苦干,终于把房间收拾得差强人意,不再显得凌乱狼藉。

鲁尔夫叔叔动手煮咖啡,还有给阿尔维德准备的可可。他们各自从背包里取出食物兜坐到前厅的桌子旁边吃起饭来。老爸只好坐在一只小凳子上,因为那把椅子实在毁坏得太厉害,破损得只好忘记它拉倒,再不然就充当劈柴来引火压根儿没有什么别的用处了。他们吃完以后,老爸就到棚屋里去找出他们重砌小路上那座台阶所需要用的各种物件。

阿尔维德走过去向大海问个好,同海水嬉戏一番。他已经换上了高筒水靴,便任意行走在落潮之后的海滩上,啪嗒啪嗒地踩得浅水飞溅起来。他捡拾贻贝,海滩上贻贝多得不得了,他捡了一堆又一堆,不过工夫不长,他的手指便冻得发了紫。他想捡一块扁平的石头来代替鱼竿上的反弹卡子,不过试了好几回都拴不住。他朝着手指上哈热气却一点儿不管用。于是他把双手伸进毛衣底下贴到肚皮上来取暖。肚皮又滑溜又结实还温暖。他冰凉的手指刚一触碰到皮肤,他猛然一激灵,浑身哆嗦颤抖起来。

他顺着斜坡往上走。在云杉树树荫底下的两个支架上搁着那条独木船，自从祖父去世以来就一直搁在那里。他伸出中指顺着船舷的上缘滑过去，红色的油漆纷纷剥落下来。他用力一捅，那手指竟然把船帮戳了一个洞。这条船的木材已经朽坏糟烂了。

在斜坡上老远就能听得见老爸和鲁尔夫叔叔在争吵。他听得出来嗓门最响的是他老爸。他老爸双膝跪在地上，手里拿着泥瓦匠用的瓦刀。鲁尔夫叔叔在旁边端着砂浆桶，看起来有点垂头丧气的样子。鲁尔夫叔叔不是那号子擅长实际干活的人，而是善于动口不动手的。在平日大面上也就将就过去了，反正老爸是挺乐意揽活计来干的，不过这会儿正好碰上了他窝着满肚子火的坎儿。只听得他嚷嚷道：

"你真是一点用场都派不上，你一直就是这副样子。想当初在战前的年月里，我们全家齐动手砌造成这么一大堆东西，那难道容易吗？那时候你就帮不上什么忙，不都仗着老头儿和我几乎把所有的活计包揽了下来。随便什么时候你总是要人家来帮你的忙，脓包，我还到学校里去替你同人家打架哪！"

鲁尔夫叔叔闷声不吭，阿尔维德从他们两人身边绕过，走进小屋。他走进房间把钓鱼工具全从背包里取了出来，把一节节鱼竿插成一根整竿，拉上鱼线，挂上鱼钩和匙形诱饵。他又穿上了一件保暖的夹克衫，然后走出屋来。老爸和鲁尔夫叔叔正在顺着上坡往回走。阿尔维德在台阶上遇到了他们。

"你要上哪儿去？"老爸问道。

"难道我们现在不去钓鱼吗？"

老爸看了看表，说道："这会儿太晚啦。说不定明天我们有足够的时间。我们走着瞧吧。"

阿尔维德只好转过身去，重新回到屋里，把鱼竿一节节卸下来，把两节长竿放到柜子里去，把所有别的东西全都塞回到背包里面。他拿起《哈克贝里·费恩历险记》，坐到睡椅上开始阅读。这是他第三遍念这本书了，因为这是所有书中最好看的一本，他知道还要再念上好几遍。他每念一回，务必要停上个把星期再念，这样他才能重新又有兴趣。不过此时此刻要专心致志却很不容易做到：他一刻不停地朝着老爸瞟上一眼。老爸刚去了水井，打回来一桶井水，老爸每回来到小屋的时候都一直只用冰凉的井水冲澡。他还力图劝说阿尔维德也这么做，可是阿尔维德每冲一回冷水澡，浑身便变得青紫起来，所以他就干脆拒绝再洗冷水澡了。

"冷水冲澡能锻炼得身子骨结实硬朗，"老爸说，"一个人总是要锻炼得结实硬朗才不至于成个脓包。在战前年月时我还年轻，我每天早晨都要冲一个冰凉的冷水澡。这使得我能扛得住大多半的恶劣天气。"

阿尔维德看着他老爸弯着腰站立在水桶面前，他舀了一大口杯冷水就往自己颈脖上浇。冷水沿着背脊流淌下来，他却站在那里纹丝不动，既不打激灵也不哆嗦颤抖。阿尔维德明白过来老爸说的毫不虚假。他果然能够对付得了大多半的恶劣天气。

忽然，老爸又假惺惺地过分殷勤起来。

"你想要喝点什么吗，阿尔维德？"他一边问，一边从背包里抽出一瓶"阿西那"。"阿西那"真是不赖，很有点"索罗"的味道，不过价钱却便宜得多。老爸倒了一满杯，又把瓶子和杯子一齐放在桌上，同咖啡馆里的做法如出一辙。背包的上端边沿露出了一个瓶子，瓶子是绿颜色的，里面装的却是褐色液体。阿尔维德心里明白那是什么，那是"奥特维"烧酒。老爸嗅了嗅桌上的瓶子，说道：

"现在我们大人可是要喝点小酒啦，反正今天是个倒霉的肮脏日子，就算冲掉点霉气吧。"鲁尔夫叔叔端来了杯子还有一瓶矿泉水。他们各自呷了一口便讲起昔日往事。阿尔维德坐在睡椅上一边念着《哈克贝里·费恩历险记》，一边喝着"阿西那"，他念到了哈克贝里和吉姆围坐在破船上，落入了谋杀者团伙的手里，这真是十分紧张精彩，可惜他倦怠得只能把书撂下先睡一会儿。

他从迷蒙之中听见鲁尔夫叔叔提高了嗓门在说话的声音。他朝桌上瞥了一眼，但只见那绿瓶子里的褐色液体几乎涓滴不剩。荧荧的石蜡灯把屋里照亮。

"你自以为你他妈的能干得要命，啥都能露一手，只有你和老头儿干起事来才靠得住，不过我们哪个混出了个模样来，我们没有一个不是只靠卖点力气来扛活的，我们全家都是上不了台面的打工仔。你自以为是多么坚强的一条硬汉，不过你也不动一回脑筋想一想，你怎么直到如今还没有明白过来，你永远也没有明白，老头儿是个酒鬼衰佬！"

"你居然敢对我的老爸出言不逊！"

"他也是我的老爸。不过他是个酒鬼衰佬，那也一点不假嘛！你以为在你和你老婆搬出去住了以后，我独自跟着那号子脾气古怪、爱抬杠训人的老刺儿头住在一起，日子好过得了吗？反正你是得宠的宝贝疙瘩，难道不是吗？你们一老一少，还有这幢小屋，还有那条他妈的独木船，还有你们爱摆动的每样东西，统统见鬼去吧！真他妈要命。"

"独木船是我的！老头儿他再三嘱咐要归我所有。"

"行啦，行啦，拿去好了，真是叫人受不了。快把那条臭屎堆的独木船拿走好了，随便吧！"

鲁尔夫叔叔两眼冒火地直怔怔地瞪着老爸。忽然，他龇牙咧嘴发出一声冷笑，把脸转过来冲着阿尔维德。他将身子往前探过来，伸出一只胳膊肘儿来撑在桌子上，不过他失手了，他的脑袋碰撞在杯子上，杯子倾倒下来，里面的液体流得他满裤子都是。他已经酩酊大醉了，可是他还在一股劲儿地龇牙咧嘴。

"你知道是怎么回事吗，阿尔维德？"他说，"你可晓得你老爸心里最想说出来的是什么话吗？他要想挑明的是他十拿九稳压根儿就不是你的生身之父。其实那是一个意大利人留下的种儿。那家伙是个铺管道的工人，上班时候偷偷地溜出来同你妈幽会，嘿嘿，嘿嘿。"鲁尔夫叔叔咯咯地傻笑起来，阿尔维德只觉得浑身发凉，他朝着老爸扫了一眼，却不料老爸也正在窥视他，目光生涩迟钝，双眼露出茫然若失的表情。他也喝得烂醉了，必须要先定定神，才能把精神集中起来。骤然之间他的脸色阴沉下来，猛不防地出手挥拳，啪的一声，一记猝不及防的左拳迎面正中打在鲁尔夫叔叔的鼻子上。鲁尔夫叔叔顿时从凳子上弹跳起来，嘭的一声闷响，沉重地摔倒在地板上，他的鼻子开了花，鼻血汩汩地流淌下来，然而他却仍然龇牙咧嘴地冷笑不止。阿尔维德觉得肚子里有一股子气在翻腾、旋转，那股子气旋转呀旋转，快要冲口喷涌出来。他从这个人看到那个人，老爸这时已经站起来，右手握拳伸在空中，似乎还要出拳再打。

"我才不是意大利崽哪！"阿尔维德高声大叫起来，"我是个挪威人！我讲的是挪威语。你们两个大人都醉得不像人样儿啦,难道你们以为我看不出来吗?"鲁尔夫叔叔仰面朝上瞪着老爸,他用手擦了擦鼻子底下,弄得满手血渍斑斑。

"就是那样,阿尔维德,你看出来了,我只是喝上了头才说了混账话。"

"哼,这些混账话你该向你的索命鬼说去,"老爸大声喝道,打了个趔趄身体摇晃了几下,"你就是欠揍,这会儿非要好好揍你一顿,连战前年月你欠下的都给补齐了。"他说着,便摇摇晃晃朝着鲁尔夫叔叔扑了过去。鲁尔夫叔叔吓得尖叫起来。

"你莫非发疯了不成?"

老爸一副恶狠狠的凶相,样子十分歹毒,他双肩高耸,拳头捏紧,牙关咬紧,下颚如同一柄利剑的剑刃一样突出在外。在这一危急关头,阿尔维德疾如星火地出招朝着那张下颚上就是一拳,这是他最拿手的看家本领。老爸冷不丁受到袭击没有能闪躲过去,他的脑袋一歪,整个身体也遽然转了个弯。阿尔维德趁这个空隙夺路逃走,他爬上楼梯奔进楼上的卧室。他只听得楼底下传来了嘭的一声闷响,他吓得掉魂儿般爬到床底下藏匿起来,连大气儿都不敢出一下。

"你真的发疯了。"鲁尔夫叔叔又叫喊道。随后嘭的一声闷响,似乎在房间里有人摔倒在地,再后来砰的一声,小屋的外门被推开,阿尔维德听见笨重的脚步声走过庭院,又听见大门的铰链被猛然推开时发出鬼哭狼嚎的吱吱嘎嘎尖叫声。

"阿尔维德。"他老爸在房间里叫喊,可是阿尔维德却不敢应声回答,他尽量往里钻,紧贴住了墙壁。

"真是见鬼，"老爸在嘟囔，"也真要命。"那声音哭腔哭调的，听起来仿佛他在抽噎哭泣，不过也不见得真是如此。当一个人趴在楼上的床底下的时候很难做出准确判断。

奥特维烧酒瓶子叮当作响了一阵子，随后又砰的一声小屋的外门被推开，再后来就是一片寂静。阿尔维德从床底下钻出来走到楼梯口侧耳细听。他又蹑手蹑脚地偷偷走到楼梯的一半处朝着底下的房间窥看。只见酒瓶子横倒在桌子上，已经全空了，房间里也空荡荡的，阒无一人。他走了下去，整幢小屋子也不再有人，小屋的外门没有关死，敞开了一道缝。他推门出来走到台阶上。屋外一片黑沉沉，早已是夜晚了。环绕在小屋的四周的树林把黑影压向小屋的墙壁。

"爸爸。"他小心翼翼地叫喊了一声。其实这声叫喊是名不副实的，因为声音低得连他自己都几乎听不见。就在这时候从码头上倒传来了一声货真价实的叫喊。那声音是他老爸的，不过听起来与平日不大相同，分明是一声尖厉刺耳的惨叫。他急忙朝那边奔跑过去，要在粗大的云杉树干之间，闯出一条路来。云杉树长得十分茂密，像是一堵墙似的挡住了他的去路。他舍身拼命地从树干之间绕了过去，他只顾在黑暗之中一股劲儿地大步流星地飞奔，往下冲过去，往下冲过去。从石头缝里钻出来的树根不时磕绊他的双脚，但是他仍然硬挺住了，把自己的身体保持得笔直不被绊倒下去。他不肯摔倒，因而在路上竟也不曾摔倒过一回，水泥台阶他三步并作两步连蹦带跳地窜了下去，况且他素来擅于跳跃。他在秋夜之中疾步如飞，直到他非要喘口气才稍停一停，不过这也不是他非要喘口气不成，而是方才憋着的那口气一直把他推向前进。那沉重的呼哧呼哧的呼吸声,他听起来是来自远处的而不是他自己的,有一回他不得不转过身去查看个究竟,却只有他独自一人。

"爸爸,"他叫道,"你在哪里?"没有人搭腔理睬。就在这会儿工夫,他老爸的一声咒骂传入了他的耳际,随后又是扑通一声重物落水的巨响。

阿尔维德不敢有稍许懈怠,忙不迭朝着最后一道斜坡冲刺而下。他的两条腿就像击鼓时两根鼓槌一般骤起骤落。与此同时,他的目光朝着海滩边沿扫视过去,搜索那个大概不会在这里的那个,可是夜色太深,眺望过去也看不见什么,对此其实他早该心里有数的。他来到了码头上,尽量往前奔过去,直到险些儿一头扎进水里才收住脚步停了下来。在码头最外端浮着一支扁宽的短船桨。在五尺开外的峡湾水面上躺着那条独木船,船底儿朝天,在一侧船舷上有一个大洞。船板碎片七横八竖地,呈深褐色已经糟透不堪了。蓦然之间一切归于沉寂静谧,身背后是万籁无声的夜空和森林,眼前的是波光粼粼的峡湾。

一场暗藏着鬼哭狼嚎的寂静无声,一张面孔就在阿尔维德跟前的水面上浮现了出来。他冷不丁吓了一跳,只觉得仿佛有一根硕大的指头在他脊梁骨上猛戳了一下那样浑身发麻。他目不转睛地定神细看,起初他以为是什么水怪海妖,但是再仔细一看,竟是他老爸,于是他失声大呼小叫起来:

"老天哪,这条破玩意儿已经全糟朽啦,我一捅它就得穿个洞哪!"

阿尔维德赶紧跳进浅水之中,蹚水前行走了一两米,他抓住了一只手,他站住脚跟死命地拉扯过来,那条胳膊疼痛得几乎要脱臼断裂了。老爸蠕动起来,拍打得水花飞溅，挣扎着站起身来，却一脚踩在绿海藻上，一下子滑倒下去了，因为那时候正值退潮。他们父子俩一齐摔倒下去，他老爸的脑袋撞在阿尔维德的怀里。阿尔维德使出了浑身力气来把他老爸的头托住，他觉得他的大腿已经被那沉重的分量压得快支撑不住了。他冻得浑身瑟瑟发抖，因为他早已全身湿透了。他看见了老爸开始秃顶的后脑勺，这对他来说还是第一次。他抚摸着那稀少而又潮湿的头发说道：

"嘿嘿，嘻嘻，爸爸，没事啦，总算过去了，现在一切都好啦，难道不是吗？"老爸转动了一下脑袋想要抬起头来看看，却不料呕吐起来，一股白练从他嘴巴里喷射出来，吐在阿尔维德的脚跟前。

"没有事儿的，爸爸。"阿尔维德说道。

老爸无可奈何地一边呕吐一边说道：

"在战前年月里我从来就不曾有过这般狼狈相。"

"我知道，"阿尔维德说，"我知道。"

穿越光墙
Gjennom lysmuren

扬·夏希塔　著

石琴娥　译

作者简介：

扬·夏希塔（Jan Kjærstad，1953— ）是文学杂志《窗口》的主编，这本杂志大量刊登后现代主义流派作家的作品。他的第一部作品是短篇小说集《地球仍在旋转》(1980)，以幽默的手法反映了他对挪威首都奥斯陆的热爱，对当今事件的观点。短篇中的主人公大多是作家。但是自此之后他一直从事长篇小说的创作。1984年他写出了异常前卫而又晦涩难懂的超虚构主义的作品，长篇小说《基佬[①]的膺造》。

《边缘》(1990)是他出色的长篇小说之一，一个恐怖骇人然而构思极佳的故事，讲述一个连环杀手漫无目的地杀人，却又不得不帮助警察徒劳地追踪杀人犯。

夏希塔用近十年时间致力于创作以电视制片人约纳斯·维格兰德为主人公的鸿篇巨制的三部曲，分别于1993年、1996年和2001年出版。三部曲的最后一卷《征服者》，使他荣获了北欧理事会文学奖。他的其他作品还有《镜子》(1982)、《大冒险》(1987)和《爱的图腾》(2002)等。

《穿越光墙》译自曲·乌尔曼选编的挪威当代短篇小说集《但是我一直住在这里》，哈斯豪出版社出版。

---

① 基佬，男性同性恋者的俗称，俚语。

在约纳斯·维格兰德的一生之中，最具有决定性的事件竟然发生在完全平平常常的一天之中，连他自己事先都不曾有过什么打算，转过什么念头。结果这一切就像是那个古老的故事里讲的一模一样：一个小男孩离家外出去找寻他父亲留给他的财物，想不到竟然当了国王，荣归故里。

约纳斯刚陪着玛格丽特在大学里吃完了午饭，她要在那里参加一个研讨会，然后便朝着那边卡特昂纽夫和马约斯蒂阿走去。他忽然注意到他的脚却朝另一个方向迈出去了一步，完全是不由自主的，也许是因为在倾盆大雨之中他想要跳过一汪泥泞的积水而手上打着的雨伞摇摆旋转了过去，害得他也身子偏侧过去，正好朝向斜坡上的那幢白色建筑物，就是挪威国家广播公司总部大楼。就像故事里常说的那样：在他还没明白过来怎么回事之前，他已经置身在人事部里了。随后他又被领着往前走，引进一个办公室，在那里他心血来潮地冲口而出，问他们要不要电视节目播音员，直到此时此刻，所有的一切都不是早有计划安排的，他自己也弄不明白他的问话是怎么样一下子就冒出来的。他们说他们恰好要用人，用新的面孔，于是他便要求送一张申请表来。这是时运机缘来了。"可以这么说，我岂能错过这个机缘；白白丧失了时运。"他说道。

在我们这个时代里，所有人都会碰巧有机会在几分钟之内就一举成名，这样偶然走运的事情已屡见不鲜再三重复发生。约纳斯·维格兰德的姊姊拉格尔就曾有过亲身经历。那是在1973年石油危机期间，她出门到格劳卡门去探望表姐维朗妮卡·里奥德，她乘坐霍尔门库尔那条线路的电气火车前去。可是究竟发生了什么事情呢？她登上车厢，懵懵懂懂地坐到了座位上。出人意料的是在她身边坐着的那位乘客竟然是国王陛下，也就是奥拉夫五世本人。钱币上那张再熟悉不过的侧面像忽然变成了活生生的真人坐在她身边，全副滑雪装备还带着狗。就在她还来不及发出惊叹之前，就已经被拍摄下来了。第二天她收到了上百个电话，甚至多年来她从未听到一星半点音讯的人也在看到报上登出来的她的照片之后给她打来电话。

约纳斯·维格兰德的出名要比那一桩巧遇更为持久得多，不过也是从一台拍摄的器械面前发端开始的。

就在求职申请表送去了个把星期之后，约纳斯又来到了位于玛丽恩洛斯特的电视大厦，坐在一间看起来很像医生诊所的候诊室那样的小小房间里，心里充满了紧张。除了他还坐着两个人，都是年轻姑娘，模样长得都很漂亮，非常漂亮，看得约纳斯只觉得背脊骨上一阵阵发凉。她们拿到了一份发给的书面材料，正坐着细细阅读，时而还把一些毫不连贯的句子朗诵出声来。那份材料的最上端赫然写着：女播音员面试要求。这个职位有一百多人角逐。编辑部主任鲁顿决定先让女的到摄像机前来面试。

此时此刻直到现在约纳斯·维格兰德傻坐在那里，心头直犯嘀咕，弄不明白他究竟干啥要来求职，他明明在上建筑专业，才刚上到一半，而今却跃跃欲试地站到了挪威国家广播公司的门槛上来了，也就是加勃里尔·桑兹大声疾呼力主投资发展电视事业之必要的十年之后的事情。他对这个主张一直不以为然，而且从来不曾被电视闪烁不定的屏幕所吸引过，相反还认为是一项不值得费眼的娱乐消遣。他宁愿置身于电视之外的环境之中,而且特别喜欢去打断那些有关电视的热烈讨论,还甩出一两句令人吃惊的冷言冷语来作为反响,诸如阿斯通家族究竟是啥东西,那个奥德·格吕特是谁,等等。直到此时此刻,也许是因为那天倾盆大雨,他走偏了一步,才敢于像加勃里尔曾经说过的那样冒着天大的风险奋身不顾地猛然来个飞跃了。

现在该轮到他了,约纳斯·维格兰德被一个经验老成的女播音员领进一间播音室。那间房间原本是深蓝色的,不过给人的感觉是完全漆黑一团,而且空空落落,几乎可以把人的魂儿吓掉。一股说不上是什么的气味扑鼻而来,带点甜味,大概是脂粉香气。房间很狭窄还显得凌乱错杂,地板上七扭八歪拖着许多电缆,不少东西乱扔散落在四处。对于约纳斯来说,这次亲临其境真是大开了眼界,值得到此一游:发现了在观众眼里的播音室是一间温暖、明亮、舒适而首先是所有东西都干净得富有光泽的房间,在现实中却是一间漆黑、阴沉、狭窄得像储藏室那样大小的房间,只有给播音员在桌子和背后的墙壁之间留出了足够宽敞的地方,那是一个用灯光照得色彩鲜明的视野圈。约纳斯坐到了桌子背后,桌面上铺着莫尔顿黑色台毡,从任何一边照过来的光线都不会再被斜射反照出去,不管是聚光灯、散光灯还是背光灯,统统都不会出现反光。"要化妆吗?"他问道。"不用,用不着化妆。"那个经验老成的女播音员给了他一番实际操作的指点之后便消失了踪影。他只有独自一人。在他面前,靠边一点,排列着三台监视器。在其中一台上他可以看见自己,却发现不了连接线安在哪里,于是他感觉到自己恍若置身于一台管风琴的琴腹之中,就在硕大无朋错综复杂的装置的心脏之中。他不免紧张起来，而且紧张得要命。

"先听听你的嗓音。"有人从一个扬声器里发话说道。

约纳斯顿时情绪一振，来了劲头。"喂，喂，茅厕里有空位吗？"那声音像小孩刚走进一个神秘莫测的环境或者发得出良好回声的地方情不自禁地大声叫嚷起来那样清脆洪亮，但是却又收放自如，字字清晰入耳。接下来说点别的什么，适合这里的，适合这一情况的吧。"思想不可能在长达亿万年的时间跨度里完全保持住其原来意义，"故意停顿一下，"查尔斯·达尔文。"

没有反响。一个糟糕的不祥之兆。神经如同北极光一般在身体里闪烁起伏不已。

"看着摄像机，我们才好拍摄，"扬声器传出了一个声音，"正面对着，好，就是这样。"

摄像机背后并没有人，但是他立即调整姿势将目光笔直朝向镜头，神经旋即平静下来。他有一种强烈的感觉：这个小圈子必定会造就他一直梦寐以求的未来。他苦苦地思索，追忆那究竟叫作什么，以至于完全忘记了他所处的环境。轮毂，对啦，终于想起来啦，推动车轮滚滚向前的中心，那部分叫作轮毂。"一看到红灯亮了你就开口播音，好了。"扬声器里的声音说道。

在一边的侧墙上有一扇大窗户通向总控制室，约纳斯透过刚被打开的软百叶窗帘看到那里有广播主任和两三个技术员，还有那个老成的女播音员，也就是要对他评判的人们，他们已经把他方才的一切全都录像了。编辑部主任鲁顿也在那里，仿佛他已经知道有件非常不同寻常的事情正在来临，"一件有朝一日必定成为一个动人的故事的事情"，因而他务必大驾光临亲眼看到才行。他站在那里审视着好几个屏幕一齐播放的约纳斯·维格兰德的外观形象，就好像约纳斯自己爱美心切在几面镜子之前端详着自己的脸蛋一样。

红灯骤然亮起，他便按照放在他面前的纸张照本宣科地朗读出来，完全是毫不连贯的单独句子，是广播开场白，还有节目中的插话，或者是晚间广播的结束语。他朗朗有声地念了，尽他所能念得优美动听，每有间隔便抬起头来看一下，朝着镜头笔直正视，朝着车轮的轮毂中心正视进去。他想起了加勃里尔·桑兹，想到他是一个节目主持人，他是多才多艺的，其中也包括当节目主持人，他有着与生俱来的才能，只消发挥出来就行啦。他朗朗有声地念着，尽可能表达得清晰动听，尤其是遇到英语、德语或者法语字眼儿更加专心致志避免出差错。"我们将通过欧洲电视联盟转播 W. A. 莫扎特的歌剧 *Don Giovanni*，由布拉格国家剧院乐团演奏，"他念道，"今晚的指挥是卡尔·鲍姆，Don Giovanni 由蒂特里曲·费舍-蒂斯考扮演。"他又念道："现在我们播送一个法国作家圣埃克絮佩里①的节目。"他还念道："这位作家的作品有长篇小说《小王子》②等。"他朗朗有声地念着，还算念得顺口流畅，没有什么口误语塞之类的毛病，起码他自己觉得还不大差劲，难能可贵的是把那些相当拗口的单词也念得抑扬婉转，诸如 Antoine de Saint-Exupery 和 Le Petit prinee 等，显示出一派镇定沉着的稳健确信。似乎他一生到现在的生活就是为了准备着对付眼前的这道难关，为了从事播音员这项职业。他继续往下念："今

---

① 圣埃克絮佩里（Saint-Exupéry Antoine de，1900—1944），法国小说家。
② 此处系法文。

晚最后将播送《我不知道我得到什么样的布鲁斯》,由爱灵顿公爵乐队演奏。"他念道:"独奏者为巴尼·毕加、劳伦斯·布朗、本·韦伯斯特和哈利·卡内,由赫伯·杰弗里演唱。"这些名字对他来说驾轻就熟再好念不过了,因为他连睡熟的时候都可以脱口而出的。在间隔的时候,他抬起头来看看摄像机镜头中的一道微光,一个光点,一个摄像机的鱼王星,然后他再继续念下去。他念得很久,总共三张纸一口气念完了,统统都是可笑的广播词,全是那一套虽说相互毫不连贯,却仍然显著地大同小异。在他念完之后,仍旧没有人来关照他停住,于是他便朝向那扇玻璃窗探头窥看,但只见总控制室里人们全都聚精会神地凝视着屏幕,仿佛他们不是在看着一张面孔,而是在观赏一株新的植物幼苗,这种说法其实也差不多就是那么回事了。直到约纳斯在屏幕上的形象转过身去,他们这才如梦方醒。"谢谢。"扬声器里说道。

鲁顿叫他到总控制室来一下。他们把起头部分重新放了一遍,于是整套图像从头开始重新出现在屏幕之上。他们别的人都默不作声地坐着,恍若中了催眠术一样,或者是他们对眼前所见并不信以为真。约纳斯自己也觉得吃惊不已,因为给了他以十分强烈的印象。直到这会儿,就在此时此刻,他才刚在电视屏幕上第一次看到了自己的那副尊容,约纳斯·维格兰德方才明白过来,他自己的面孔是何等酷帅老成。这也是由于屏幕,或者说是由于经过了拍摄这一道过程引起的变化,使得它显得格外帅气,因为他的面孔在屏幕上远比在镜子里帅气得多。摄像机就像能够把图像的光谱折射出来的三棱镜一样,约纳斯想,镜头也按着同样的原理,把他脸上的光谱收集在一起,再折射出来一张老成且帅气而又容光焕发的面孔。约纳斯朝着屏幕凝视了片刻，忽然觉得害怕起来，因为他觉得，有一种痒兮兮麻酥酥的感觉正顺着脊柱骨髓往上扩展开来。必须强调的是这种感觉并不是一种看到了自己的图像就顾影自怜的自我陶醉，或者被人称为"那喀索斯①水仙花症"。简而言之，反正有那类效应就是了，所以约纳斯觉得自己仿佛流连在一尊艺术品的面前，不免出现那类自恋症的种种症状。

就在当时当地，在挪威国家广播公司电视大楼的总控制室里，约纳斯·维格兰德意识到了更多的事情。他并不是一直就有这张帅气十足而又老成的面孔，这大概是在近一年来光景才变成了这副模样，通过缓慢的内在的器官扩张才成型的。约纳斯明白过来，这是潜移默化的结果，是他在这段时间里结交了几个非同寻常的女性朋友所给予的滋润。他把她们的美吸收进来，兑换成了另外一种通货收藏起来，就如同他的姥姥收藏的绘画珍品一样。不过他并不是兑现成为货币而是兑换成了他的阳刚之气、他的神采魅力和他的个性品格。

鲁顿随后道破了真相：他们评判人最重要的标准是看你在屏幕上是不是通得过。"约纳斯·维格兰德毫无疑问屏幕是一定通得过的，他的形象，"鲁顿说，"实在太棒啦！"所以害得鲁顿他必须站到监视器面前尽量靠近审视以便有十分把握拿准了画片不是三维空间的。鲁顿把这段故事讲了好几遍。"来看看约纳斯·维格兰德应征播音员的面试真是值得，"他不无骄傲地说，"这就像亲眼看到一个人破墙

---

① 那喀索斯系希腊神话中的美少年，因爱恋上了自己在水中的影子而憔悴致死，成为水仙花之神。

而出，不是冲破了音障之墙，而是画面之墙。"

在他们分手之前，鲁顿问约纳斯有什么特殊的想法没有，约纳斯摇了摇头。其实他脑海中一直萦绕着一个特殊的念头：他在念稿子的时候，始终是对着一个女人娓娓而谈的，这个女人便是纳弗提提①。这也就是为什么后来电视观众在看他的节目的时候仿佛身历其境地觉得约纳斯·维格兰德是把他们当作朋友在推心置腹地娓娓而谈，是直接对着他们说的，带着一种温暖和愉悦，甚至带着深情厚谊。这种情愫深深地打动了他们的心，即便是他只念一下第二天的节目预告也有着同样的效果。在某种程度上说来，确实如此，因为约纳斯一直真的相信纳弗提提在倾听着他。

他们打电话来通知录取了，这是意料之中的事。于是他受聘经历了一段试用期，先是在上午播音，然而很快就被挪到傍晚播送的节目中去了。他真正的起飞是从这句天真无邪的句子开始的："嗨，欢迎观看儿童电视节目。"

约纳斯从一开始就喜欢上了这个行当，要比天文学和建筑学更喜欢这个专业，他刚坐上这里播音室的椅子就明白过来了：在这斗室里他终于找到了适合自己的位置。他觉得仿佛只有母亲陪在身边同他单独在一起，他大声地讲，朝着空荡荡的四壁之间讲，他无法解释这一切，这里是车轮的中心，是一个车毂。他不由得回想起加勃里尔唱给他的小渔船的那首情歌：我可以被关在一个硬果壳里，却觉得自己俨如一位国王在巡幸自己广袤的国土。他首先想到的总是他的面部轮廓，还有他坐在斗室里的姿势形象。那张面孔将要被重复播放上百万次。将要出现在家家户户的

---

① 纳弗提提系公元前13世纪的埃及王后，阿其纳顿法老王之妻，以美艳闻名。她的肖像已成为金字塔的出土文物。

一个小匣子的屏幕上。他压根儿不曾想过观众会对他的面孔究竟有什么反应,这听起来似乎过于天真,不过也许是由于他很少看得见自己在电视上的形象。不过出乎他的意料之外,在大街上或者在车站上人们开始温文尔雅地朝他点头致意。约纳斯很久以来都热衷于鉴赏艺术和绘画珍品,想不到如今,自己却成了被人鉴赏的艺术品,比方说一幅肖像画。直到这时他才完全明白过来端坐在斗室之中,他仍然处在众目睽睽之下,人人都看得到他,更有甚者:寄给他的信件源源不断而来;甚至不少人兴冲冲跑来求见一面,却遭到电视台接待处婉拒;有不少上了年岁的女士来索要他的照片。

又过了个把月,约纳斯·维格兰德从他的观察事物的角度来看发现了:播音员这个行当乃是暴露出电视大楼或者说电视传媒作为整体来说的秘密的最佳角度,也就是说仅仅取决于面孔,先是露了脸,然后这张脸就被记熟盯住有了拥趸,不管他说的是什么或者做的是什么节目。人们唯一盘算看重的就是屏幕上的那张面孔。所以有一桩看起来自相矛盾的咄咄怪事:约纳斯·维格兰德在播音室的座位上待了几个月之后,他的名气同那些做了许多年节目主持人的行家老手竟然不相上下了。在他看来这只不过是总人口中的很小的一个阶层时常在大众面前露脸,所以才赢得了更大的尊敬而已。

平心而论说一句公道话,也是给予挪威的芸芸众生一个贻人口实,约纳斯·维格兰德这样一帆风顺地在挪威电视台的生涯中发迹蹿红是一个完全非同凡响的例外,并不是人人都可以那样一蹴而就、平步青云的。况且脸蛋与脸蛋不同,大家都会在脸蛋之间看出区别来的。要知道并不是每天都有那样的巧遇：碰到一张熟脸，那人忽然掏出一支半音阶的口琴放到嘴唇上吹奏起来，技艺精湛地演奏出爱灵顿公爵乐队的乐曲《乘坐 A 级火车》，因为这正是儿童电视节目上以小火车为题的多集电影在开头节目主持人宣讲开场白的面孔。约纳斯·维格兰德就算不掏出口琴来吹的话，自己也有一股子异常罕见的风度，使人有一种他正同他们一起聚在一幢乡间村舍里的人与人之间的亲切感。换句话说，约纳斯·维格兰德的面孔具有一种如此与众不同的光学感染力，以至于十分迅速地盖过了所有别的面孔，而成为挪威电视台的超新星。鲁顿在很长一段时间里只把他称呼为"公爵"，完全是自发地叫出口来的，不仅仅因为他能把爱灵顿公爵乐队的成员的姓名用英语念得令人难以置信地优雅动听的地步。有些人还牢牢地记住了约纳斯·维格兰德第一次在屏幕上亮相的形象，并且将这一形象同播送登陆月球等同起来称为一个里程碑。那些曾经看过并赏识他曾主持过的上午节目的拥趸几乎看成是一种表明身价的象征。"我那时早知道，"当约纳斯·维格兰德在几年以后成为全国首屈一指的知名人物，并且是报道得最多的新闻人物的时候，拥趸们这么说，"我那时一下子就看出来这小伙子是个非同凡响的特殊人物。"

> # "贱民"
> *"Scum"*
>
> 托薇·尼尔森　著
> 石琴娥　译

作者简介：

托薇·尼尔森（Tove Nilsen，1953— ），挪威女作家，一位有才华且多产的作家，21岁就发表作品，至今已经著有20多部作品，其写作笔法、作品主题和叙述体裁则不尽相同。《绝不让他们把你毫无自卫地剥光》(1974)是部触及妇女堕胎权利的作品，《海莱和维拉》(1975)描写女同性恋。这两部揭露问题与冲突的作品使她一登上文坛就引人注目。使她赢得大众欢迎和获得成功的作品是描述奥斯陆高层楼群拔地而起的长篇小说《迷失在摩天大楼群里》(1982)。多年之后，她又写出了该书的续集《摩天大楼的夏天》(1996)。以上这几部作品都是以妇女为主人公，但是她也写出了好几部以男性为主人公的作品，她总是在寻求表面下所匿藏的东西，人们彼此相互隐瞒的秘密，还有那许许多多稀奇古怪的渴望和幻想，诱使人们去探索新领域，而它们只不过有点真正的异国情调或者干脆就是略为不同于日常生活而已。《代替恐龙》(1987)、《亚马孙河流域的色情》(1991)和《眼球的饥饿》(1992)，使得尼尔森成为她那一代人中的最主要的一位作家。《夜间的妇女》(2001)虽然主题又回归到了女性的问题上去，但是这部的写作风格完全不同于她早先的作品，使读者耳目一新。2003年，她又发表了《格莱塔的一昼夜》，受到书评家的极大好评，亦受到读者的喜爱。

《"贱民"》译自《国际笔会杂志》2004年第1期。

我不知道为什么，每到我要描述她的形象的时候，我的眼前总是先看到她的那双手——就在同一天里我注意到它们是那样与众不同，和别的女人的纤纤素手竟有天壤之别。是的，事实上我邂逅这两个女人都只有短短几分钟的工夫，而第一个几乎没有给我留下什么印象，我想我当时压根儿就不曾朝她脸上觑过一眼，更谈不上什么惊鸿一瞥啦。当时只有一桩事情深深地揪住我的心：那是在回家的路上，我经受不住色彩缤纷、芳香袭人的鲜花的冲击，只得在停靠在斯图尔广场四周那一溜运货马车上的一个鲜花摊跟前站住了脚步。那双从我手上接过一张50克朗大钞又递过来找回的零钱的手是那么硕大和粗糙，竟是如同男人的手一样。肌肤粗糙得像树皮，在手指的两侧和指甲缝下全都是嵌进皮肉里的黑色垢纹——我的双手这副模样只有在夏天收拾了院子才会有的。她干的活计在她的双手上留下了无法磨灭的痕迹，不管她怎样用力擦洗都难以消失。当我接过我的找头时，我注意到她以熟练而灵巧的动作飞快地把鲜花包装好。我不得不暗自承认，尽管有点心不在焉和义不容辞地：她的那双实打实干活的双手，那双有用的园丁之手，要比我的这双纤纤素手更美丽，尽管我手上戴着好几枚金戒指，手指甲挫平磨光（不过，通过自我批评现在已不涂指甲油了）。

然而我的这番承认虽说肯定不是一点都没有感情的流露，而确实是发自内心的感慨万千。不过我现在觉得不管怎么说，这番话总是带着一股子浓浓的、令人讨厌的味道，一股廉价的说说漂亮话、唱唱高调的味道，大概在当时我顾不得多想，一头又扎回到了谁的双手最美之类的老生常谈上去了。其实那只不过是一串不切实际又不着边际的空泛概念而已，大凡遇到什么事情的时候总归会有那么一言半语的此类格言警句自作主张地从脑海深处跳了出来。随后我气喘吁吁地疾步走过街头，听凭我大衣的下裾随风飘拂，也只得听凭那些手提购物袋不断磕碰在我的双腿上。在教堂的院落面前，道路顺着地势而弯曲得七扭八拐的，那环形交叉路口车水马龙、川流不息，几乎无法过马路，要冒着随时会冲过来一股车流的威胁，她也顾不得许多，总算穿行过来了。然后就是从紧挨维京酒店上首的那道阶梯上顺阶而下，心急火燎地通过售票处大门，又沿着一道新的阶梯全速奔下去。但见那列通往东湖区的列车的尾巴像一条红色的蝮蛇一般刚刚驶出车站就钻进隧道里去了。

发火诅咒骂娘都无济于事，只能够耐着性子等下一班车啦。不过我手上拎着那么多东西，总得找个座位坐下来才行。就在我转过身去刚要朝着沿墙的那条长凳走过去的时候，我的视线正好落到了她的身上，落到了一颗满头乱发蓬松得像只乌鸦窝的脑袋上。那颗脑袋低垂在一双颤巍巍的手上，那双颤抖的手正在哆哆嗦嗦地要把一只烟草袋稳当地放在她自己的双膝之间。这原本是再容易不过的小事一桩，可对她来说，却像是天大的困难一般，与"容易"二字沾不上边的。她一直独占着整条长凳，端坐在长凳中央，姿势却不大稳当，显然完全失去了控制，随时都会朝向一边倾斜歪倒下去，看起来她大概决计不只呷了一两口烈酒。时间还早，站台上等车的人不大多，一时间没有在别的长凳上占到座位的那几个人宁肯站着，也不过来坐到这条长凳上，尽管这条长凳上明明坐得下。至于是不是沉默抗议，那我就不得而知了。反正我是走过去坐在她的身边，这倒不是有什么想要宣告表示支持的沉默动作。恰恰相反，我尽量缩到长凳边上。我只不过太累了，实在熬不住要站立一刻钟之久。

　　幸运的是，她似乎没有留意到身边多了一个伙伴。她一直低着脑袋，泰然自若地一再努力想要把烟草用纸裹成一支香烟的形状，却屡试不灵，毫无进展。我貌似情愿地怀着好奇心，忍不住朝旁边扫过去一瞥，要看看这位头发蓬乱、衣着邋遢的街头露宿者的模样。毫无疑问，从她的打扮上可以看得出来她已经露宿了有一段时日。她浅颜色的裤子皱皱巴巴，肮脏得令人作呕，似乎整条裤子上都涂满了污垢泥巴。她的那双鞋（倘若她脚上套着的那两艘船一样的东西还值得用这个名字去抬举的话）正在从它们的底部基础上分解脱离出来。她那一头乱蓬蓬的头发更是不用去提及了，过去大概曾经电烫过一回，可是如今早已成了一团纠缠不清的乱麻，堆在她的领口上。总之，凭着她那副尊容她应该感到庆幸，自己多亏是在地底的灰色人造光线底下，外面街上阳春丽日的刺目阳光倾泻而下，毫不留情地把一切都映照得轮廓鲜明、线条清晰，哪怕是只有一点点斑疤疵痕都逐一展现无余，至于猫了一冬所造成的苍白肌肤，还有衣衫褴褛的寒酸相就更是暴露得令人难堪，而并不是照耀得吸引别人的眼球。正是这种四月份的灿烂光辉的阳光害得我觉得自己的那条灯芯绒牛仔裤穿不得了，并且立即扫清了我当时发自本能的抗拒，剩下来的只有添置时尚的新装这一条出路了。我竟愚蠢得经不住诱惑，踏进几家时装店里，结果可想而知：出来时手上又增加了不止一个购物袋。

不管怎样,我正在要为自己的购物狂行径而暗自烦恼之际,不料时间上已来不及容我吃后悔药了。因为我旁边坐着的那个伙伴猛地一个抽搐便直直地挺起了她的背脊,这一个动作如此突如其来,那么出人意料,以至于我遑遽不已,匆忙慌转过脸来,直眉瞪眼地盯着她,这倒并不是故作姿态、装腔作势,而是想要弄个明白。其实早知道原来是那么屁大点的事儿,我真是犯不着被吓了一大跳的。她明明晓得我就坐在她的身旁,所以连一点点微小的暗示都没有便转过身来,直着嗓门叫嚷起来,声音很大,却口齿不清:"请坐着好啦,不必挪动!"周围站着的那几个人都抱着见怪不怪的观望态度,显示出这并不是她第一次开金口。几乎出于一时的本能冲动,我对她报以一个纵容宽恕的微笑,一个连自己都没有意识到的姿态表明,我已经心里有数了。一种既与她保持疏远却同时又不拒人千里的明白无误的表达,这也是与人交往中最起码平常的认同而已。就在这一会儿,我的胃里亦猛地一阵焦灼般的刺痛,就像往常同喝得酩酊的人开始谈话时被他的那股子酒气喷得反胃难受。不过我仍然真诚地但愿她不再继续冲着我讲话。在眼下,她只是口齿不清醉态可掬而又兴奋骚动地低声咕哝着什么。这正是挪威人凭了自身的真功夫可以逗人发噱的滑稽戏的主要动作,或者是,酒鬼不再贪杯的最后一线指望,要看是怎么说了。不过她在衣兜里掏来掏去而总是找不到她所要找的东西的时候所迸发出一阵阵勃然发作似乎又故态复萌,这就更令人无法消除疑虑了。我从眼角上窥视她,注意着她那焦急烦躁的一举一动。我想我大概直到她最终放弃寻找而集中心思到卷她的香烟的时候才第一次真正留神到她的双手。我终于忍不住把它们同那个园丁的、我刚刚表示过尊敬赞美的那一双手做个比较。园丁的那双手乌黑得健康结实,连手上沾的泥巴也显得纯洁。而眼前这双手却是一色的灰不溜秋,就像是晾了一天的隔宿粪便般污秽不堪,只消想到要摸它们一下的念头就令人不寒而栗反胃欲呕了。

大概是存心要嘲弄我的缘故,她冷不丁地把一只手伸到我的面前,并且不停地挥舞着她终于卷成形状了的那支香烟,原来她想要火柴。我身上并没有那东西,于是我以抱歉的口气说道:"没有哇,我不吸烟。"说话间,我第一次同她的双眼打了个照面儿。两人的眼神这么不期而遇,倘若不是真的把我吓了一跳,也起码是令我吃了一惊,如果说得委婉一点的话。因而直到那一刹那之前我还一直不敢过于放肆地去凑近细细观看她的面貌长相。况且由于她整个儿来说是那么一副邋遢相窝囊样,我便想当然地认定她谅必是个上了年纪的老妪。她脸上确实皱纹密布皮肤耷拉松弛,但决计不是年龄和劳碌所造成的。不是的,最先映入我眼帘的是她脸上留着的种种再也无法通过调治护理来弥补的衰竭症状,那种未老先衰来势太猛、太凶,以至于身子骨垮得太快了。她的脸蛋大体上是难以形容的。因为在皮肤底下有一层酒精沉积成的浑浊的红里泛紫的颜色,再说她的面目容貌已经被糟蹋作践得无精打采、有气无力的,一点儿都没有精神,活像一团软绵绵的生面团似的,她的一双眼睛龟缩在肿胀皱褶的眼睑之间,由于酗酒和血管充血而显得分外丑恶狰狞。然而不管怎么说,在皮肤的褶皱之间,在衰老变形的容貌轮廓上,却还依稀保持着一股柔软的光洁平滑,显露出她昔日曾经是相当貌美的。虽说不大能捉摸得出她的年纪，但是她大概必定不会四十好几，也许只有三十出头点。

因为她的嗓音尚很年轻，在她带着哭泣、自言自语之间神志清醒口齿清楚的那些间歇，我听见过她的说话声音清脆爽朗。当她神志清醒那会儿，她转过身去向周围随便哪个人索要个火，她的声音高昂，底气十足，发音吐字也很清晰，还带着索尔兰方言所特有的圆润饱满的腔调。不过她直着嗓门嚷嚷了半晌，只有一个上了年纪的老者停到旁边去，掏遍了他的衣兜，然而无奈地摇了摇头。其他的人根本就无动于衷，甚至不肯屈尊俯就应答一下。直到现在我还记得当时出于率真朴实的义愤，我特别气恼那个胸前别着同我一模一样的政治徽章的小伙子，居然也要摆足架子不屑于搭理她这号子人，这种故意唾弃做贼的架势当然使得她不胜气恼，她那张歪曲变形的脸上现出来的神态似乎是怀恨在心，一种图谋正在她的头脑中酝酿。有半晌工夫，她脸色大变，嘴角上露出了恶狠狠的线条，整张脸也随之变为咬牙切齿的表情。我想这类线条表情我早已在别的那些跟她境况相同的女人脸上见识得不少啦。那些女人往往在街上游来荡去大声地自言自语，倾诉对害得她们沦落天涯的周围环境的满腔怨怼。

于是她就这么坐在她坐的那块地方，手上夹着那支没有点燃的烟卷儿，虽说身子像扭股儿糖似的歪来倒去却也无甚大碍，看来还能够支撑得住。可是用不了多久我就不得不明白过来，天有不测风云人有不虞之患，意外之事真是防不胜防。这时正好有一列火车发出单调的嘟嘟声快要出站驶走。"小心车门，车门正在关上哪！"她不无挖苦地嚷嚷了一句。"哼，该把这些爱摆谱损人的家伙统统夹住才好哩！"我来不及细看我周围的那些人是不是在掩口偷笑，因为她的这番话刚刚脱口而出，她的整个身体就冷不丁地斜倒下去，而且是头朝前地在光溜溜的石头地面上栽倒过去，若不是我反应快她恐怕是凶多吉少。我连想都没有想便一把扯住了她肮脏污秽的上衣衣袖，不过这哪是什么衣袖而是毫无形状、破烂易碎的旧布头而已。她虽被挡了一下，不过仍然在松松垮垮地塌倒下去，笨重而软绵绵得活像一只麻袋，再加上她又根本不肯同我合作。我只得把手里拎着的大包小包全都撂下，用两只手来使劲儿地扯住她不让她再栽倒下去。这大概是一幕很有趣的话剧，因为四周的人都围过来看热闹，然而却没有动动一根手指的。直到事情过去之后我的气才不打一处来，不过内心深处却没有忘记：我自己也会把眼睛转向别处只当没有瞅见而闪躲开，不肯出力相帮的，若不是这一回我碰巧被偶然事故卷进去的话。不过当时我什么都顾不上了，只是要死命地拽住她，而这个不驯服的累赘却愈来愈沉重了。由于这是一个突如其来而又令人厌恶的一瞬间，我已经记不清楚细节过程了，但记得我在她的那堆久未梳洗蓬松得像灌木丛林一般的头发的下面留下了一道难看的伤痕。还有当时那种极端愚蠢可笑的场面：我居然同一个素昧平生的酒鬼，而且还是一个女酒鬼，交手扭打格斗了一场，这种尴尬真是使我气恼不已。不过后来我终于把她扶了起来坐回到原处去。

　　毫无疑问，她需要点时间喘过气来平静一下。于是她又摇摇晃晃、歪七扭八地坐在那里，带着愧疚的神情大口大口地喘气。过了一会儿，她把那张扭曲得变形的紫膛脸转向了我，她的下嘴唇湿乎乎的沾满了唾沫口水。她在嘟囔着什么，大概是谢谢你之类的感激话。就在那一刹那我闻到了那股臭气，说老实话，还真没有别的什么字眼儿可以说得更婉转一点。这股熏天的臭气方才我竟一点都不曾注意到，真是令人无法相信的，唯一的解释是那会儿工夫我一心无二用，只顾得千万不可以让她挣脱，非要死命地扯住她不可。不管怎么样，这股子臭气现在冲着我铺天盖地而来，一股无法形容的、荟萃各种臭气之精华的恶臭，浓缩了积淀多年的酒气和汗味的恶臭，然而这股恶臭竟然同某种我起初鉴别不出来的却又非常熟悉的气味几乎是一样的。直到后来忽然间一幅图画在我的脑际涌现出来，以明白无误的确凿性告诉我这是一股什么味道：在我开始改用栓塞型卫生巾之前的那年头里，逢到燠暑盛夏而我用着同一张卫生护垫多走了好几个小时，所飘逸散发出来的恰恰就是同一股气味，酸败得似乎在急不可耐地呼号着快点用肥皂和清水来收拾一下吧。我当然并不能够完全地有绝对把握说一定就是那股味道。但是我想从我认出来这股子气味那一刻起，那恶臭便似乎愈发强烈，就像一个令人讨厌的提醒者一样，时刻都在叫人想起那湿热粘潮而又鲜血淋漓的内裤所造成的窘迫困扰。

　　我猜想大概就是在那时候我的肤浅的、动辄为人家觉得惋惜难过的感情波澜，在我的心头升华为某种苦闷而义愤的疾风骤雨般的狂飙：绝不容许有人这样到处流浪露宿！也许她没有条件来给自己洗洗涮涮，没有钱使用一些合适的东西，这一切都先不去管它。虽说那股子臭气几乎逼得我快要退避三舍，但是我很庆幸别的人都没有靠近到足以也闻得出来她坠落沉沦的酒气恶臭。不过那也无所谓了，反正明摆着的就那么回事了，因为我坐在她身边，恰好就像是我在那里炫耀自己整洁光鲜的衣着打扮，还有富裕的生活状况，存心来挖苦嘲弄她。我不禁赧然起来，因为我拎着的那些印有花卉的巨大的购物袋，鸢尾花啦、郁金香啦，还有复活节百合花啦，等等，那真可说是一小笔拿得出手的财富，全是令人无法抗拒的、如沐春风般的时尚新潮、品位高尚的名牌高档货色……

她看起来非但没有沮丧的神情，而且在她向周围重新张口乞讨一根火柴的时候，她的嘴角上挂着一丝轻蔑的冷笑，这一嘲笑姿势如同她从前的经历、往昔的沧桑的阴影一样逆来顺受地时隐时现。当她这次乞讨又没有得到响应的时候，她便存心要找人出气。举目四顾，最后她的目光预兆不祥地盯在一个恰好站在我们正前方的伊朗女人身上。果不其然，她马上以无法无天的恣意放肆的口气大呼小叫起来："哎呀，你怎么看起来长着一副该死的兔儿爷的嘴脸哪！"这一番观测之后发表的高论招来了一阵哄然喧哗，四周站着的那些看热闹的莫不咧开了嘴巴，会意地发出一阵狂笑，因为涉及的那个当事人确实长着一副怪里怪气的牙齿，那对大门牙滑稽可笑地露在嘴唇外面。这句话还无伤大雅，甚至可以说是亲善友好地表示虽然一点也不得体，但是接下来一切都会变得非常糟糕，把气氛搞坏了。但见她脸色骤变双目眯紧，怒容满脸地发起威来："快去给我弄根火柴来，你这个披着皮大衣、人人可以嫖的烂婊子！"

从那时候起，局面就急转直下，越来越令人不安了。一帮子十多岁的毛头小伙子叽叽喳喳谈笑风生地从台阶上走下来，旁若无人地扬声大笑、尖声高喊。七八个愣头青横冲直撞地往前闯过去赶上火车。然而他们决计不肯放过任何寻欢作乐的机会，所以当他们一眼瞅见她，便以领受坚信礼年纪的小青年所特有的偏执促狭和容不得人的狂躁劲头瞎起哄。他们当中有个家伙竟然侮慢无礼地乱说起来："哎呀，今儿个晚上你要带出去过夜的难道说就是这一个吗？这个老掉牙的臭婊子，玩个痛快吧！"

说句老实话，我起初以为她处在那样迷茫的状态之中，大概听不明白人家在说些什么，这句要命的话也许不曾被她注意而未置可否地放过去了。不承想那一阵喧笑还没有止息下去，她已经狂暴愤怒地叫嚷起来回骂过去："闭上你的臭嘴！等到你的两条腿之间长着的不再是软绵绵的小蜗牛再回来吧！"

我必须承认，自己抑制不住一阵幸灾乐祸的快感：这真是一根带毒的尖刺，戳穿了他们费劲扮酷，摆出一副硬汉猛男架势，你们还真要遇到克星尝点厉害的，你们这些少不更事的年轻痴呆症患者！她回敬的这番话倒也针锋相对无可厚非。可是那些方才还一直抱着欣赏态度在看热闹的旁观者这时候却示威性地转过身去把背脊朝着她，只有两三个人还继续目瞪口呆地凝视着她。有一个男人穿着考究时髦，合身得像是量体裁剪定做的，他不停地上下来回打量着她的身材尺寸，一副馋涎欲滴的色狼相。她毫无疑问感到了真正的骚扰，因为她居然敢戳出她的食指朝着他前后伸缩波动起伏，嘴里又扔出一颗新的炸弹，露骨得叫人喘不过气来："想占便宜就回去玩儿你老婆吧！要是你还行的话！"她轻蔑地加上了后面这一句，一边想要站起身来，唯一的结果仍只是半坐半躺在长凳上，两只胳膊毫无用处地拍打着长凳，想要把身体支撑起来却是力不从心，于是她把方才的头绪思路又接了起来，脸色阴沉得吓人："看样子你就是个有劲使不上蔫不唧的萎缩货！你这个该死的只配舔屁股的脓包！"

这些要命的字眼儿尖声厉气地在石头墙壁之间萦绕回荡，真是令人窘迫尴尬不堪，它们是那样兽性难忍地刺进我的耳朵，以至于有半晌工夫我难受得不敢抬起头来环视四周。等到我终于容许把自己的眼光瞄向附近那些人的时候，我看到他们却若无其事地站着，同样一副抑制克己的白痴般的、茫茫然的表情，这不得不使我觉得自己的嘴角也绷紧起来，抽成一丝轻蔑的冷笑。他们只当没有听见，不肯承认听明白了这些字眼儿的意思。其中有两三个人更是愠形于色，脸上还显出了另一种神情：一种焦躁的激怒显示出他们明白过来，她不再是可以白看热闹让人瞠目咋舌或者哈哈一笑的逗乐打趣的那个玩意儿啦。现在她已经超越到界线之外来了，变得过于富有挑衅煽动性，开始要惹起事端了。我敢肯定她已经醉得毫不在乎什么习俗常规，所以我安之若素、听之任之。这时她的声音又刺耳地响了起来："你们个个都是害了阳痿的怂包软蛋，哪个都不能真枪真干，没有一个顶事的、管用的！"她的冷笑从牙齿缝里冒了出来。更倒霉的是她的目光正好又落在那个伊朗女人身上。"你，还有你，你在干了一场之后两条大腿之间保准长出一溜水疱害上杨梅大疮。"她总算出了一口恶气，满腔怒火顿时烟消云散，化为一阵突如其来的几乎是开心快活的咯咯大笑，好像她说出了什么真正精彩的至理名言似的。

倘若事情果真如此，那么恐怕也只有她一个人是作此想法的。那个身着灰色套装、性机能遭到质疑的家伙正一股劲儿咬牙切齿，非要报受到奚落之仇，面孔笔板毫无要发发善心的迹象。还有那个伊朗女人双颊因愤怒而通红、额头因憎恶而热气腾腾，看样子她是想一拳把人家的鼻子揍扁不可，然而她在拼命抑制自己。只有一个男孩子宽厚而谅解地在咧着嘴笑。我注视着他们，不过我的脑筋却一直开动着，片刻也不曾停息过，而且像乘法那样成倍地愈想愈多。我坐在这个吸引着他们注意力的众矢之的身边，正好可以从另一个透视角度来观察这场热闹。我既能够观察得到她和那些看热闹的旁观者的动静，又可以将我自己对他们两者的反应记录下来。眼下她只顾喋喋不休地高声大骂，一刻不停。她的愤怒是对着所有人的，人人都有份，哪个都要挨一顿骂，而这种愤怒全都是用指向腰带以下的某个部位的字眼儿来表达的，似乎她对于那些谈论性爱的荤话是情有独钟而乐此不疲的，尽管她大概还惦记着方才招惹来一阵阵令人恶心的狎笑和晦暗隐涩的眼神注视，惦记着让她大出风头的场面，也许这倒恰恰表明她对这类市井秽语的含义是心领神会到只觉得这乃是人生赏心乐事的莫大享受。她让这些淫荡邪恶的字眼儿从她嘴巴里滔滔不绝地倾倒出来，冷漠凶狠而又坚持不懈，带着一股我过去从未在女人身上见到过的挑战性的厚颜无耻。这一招果然颇为灵验奏效，因为我们周围那些人已经不再只是眼睛骨碌碌地转动、脸上表情愤愤然地交换一下眼色。他们在窃窃私语，虽说我听不见他们叽叽喳喳在说什么，不过肃杀的气氛本身就明白无误地显示了说的是什么——怎么可以允许有人当众撒野放肆恣意骂街，岂非扰乱治安！

　　当然我能够理解他们的义愤填膺、群情鼎沸。她委实令人讨厌，坐在那里怪声枭叫，泼妇骂街，在众目睽睽之下满嘴淫猥脏话，直骂得口水乱喷、吐沫横飞。不容否认，我内心也感觉到了<u>丝丝</u>的愠怒，大概既有对她的胡乱骂人触犯众怒，也因为觉得她那么自暴自弃，甘愿下流。谅必她正是这类愤世嫉俗的生殖细胞,才使得有些人老是不客气地投书报纸主编,口气恶毒地谴责说游民瘪三之类的社会渣滓已经成为有碍观瞻的城市污垢,并且责问说这会使得旅游者们有何想法?

幸亏这一切仍然继续停留在萌芽抽长的阶段,虽然方才群情激奋快要沸腾起来成为汹涌狂暴的愤怒,总算徐徐平息下去化为一阵沉闷的较劲儿,恍若一支黑色的翼翅淡淡然却又飞快地从天而降横扫过去。我便趁这个当儿睥睨了我身边这个寒酸相十足的贫困人类的标本;暗淡而无光泽的肌肤、污秽不堪的头发、褴褛破旧的衣衫——浑身上下每样东西都兼备以资佐证的资格,全都可以用来作为一种灰色的极端贫困的证据,而这种一贫如洗按照官方的说法在这里在这个国家里早已经是终结的章节,在30年代就把它从我们身边撂出去了,而且是一劳永逸地一了百了。她已经安静下来不少,这会儿只顾着愤愤地自言自语般地在咕哝着什么。我听到的一鳞半爪似乎是想要重新使用一种药物的处方,可是"他们说那早就用得不再顶事啦"。只有时不时地才会喋喋不休地吐出和方才火力同样威猛的污言秽语来。其实,我一直惴惴不安,一直在可笑地提心吊胆生怕她会把什么东西扔到我脸上来,所以我尽量坐得安生平静免得引起她的注意。我的担心害怕变得更为令人心惊肉跳沮丧不已,是因为我对这样的一种生活知之甚少,仅仅只能连蒙带猜想当然,但是却又怀着令人欲罢不能的讨厌的好奇心。一连串的字眼儿和短语如同旋风一般在我的脑海里蜂拥出来,杂乱无章而又恼人,把我的头脑搞成一片混沌:沦落天涯到处流浪而随遇而安、朝不保夕地苟延残喘偷生度日、贫困潦倒生活悲惨凄苦得不像样子——

所有的这号子人全都被剥夺了做人的最起码而必不可少的本质，因而她就丧失掉了人性。这些话都是我平日听来的：露天流浪哪怕饥寒交迫也要强自忍受，只能在门洞里、垃圾场上或者候车室外露宿过夜。待到一觉醒来宿醉未消，连连打嗝儿，嘴里喷出来的是一股如醋似酢的酸败酒臭，头痛欲裂仿佛前额上箍紧着一圈沉甸甸的大铁环。你还必须从早到晚整天地忍受着冰凉潮湿滑腻黏糊的自身的不洁污秽，而且不知道要熬到什么时日。站立在邋遢不堪的公园僻静处，或者是过道上，举着酒瓶仰饮一番，大多是在格陵兰大街周围的小巷子里、在急诊室背后、在安格尔广场还有码头那边。所有这一切都为我勾勒出她的悲惨苦难的大致框架结构，可是她究竟会有哪些往昔的回忆和想法我却无从知晓。我对她一生中的重大经历毫不了解。我无法抑制住我心头的冲动，一股劲儿地认定这也必然是她一生的命运遭遇，是她眼前的永无终止尽期的时日。这些不请自来的图像在我的脑海中成群地蜂拥而出，并且令人困扰窘迫的还在于全都是平庸腐旧的陈词滥调。我倒并非出于权宜之计要想在相反方向的极端去寻求回避，以甜蜜的享受和明亮的洁净来庇护自己，不过我的生活中所有能够想得出来无非只有清洁干净的床单和用香皂擦拭得馨香芬芳的肌肤。

　　当然喽，现在已经很难区分得清哪些是我当时的想法，而哪些又是我后来加上去的，反正当时有她正在身边这么大出洋相是没有多少时间来沉思遐想的。她表情漠然地闷坐着，悄无声息地翕动着嘴唇，只有不长的工夫还算安生，过了片刻又故态复萌了。她的下巴不受约束地扭来扭去，发出阵阵嬉笑怒骂，既冲着每一个人却又不朝着哪一个人。我突然发觉自己在神经紧张地频频看着我的手表，分分秒秒地计数细算我还要再待多久才能离开。我乘的那趟火车要在四分多钟以后才靠站。我的脚底心在发痒，我的胃由于忐忑不安而抽搐得隐隐胀痛，说不定快要轮到我挨呲儿了，我的头脑里闪出了一个个念头，全都是不合情理的挺吓人的想法。所以过了一会儿，我看到她兴味十足地盯住了一个刚来的身穿大衣、手拎公事包的男人的时候，我不禁宽慰地舒了一口气。她虽然醉眼惺忪但是眼神却很毒，她从脚底下一直打量到他的头顶，然后又重新直着嗓门拔高音量大呼小叫起来："喂，你赶紧把你的帽子歪向右边戴，要不然你的那只招风耳朵就露出外面啦！"

人人都把目光转向那个无辜的可怜家伙，一齐盯住了那只耳朵，果然是一只招风耳朵，像一只红色的把手那样翘出在他的帽子底下。"你不妨这样四处走动。"她替他拿了主意。她的声音几乎是深思熟虑的。于是一场无法比拟的哑剧开场表演了，仿佛由许多根细线牵引提拉所操纵的一连串奇里古怪的荒诞姿势，然而所有的动作都朝着一个方向：她扭头歪脑，搔首弄姿，装出头上似乎戴着一顶幻想虚构的帽子，她用她的双手来显示应该戴在什么位置上才合适。而他只得直僵僵地枯站鹄立着，拼命装出一副什么事情都没有发生的漫不经心的架势，不过任何人都看得出来，他恨恨地尽力要把那只倒霉的招风耳朵竖得笔直，却弄得连汗珠都沁出来了，那只耳朵原本没有什么破相，仅仅是长得太急匆匆所以过于朝外了一点而已。而她醉得连坐都坐不稳，身子一直仰合摆动摇摇欲坠，却还在一本正经地为他的帽子应该戴在什么不同的位置上而操心劳神忙碌比画着。

哦，有那么一会儿她真是招人疼爱甚至令人着迷：这会儿所有的王牌都在她的手上，那么她保准会赢得大家的尊重。整个这段时间里，她似乎在两个极点之间摆来晃去，似乎置身于酒精之国、神态尚还有时清醒的边界上。她的身体虽然已经酩酊大醉，但是观察能力却没有受损保持了原样。既然帽子的问题得不到大家的响应，她就下了决心干脆亲手来解决一下。只消用点力气，猛然扭了过来不就行啦。于是她尝试着站立起来，但是马上就摔倒了，她的双膝扭曲歪向一边，而躯体却挂倒在长凳上。

这一回我的反应没有那么敏捷，无论如何在我来不及出手之前我面前却蹿出了一个男人。我不得不说这真是走运，幸亏他及时弯下腰去用力把她拖住了。却不料她火冒三丈发起威来，似乎这是最后一根救命稻草："快从我身边滚开，你这个狗日的！你这个该死的浑球儿！看看你干的什么好事，你居然把我的香烟踩在脚底下！混账东西！"于是又开始了冗长烦琐前言不搭后语的大骂粗口，其实夹杂着听起来像是解剖学名词一般的却又邪恶淫猥不堪的市井秽语。她的这番大呼小喊顿时引起一场喧嚣骚动，招惹来了一小圈人挤到她的身边，而且还有更多的人在走过来，他们连平时的沉静矜持都顾不得了，把最后的体面抛到九霄云外，为了看热闹而将她团团围住。我至今还回忆得起来那些支离破碎而不大连贯的场面片段中的他们的脸部表情：有些人肆无忌惮地公然显露出他们如饥似渴的好奇心，毫不掩饰他们对丑闻的胃口是大得无厌的。另一些人脸上很不自然，表情僵硬而拘谨，似乎明明知道这样做是不合身份有失尊严的，不过却又忍不住非要来偷偷窥视上一眼不可……这么一来他们就好像是在围观我一样，我觉得自己无端被强拉进了这个是非窝里来的，真是冤得慌。况且这里第一次出现了吓人的场面令人真正担惊受怕：隧道里吹来一阵阵寒冷的阴风；众人瞪圆眼睛等着看热闹的幸灾乐祸的表情；那个女人半趴在地上像一只嗷嗷直叫的野猫在破口大骂。她的尖厉刺耳的叫骂声在墙壁之间震颤回荡，恍若一种空洞而又非尘世的可怖的幽灵声，激得我一时兴起，几乎无法控制住自己而冲动不已地想要把她像一块破布那样扔出去，来制止这种无法治愈的顽症痼疾，最后如雪崩似的垮下台来，因为那个女人只要仍在酒精中毒的第二期的话，那么她就必然会有一味宣泄酒后伤感的撒酒疯。不过她的怒气冲冲发作得那么下流淫荡，一副蛮不讲理的悍泼腔调真是没有留给我们多少余地来同情她。

这场顽症痼疾已经再三地重复发作了那么多次，因而不再具有原先的那样旺盛的冲击力度。这会儿渐渐变成了酩酊大醉时快要不省人事的那种最为差劲的痴呆状态，倘若用如痴似醉的字眼儿来形容的话倒给她蒙上了一层清白无辜的光彩。骤然之间，她的血液中的酒精含量似乎已经升高到超过了完全丧失理智控制力的水准的最高点。她的双臂和双腿猛地瘫了下来，软绵绵的似乎是橡皮做成的而且丧失了听从使唤的机能。她根本无力自己从地上爬起来，但是又没有人大胆到敢于去碰她一下。她那些怒叱痛斥的秽恶词汇使得我们没有理由去信以为真地觉得伸出手去帮一把忙必将被认为是善意友爱的。我坦然地细看了她一下：但见她的外套早已从一个肩头上滑落下去；在一次喘息停止的片刻她伸手把外套拉了上去并且还顺手捋了捋垂在前额上的头发。在这一刹那，她的脸上显出了一种奇妙、陌生的恍惚神情，她心不在焉地凝视着我们身背后的远处，目光呆滞僵硬得似乎看到了某一样东西,她似乎沉溺于昔日流逝的时光之中的这样或那样事情的追忆而沉思幻想起来。她的嘴唇翕动,两边嘴角上挂下来了灰暗黏稠的唾液。不过片刻之后她浑身战栗一阵,震颤之后又恢复了早先那个样子。不过也许不是振作,而是身上哪个地方骤然不便而抽搐阵痛,仿佛是有某样东西正在徐徐展现出来害得她觉得自己宛若剥光猪一样赤条条地将浑身肌肤裸露在众目睽睽之下。由于某种朦胧模糊而又无法断定的原因,我不得不猜想出来:说不定正当她躺在那儿的时候忽然来月经了,经血淅淅沥沥地流淌下来。这就如同我的五脏六腑被暴露于世一般令人尴尬不堪,于是我赶紧转过身去。在我内心很深很深的旮旯里,无能为力而又惨痛难过地产生一种但愿我能将它称为休戚相关之感的初始萌动,虽然仅仅是十分轻微的。其感觉就像是你头朝前地摔了一个跟斗,你的身体在光溜溜的柏油路上哧溜一下飞快向前滑行出去。虽无大碍,不过你的手掌心却被路面上的沙子蹭掉了一层皮,留下了一块平整却又潮润的口子,磨得无皮而袒露着肌肤,一条殷红色的细线蜿蜒延伸过来,那是从伤口里沁出来的鲜血。

后来就没有更多事情了,起码对我来说是如此。漫长的一刻钟终于消逝过去,那班火车悄然靠了站。我站起身来去上车,周围那一圈看热闹的人给我让出了一个豁口。我不晓得是谁去报的警,反正两个黑制服正匆匆走过来。也许只是我的想象力,不过在火车的车门砰然关上之前,我想我确实听到了她在索要火柴的乞讨声。

有时候我还偶尔想起她来。不大经常,时间也不长,这没有理由要加以夸大,她也不会苦苦地折磨我,或者害得我有什么不眠之夜。恰恰相反,一想起她来便会激得我恼怒生气,因为这显示出我正在变为一个多愁善感并且容易感情用事的无用之人的倾向。甚至把这段琐事用文字记载下来都是毫无意思的多此一举,害得我心里充满了反感。要知道像她那样境遇的人周围多的是,况且还有许多人日子过得还要糟糕悲惨得多。再说我同她有何相干,一个素不相识的、今后也不见得一定会碰巧打照面的完全没有关系的陌生人而已。不管怎么说,她根本就是丝毫不需要我去替她瞎操心表同情的人,甚至犯不着在一瞬间不受约束的胡思乱想中去替她担什么忧。

说不定也正是这个缘故,她的形象才会隔一段时日就在我的脑海中蹦了出来,不管我情愿不情愿。这个形象如同不速之客一样不请自来,在我完美无瑕的社会意识上捅捅戳戳,刺得我心头好生疼痛,又把我优美文雅的言辞糟蹋成刺耳的尖厉叫喊。这个形象分明在向我乞讨某种完全不同的东西。她的脸,或者说是她的双手冷不丁地出现了,令人厌烦地在我视网膜背后摇晃抖动,把我原本十分平滑的内心剐出一道道创伤划痕,把它的表面摩擦得毛糙不堪。不过我已经说过,这样的时间难得持续很长的。

"北欧文学译丛"已出版书目

(按出版顺序依次列出)

［挪威］《神秘》(克努特·汉姆生 著 石琴娥 译)

［丹麦］《慢性天真》(克劳斯·里夫比耶 著 王宇辰 于琦 译)

［瑞典］《屋顶上星光闪烁》(乔安娜·瑟戴尔 著 王梦达 译)

［丹麦］《关于同一个男人简单生活的想象》(海勒·海勒 著 郄旌辰 译)

［冰岛］《夜逝之时》(弗丽达·奥·西古尔达多蒂尔 著 张欣彧 译)

［丹麦］《短工》(汉斯·基尔克 著 周永铭 译)

［挪威］《在我焚毁之前》(高乌特·海伊沃尔 著 邹雯燕 译)

［丹麦］《童年的街道》(图凡·狄特莱夫森 著 周一云 译)

［挪威］《冰宫》(塔尔耶·韦索斯 著 张莹冰 译)

［丹麦］《国王之败》(约翰纳斯·威尔海姆·延森 著 京不特 译)

［瑞典］《把孩子抱回家》(希拉·瑙曼 著 徐昕 译)

［瑞典］《独自绽放》（奥萨·林德堡 著 王梦达 译）

［芬兰］《最后的旅程：芬兰短篇小说选集》（阿历克西斯·基维 明娜·康特 等著 余志远 译）

［丹麦］《第七带》（斯文·欧·麦森 著 郄旌辰 译）

［挪威］《神之子》（拉斯·彼得·斯维恩 著 邹雯燕 译）

［芬兰］《牧师的女儿》（尤哈尼·阿霍 著 倪晓京 译）

［瑞典］《幸运派尔的旅行》（奥古斯特·斯特林堡 著 张可 译）

［芬兰］《四道口》（汤米·基诺宁 著 李颖 王紫轩 覃芝榕 译）

［瑞典］《荨麻开花》（哈里·马丁松 著 斯文 石琴娥 译）

［丹麦］《露卡》（耶斯·克里斯汀·格鲁达尔 著 任智群 译）

［瑞典］《在遥远的礁岛链上》（奥古斯特·斯特林堡 著 王晔 译）

［挪威］《珍妮的春天》（西格里德·温塞特 著 张莹冰 译）

［瑞典］《萤火虫的爱情》（伊瓦尔·洛-约翰松 著 石琴娥 译）

［瑞典］《严肃的游戏》（雅尔玛尔·瑟德尔贝里 著 王晔 译）

［芬兰］《狼新娘》（艾诺·卡拉斯 著 倪晓京 冷聿涵 译）

［挪威］《天堂》（拉格纳·霍夫兰德 著 罗定蓉 译）

［芬兰］《他们不知道做什么》（尤西·瓦尔托宁 著 倪晓京 译）

［丹麦］《无人之境》（谢诗婷·索鲁普 著 思麦 译）

［挪威］《柳迪娅·厄内曼的孤独生活》（鲁南·克里斯蒂安森 著 李菁菁 译）

［瑞典］《大移民》（维尔海姆·莫贝里 著 王康 译）

［挪威］《我曾拥有那么多》（特露德·马斯坦 著 邹雯燕 译）

［芬兰］《七兄弟》（阿历克西斯·基维 著 倪晓京 译）

［挪威］《挪威中短篇小说集》（比昂斯藤·比昂松 等著 石琴娥 余韬洁 等译）

图书在版编目（CIP）数据

挪威中短篇小说集/（挪）比昂斯藤·比昂松等著；石琴娥等译. --北京：中国国际广播出版社，2024.12. --（北欧文学译丛）. --ISBN 978-7-5078-5598-2

Ⅰ. I533.45

中国国家版本馆CIP数据核字第2024260XL9号

Simplified Chinese Translation Copyright©2024 by
China International Radio Press Co., Ltd.
All rights reserved

挪威中短篇小说集

总 策 划	张宇清　田利平
策　　划	张娟平　凭　林
著　　者	［挪威］比昂斯藤·比昂松 等
译　　者	石琴娥　余韬洁 等
责任编辑	笈学婧
校　　对	张　娜
封面设计	赵冰波

出版发行	中国国际广播出版社有限公司〔010-89508207（传真）〕
社　　址	北京市丰台区榴乡路88号石榴中心2号楼1701
	邮编：100079
印　　刷	北京启航东方印刷有限公司
开　　本	880×1230　1/32
字　　数	210千字
印　　张	9.25
版　　次	2024年12月 北京第一版
印　　次	2024年12月 第一次印刷
定　　价	56.00元

版权所有　盗版必究